10
18
12, AVENUE D'ITALIE. PARIS XIIIe

Sur l'auteur

Né en 1962, Nicolas Bouchard vit dans la région de Limoges. Il a écrit plusieurs romans de science-fiction chez Fleuve Noir et a publié *L'Empire de poussière*, une trilogie très remarquée aux éditions Mnémos. Il est également l'auteur de romans policiers. *La Ville noire*, publié chez Flammarion, a reçu le prix des Incorruptibles 2004. Passionné d'histoire, Nicolas Bouchard a également publié des thrillers historiques. Après *La Sibylle de la Révolution*, il signe *Le Traité des supplices* (Belfond), la suite des aventures de Marie-Adélaïde Lenormand, dans le Paris de la Terreur.

NICOLAS BOUCHARD

LA SIBYLLE DE LA RÉVOLUTION

Une aventure
de Marie-Adélaïde Lenormand

10
18

« Grands Détectives »

créé par Jean-Claude Zylberstein

BELFOND

ISBN : 978-2-264-05202-5

À Valentine, Sibylle de ma vie, qui m'a donné l'idée de chercher du côté des sociétés secrètes et autres complots sataniques !

1

Les brumes de la Loire s'étaient refermées autour d'eux. On n'entendait que le clapotis des rames, comme étouffé par les miasmes qui montaient de l'eau noirâtre du fleuve. Il n'y avait qu'obscurité et volutes à perte de vue. La nuit engloutissait tout. Même les lanternes allumées de part et d'autre de la barge ne produisaient qu'une bien pauvre lumière, comme des feux follets au cœur des marécages. On aurait pu se croire au milieu de l'océan tant le vide s'étendait à perte de vue.

Le citoyen Gabriel-Jérôme Sénart frissonna. Jamais de sa vie il n'avait eu aussi froid ni ne s'était senti aussi oppressé. L'humidité salée avait imprégné ses vêtements, des gouttes glacées coulaient de son bicorne sur le col de sa cape de laine qui le protégeait mal du vent de mer. Et il y avait les gémissements.

En ce mois de brumaire de l'an I de l'ère des Français, combien étaient-ils, attachés sur le fragile esquif qu'on utilisait d'habitude pour transporter des céréales ou de la paille des campagnes avoisinantes jusqu'à Nantes l'orgueilleuse ? Il y en avait cent, deux cents peut-être, principalement des jeunes gens.

— Alors, citoyen, tu veux de quoi te réchauffer ?

L'individu qu'on lui avait présenté comme Lamberty s'était adressé à lui avec cordialité. C'était le fidèle serviteur de Carrier, le meneur du Comité de salut public. Sénart avait rapidement compris que l'homme n'était qu'un coquin qui trouvait dans la répression de quoi satisfaire ses appétits. Appétits d'argent, mais aussi de sang, et, il allait le comprendre bientôt, de luxure : la plus brutale et la plus ignoble.

Pourquoi l'avait-on envoyé ici, au bout du monde, lui, simple secrétaire rédacteur ? Pour qu'on se souvienne des massacres perpétrés par Carrier et ses sbires ? Il en avait d'abord eu l'idée, avant d'y renoncer. Personne à Paris ne se souciait des prêtres réfractaires qu'on avait menés jusqu'au milieu de l'embouchure du fleuve sur un bateau à soupape avant de couler le navire ; personne à Paris ne se souciait de tous ces paysans vendéens, pour la plupart de pauvres gens, pas même des révoltés, qu'on avait fusillés pour rien, juste parce qu'ils se trouvaient sur le passage des troupes tricolores. Sénart avait vu la mort sous toutes ses formes : enfants, vieillards, femmes enceintes, prêtres… Il semblait qu'en ces lieux la République, tel le Baal des anciens Carthaginois, devait pour survivre se repaître du sang de ses enfants. À travers les campagnes on fusillait, torturait, brûlait tout simplement par peur. Peur que le peuple rejoigne la masse des insurgés, là-bas, au fond de la Vendée sauvage.

— Ont-ils été jugés ? demanda Sénart d'une voix sourde.

L'autre cracha dans le fleuve avec un air satisfait.

— Quelle importance cela a-t-il, citoyen ? Le comité militaire et même notre bon Carrier nous ont laissé toute latitude. Peu m'importe qu'ils soient vendéens, anglais, bretons, paysans, prêtres ou ci-devant nobles ! On nous a chargés d'eux. C'est tout ce que je sais et je m'acquitterai de la tâche.

Maintenant, l'homme défiait ouvertement Sénart. Le jeune fonctionnaire savait bien que son autorité était des plus symboliques. Tout au plus pouvait-il observer et noter dans un recoin de sa mémoire les crimes qu'il voyait accomplir sous ses yeux depuis le 19 frimaire de l'an I, jour de son arrivée à Nantes. S'il protestait ou tentait d'empêcher quoi que ce soit, le fleuve sombre dans lequel on le précipiterait le ferait taire à jamais et, à Paris, il ne se trouverait pas grand monde pour protester de sa disparition.

Il tenta néanmoins :

— La loi de la République est formelle. Tant qu'un homme n'a pas été jugé, il n'est pas possible de le condamner !

Lamberty poussa un grand éclat de rire, et Sénart recula car la brute puait l'alcool.

— Les condamner, moi ? Mais je ne vais pas les condamner ! Non, pas du tout, c'est à une autre cérémonie que je t'ai convié, citoyen. Une cérémonie que tu pourras raconter devant les Comités afin de leur prouver que nous autres, à Nantes, traitons nos prisonniers avec tous les égards qui leur sont dus.

— Une cérémonie ? Que veux-tu dire ?

Sans répondre, Lamberty se pencha par-dessus le bastingage et huma l'air, telle une bête fauve reniflant sa proie.

— Allons, nous sommes assez loin. Arrêtez-vous, vous autres !

Les hommes de main qui actionnaient les rames stoppèrent dans un grand concert de jurons et de rires. Tout à coup, Sénart se sentit encore plus mal à l'aise. Quelle idée démentielle avait traversé l'esprit dégénéré de son compagnon ?

— De quelle cérémonie veux-tu parler ? insista-t-il.

Lamberty se tourna vers lui. Il dominait le jeune homme d'une tête et le dépassait de loin en carrure. Ses mains semblaient faites pour manier la hache du bûcheron ou, mieux encore, celle du bourreau avant que le rasoir national n'ait fait son apparition sur la place de Grève. Le jeune homme resta immobile, tétanisé. D'une seule poussée, la brute pouvait le jeter pardessus bord. Engoncé dans sa cape et son uniforme malcommode dessiné par le peintre David, il ne pourrait se débattre que quelques instants avant de disparaître dans l'eau huileuse qui coulait sous la barge. Sénart ferma les yeux mais les rouvrit lorsque l'homme éclata à nouveau de rire.

— Allons, citoyen, je t'en réservais la surprise. Qu'on fasse venir les premiers !

Sénart vit un groupe de geôliers se précipiter sur la foule des prisonniers entassés au milieu de la barge. Avec force coups et jurons ils extirpèrent deux malheureux de cette troupe de misère et les jetèrent aux pieds du bourreau.

Le jeune homme remarqua qu'il s'agissait d'un garçon et d'une pucelle de l'âge le plus tendre. Ils avaient été battus et n'avaient même plus la force de supplier. Ils contemplaient leurs gardiens avec un air ébahi et terrifié. Autour, tous ricanèrent.

— Allons, c'est assez de s'amuser ! Préparez-les, bande de chiens galeux, nous devons avoir fini avant l'aube.

À la grande surprise de Sénart, les hommes de main arrachèrent les vêtements des deux condamnés. Il les vit nus, la chair tremblante à la lueur incertaine des fanaux.

— Liez-les, ordonna Lamberty.

Ils furent vite couverts de cordes, les maintenant solidement l'un contre l'autre.

Sénart avança d'un pas.

— Que vas-tu faire, maudit ?

Mais un regard de Lamberty le fit reculer.

— Ce que je vais faire ? Mais je suis un bon citoyen, moi, et bon serviteur de la République. En vertu des pouvoirs qui m'ont été conférés, je vais célébrer ici-même en bonne et due forme le mariage républicain de ces deux tendrons !

Puis il se retourna vers ses victimes toujours attachées l'une à l'autre au point qu'elles pouvaient à peine respirer :

— Au nom de la République, je vous déclare mari et femme !

Et, avec un rire affreux, il les poussa par-dessus bord. Un instant, Sénart croisa le regard de la jeune fille. Un moment, peut-être, avait-elle cru qu'une intervention allait arrêter le supplice. Juste avant de couler à pic il la vit ouvrir la bouche comme pour crier quelque chose à son intention. Mais elle disparut immédiatement, recouverte par l'eau glacée.

— Qu'on amène les suivants !

Cela dura tout le reste de la nuit. L'imagination dépravée de Lamberty n'avait aucune limite. Sans cesse, il imposait les postures les plus obscènes aux hommes et aux femmes qu'il liait indissolublement l'un à l'autre. Il les forçait à mimer des scènes de débauches avant de les jeter à l'onde. Les gardes riaient à leur tour et buvaient affreusement l'alcool que leur fournissait leur maître. Deux par deux, les prisonniers disparaissaient dans la Loire qui les recouvrait très vite comme un linceul noir et glacial. Sénart, fasciné et horrifié à la fois, ne pouvait s'empêcher de regarder. Il y avait là de braves mères de famille, des fillettes d'à peine onze ans, des garçons du même âge, des femmes enceintes, des vieillards. À chacun Lamberty trouvait sa chacune, et les jetait à l'eau après avoir célébré leur mariage républicain.

Les victimes, nues et tremblantes, imploraient Sénart avec un affolement mêlé d'espoir. Alors, il comprit : au lieu des rudes tenues de sbires portées par les bourreaux, lui seul avait endossé l'uniforme républicain. La veste bleue, le haut bicorne orné d'une aigrette bleu, blanc, rouge, l'ample cape, la rosace et la ceinture tricolore. À bord de cette embarcation encore plus abjecte que la barque de Charron, il était la République, symbole de l'ordre, de la raison et des vertus qu'elle représentait, mais il restait impuissant devant les crimes dont ses enfants étaient victimes.

Il emporterait le regard de chacun d'eux jusqu'au tombeau, cela il le savait.

Une vague lueur derrière lui attira son attention. Une aube pâle et froide se levait, venant des terres et illuminant petit à petit l'estuaire. Il n'y avait plus de bruit sur la barque. Tous les gardes, même Lamberty, s'étaient endormis, ivres morts. Il ne restait des victimes qu'un haut tas de vêtements déchirés que les bourreaux revendraient sans doute à quelque fripier.

Sénart se pencha par-dessus le bastingage, contempla l'eau qui commençait à prendre une teinte verdâtre et vomit longuement.

2

— Citoyen Sénart, réveille-toi !

Gabriel-Jérôme ouvrit péniblement les yeux. Il sentait encore les remugles humides de la Loire. Pourtant, brumaire était loin. On était en l'an II, en prairial, à l'Hôtel de Brionne. Il avait passé la nuit à rédiger des rapports et avait fini par s'endormir sur le volumineux cahier qui trônait au milieu du secrétariat.

Les deux porteurs d'ordres l'avaient secoué sans ménagement.

Il grimaça de douleur. Le fauteuil en bois était inconfortable. Il était encore épuisé et courbatu.

— Que… qu'est-ce qui se passe ?

Les fonctionnaires subalternes qui étaient venus le chercher ne se distinguaient guère de la lie qu'ils étaient chargés de poursuivre. Ivrognes, brutaux, ils juraient et éructaient en parcourant les rues et en pestant contre les ennemis de la Révolution.

Sénart secoua la tête.

— Je me suis endormi.

— Ça on l'a bien vu, citoyen, rit un dénommé Lepoulet qui s'était fait une spécialité de surveiller les maisons closes. On est d'abord passé chez toi, mais comme tu n'y étais pas, c'est Duglas qui a eu l'idée de venir te chercher ici.

Duglas, aussi grand, maigre et silencieux que son compagnon était gros et jovial, renifla avec désapprobation.

Sénart sentit la colère monter. Pourquoi ces deux coupe-jarrets étaient-ils venus le réveiller ?

Duglas avait la voix grave et caverneuse du prêtre qu'il avait paraît-il été autrefois. Il répliqua sèchement :

— Le citoyen Vadier te demande.

Sans doute pour relire les rapports. Vadier adorait lire les rapports, surtout ceux qui comportaient moult détails croustillants et compromettants pour ses adversaires politiques.

— Il est dans la salle du conseil ? se risqua le secrétaire rédacteur.

— Non, tu dois le rejoindre rue des Ménétriers. Et il a donné l'ordre que tu viennes le plus vite possible. Tu sais ce que ça veut dire dans la bouche du citoyen Vadier.

Les Ménétriers... Il ne connaissait même pas la rue. Sans doute dans ces quartiers populeux du centre de la capitale, à seulement deux pas des palais.

— Et nous sommes chargés de t'escorter, rajouta Duglas.

Gabriel-Jérôme se serait bien passé d'une telle compagnie, mais on ne discutait pas les ordres de Vadier.

Il se leva donc avec difficulté, s'étira et referma le grand livre dans lequel, à la lueur d'une bougie entièrement consumée, il avait passé une partie de la nuit à relater les exactions de Carrier à Nantes, rapport qui finirait certainement dans une obscure salle d'archives poussiéreuse et placée sous bonne garde.

Il prit le haut bicorne surmonté des trois plumes teintes aux couleurs révolutionnaires, revêtit le manteau bleu marine et s'en fut, suivi des deux porteurs d'ordres. Simplement armés de piques, vêtus de la veste épaisse et du pantalon grossier des sans-culottes, des pouilleux dont ils ne se distinguaient que par la rosace qui ornait leurs couvre-chefs déformés, ils ne constituaient pas un aréopage bien impressionnant, mais le Comité aimait s'entourer de tels hommes, facilement corruptibles et dénués de tout scrupule.

Ils sortirent de l'Hôtel de Brionne et laissèrent derrière eux le long bâtiment des Tuileries qu'on appelait dorénavant Palais national et la place du Carrousel. Comme il était d'usage, un gendarme les escorta jusqu'au passage qui menait vers le palais Égalité. C'est en ayant dûment signé le registre qu'ils purent enfin sortir de l'enceinte.

Car c'est dans cet espace réduit, l'ancienne place où les monarques donnaient leurs fêtes dans les palais qu'ils avaient construits, que se tenait le véritable gouvernement de la France de l'an II. D'un côté le Comité de salut public qui régnait sur les Tuileries et de l'autre côté, siégeant Hôtel de Brionne, le Comité de sûreté générale qui agissait dans l'ombre et n'hésitait pas à utiliser ruses, extorsions, chantage pour arriver à ses fins. Fins que Sénart ne comprenait pas toujours, bien qu'il serve la sûreté depuis que celle-ci avait été mise en place.

— Plus vite, citoyen. Vadier attend.

Sénart haussa les épaules. Que se passait-il là-bas, rue des Ménétriers ? Avait-on déjoué un complot ? Avait-on surpris quelque émigré ou prêtre réfractaire en plein Paris ? S'agissait-il d'une maison close où se réfugiaient les ennemis de la Nation ? Le jeune homme se sentait dans un état étrange. Comme si, après ce qu'il avait vu depuis Nantes, tout lui était indifférent.

Le petit groupe traversa la foule, qui dès le matin se pressait dans les ruelles étroites et insalubres du vieux Paris. Les deux porteurs d'ordres chassaient les importuns à coups de piques et le peuple contemplait avec crainte le jeune secrétaire rédacteur revêtu de son magnifique uniforme. La rue des Ménétriers allait des

Halles vers l'Hôtel de ville. Ils y parvinrent en moins d'une demi-heure et Notre-Dame sonnait déjà six heures du matin lorsqu'il aperçut la silhouette de Vadier, entouré de gendarmes, qui attendait au milieu de la ruelle.

L'homme l'accosta sur un ton affable.

— Bonjour, citoyen Sénart. Laisse-moi voir ta mine. Je ne te connaîtrais pas aussi bien, je jurerais que tu as passé la nuit dans une taverne, mais tu n'es pas de ceux-là. Tu as travaillé, n'est-ce pas ?

L'intéressé approuva avec embarras.

— C'est cela, citoyen.

Marc Guillaume Alexis Vadier, député de l'Ariège, président et doyen du Comité de sûreté générale, le dominait d'une demi-tête. Grand, froid, élégant, portant perruque poudrée et habit de prix, rayé suivant la mode en vigueur, il affichait l'allure d'un riche bourgeois. Il savait rire et plaisanter avec les hommes et leur passait plus d'une fois la main sur l'épaule. Mais c'était pour mieux repérer l'endroit où la Grande Faucheuse ferait son travail. Vadier était un mystère. Il accomplissait sa tâche sans aucune pitié. Sous des dehors bonhommes et bons vivants, il possédait un acharnement insensé à pourchasser ses ennemis, ne pardonnait jamais le moindre affront. Pourtant ses objectifs restaient mystérieux. Pour une raison qui lui était inconnue, Vadier, qu'on surnommait parfois le Grand Inquisiteur, l'avait pris en affection, lui, le petit secrétaire rédacteur, lui parlant avec cordialité et s'inquiétant toujours de sa santé.

Sénart se serait bien passé de telles attentions. C'est Vadier qui l'avait envoyé à Nantes l'année précédente, et, depuis, il lui demandait d'écrire rapport sur rapport, détaillant toujours plus avant les atrocités perpétrées par Carrier et ses sbires. Dans quel but ? Nul ne le savait.

Le jeune homme attendit. Il ne serait pas de bon ton de demander au citoyen Vadier pour quelle raison il avait cru utile de le faire venir en plein centre de la capitale aussi tôt dans la matinée.

— Citoyen, connais-tu cette adresse ?

Le conventionnel lui montra une maison de pierre qui contrastait avec les pauvres demeures en torchis du quartier. Les boutiquiers qui occupaient les échoppes au rez-de-chaussée en avaient été chassés par les gendarmes et, en compagnie du petit peuple, suivaient à distance le déroulement de l'enquête, non sans force commentaires.

— Non, citoyen, je ne la connais pas.

Vadier hocha la tête.

— Alors c'est parfait. Tu vas monter avec moi et examiner ce que nous avons découvert ce matin. Je ne te dirai rien mais j'exige que tu me fasses part de tes remarques sur tout ce que tu verras. Est-ce bien clair ?

Sénart approuva. Avait-il moyen de faire autrement ? Il fit signe à ses deux sbires de le suivre et emboîta lui-même le pas à Vadier.

La robuste porte de chêne s'ouvrit sur un vestibule.

— La porte a été forcée. Vraisemblablement par plusieurs hommes, avec des fusils, commenta le secrétaire rédacteur.

— C'est exact, répliqua le Grand Inquisiteur. La garde nationale, alertée par le voisinage, a pénétré dans les lieux il y a de cela une heure. Fort heureusement, ils n'ont pas eu le temps de déranger quoi que ce soit.

— Ils sont montés par l'escalier, ajouta le jeune homme en désignant des traces boueuses sur les marches.

— En effet, les cris venaient d'en haut.

Sénart se sentait étreint par un sourd pressentiment. Que voulait donc Vadier ?

Ils montèrent les escaliers jusqu'au troisième étage. La demeure était vaste mais meublée avec parcimonic, comme si son propriétaire avait été contraint de vendre son mobilier. Enfin, tout en haut, ils parvinrent jusqu'à un palier. Là encore, des empreintes de bottes. Elles se dirigeaient vers une pièce dont la porte était entrebâillée. Il remarqua des traces de vomissures.

— Laisse cela, lui ordonna Vadier. Concentre-toi sur la porte.

— Ils ont défoncé aussi celle-ci... Et elle était fermée de l'intérieur, ajouta-t-il en remarquant le pêne sorti de la serrure.

— Judicieusement déduit. C'est un détail qui a son importance. Maintenant, pousse la porte et regarde.

Sénart obéit, intrigué. Derrière lui, les deux porteurs d'ordres poussèrent une exclamation sourde. Le spectacle qu'il découvrit le cloua sur place.

Tout de suite, la voix de Vadier résonna dans son dos :

— Ne t'occupe pas du corps, pas encore. Intéresse-toi à la pièce !

Le jeune homme s'efforça d'obéir et ferma les yeux un court instant. Il avait déjà contemplé la mort sous toutes les apparences, même les plus abominables... mais ça !

Il rouvrit les yeux et tenta d'occulter la forme qui n'avait plus rien d'humain, étendue à trois pas de lui.

Le sang. Le sol fait sans doute d'un plancher était entièrement recouvert d'une mare de sang. Les gardes nationaux ne s'étaient pas aventurés plus loin car on ne distinguait pas de marques de bottes. Ils s'étaient arrêtés sur le seuil et l'un d'entre eux avait vomi sur le palier, d'où les souillures qu'il avait repérées plus tôt. Le sang avait aussi giclé sur les murs. L'endroit constituait sans doute une bibliothèque ou un cabinet de réflexion. De grandes coulures écarlates maculaient les reliures de cuir et le miroir en face, dans lequel il apercevait son propre reflet, pâle, abasourdi.

Sur une étagère reposait un crâne humain apparemment fort ancien, lui aussi éclaboussé de rouge.

— Alors ? le relança le conventionnel impatient.

— Personne n'a pu entrer ici avant l'arrivée de la garde nationale, commença Sénart d'une voix blanche, car la porte était fermée de l'intérieur. Il n'y a qu'une issue, cette fenêtre grillagée là-bas. Elle a été défoncée de l'extérieur. Il a sûrement fallu une force considérable. D'autre part…

— Continue !

— Je… je ne vois qu'une seule sorte d'empreintes sur le sol.

— Examine-les.

Sénart s'agenouilla tout en prenant bien garde de ne pas toucher la mare de sang et se pencha sur l'une d'elles.

— C'est étrange, on dirait que l'homme était pieds nus, ce qui est inconcevable. Son pied est très largement plus grand que la normale. Et il est reparti par où il était entré. Par la fenêtre.

— Qui te dit qu'il s'agit d'un homme ? trancha Vadier.

Un frisson parcourut l'échine du jeune homme. Le spectacle sous ses yeux était tellement inconcevable dans son abomination qu'il en devenait presque grotesque.

— Je crois qu'il s'agit d'un homme, citoyen.

— Et pourquoi cela ?

— La… la disposition du corps n'est pas due au hasard.

Vadier, derrière lui, approuva.

— Bien, effectivement, l'assassin a fait preuve dans sa sauvagerie d'une certaine marque d'intelligence. Que peux-tu me dire à propos du mort ? Rapproche-toi de lui, maintenant. Nous avons vu qu'il n'y avait pas d'autres traces que celles de l'assassin dans cette pièce.

Avec répugnance, Sénart obéit. Sachant d'expérience que le sang encore humide pouvait être glissant, il avança avec précaution jusqu'au milieu de la pièce où trônait le bureau. C'est là que le criminel avait commis son forfait. Le sang recouvrait tout, ici aussi il n'était pas facile de distinguer quoi que ce soit.

— On dirait qu'il a été écartelé.

— Il semble difficile de faire entrer quatre chevaux dans cette pièce.

Pourtant, c'était bien cela, la victime avait été écartelée. Il ne restait qu'un tronc pantelant sur la table. Le défunt avait gardé les yeux grands ouverts et compte tenu de la déformation de son visage, marqué par une indicible frayeur mêlée de souffrance au-delà de l'imagination, on devinait qu'il avait vu sa mort en face. L'homme était encore vivant lorsqu'il avait subi ces affreuses mutilations. D'ailleurs, sans cela, le sang n'aurait pas jailli de cette manière, en longs jets qui avaient même souillé le plafond.

— On lui a coupé les membres. J'ignore comment, mais on ne s'est pas servi d'une lame. C'est comme si on les lui avait arrachés.

— De quelle manière, selon toi ?

Il examina plus attentivement les bras et les jambes.

— Je ne sais pas. L'homme n'avait pas les mains liées, je ne vois de meurtrissures ni aux poignets ni aux chevilles. Pas de traces de pinces ou de quelque autre outil. C'est comme si celui qui avait fait cela ne s'était servi que de ses mains nues.

— Bien, autre chose à dire ?

Vadier parlait sur un ton détaché et un peu sec, comme s'il se trouvait à la tribune de la Convention et donnait des ordres aux assesseurs.

— Oui, il y a quelque chose d'étrange dans la manière dont on a disposé ses membres.

Les jambes étaient placées sur la poitrine du cadavre et formaient un angle d'environ trente degrés. La pointe vers le haut. Les bras avaient été arrangés par-dessus dans un angle similaire mais inversé, la pointe vers le bas.

— Étrange, en effet.

— Sous les membres, je vois une brochure.

— Prends-la, je te prie.

C'est avec répugnance, et en se protégeant à l'aide d'un mouchoir, que Sénart souleva une jambe pour s'emparer de la liasse de feuillets maculés de sang. Un bras tomba avec un bruit spongieux. Pendant un instant, il crut qu'il allait se mettre à vomir lui aussi mais il se reprit.

— De quoi s'agit-il ?

Sénart tenta de lire. La plupart des caractères étaient illisibles à cause du sang mais il put tout de même déchiffrer le titre.

— *The constitution of the free masons of 1723.*

— Évidemment, laissa tomber Vadier d'une voix sourde. Citoyen, ce symbole te rappelle-t-il quelque chose ?

Il traversa la pièce en prenant soin de ne poser le pied que là où il y avait le moins de sang et prit un objet sur les rayonnages de la bibliothèque. C'était une sorte de médaillon sur lequel étaient représentés un certain nombre d'éléments disparates : deux colonnes, le soleil, la lune, et surtout, au milieu, deux objets.

Un compas et une équerre.

Sénart poussa une exclamation étouffée :

— Mais c'est exactement ainsi que…

— Exact, conclut le conventionnel en reposant le médaillon. L'assassin a disposé les membres de sa victime à la manière d'un compas et d'une équerre. Maintenant, va voir à la fenêtre et dis-moi comment il a pu partir.

Le jeune homme contourna le bureau et enjamba le bras qu'il avait fait tomber. La fenêtre était étroite, en forme d'ogive. Comme il l'avait remarqué plus tôt, le grillage en avait été défoncé de l'extérieur. L'occupant des lieux avait dû être surpris par l'intrus et n'avait même pas eu le temps de se précipiter sur le palier. Tout s'était sans doute passé très vite.

Il se pencha à la fenêtre : le vide.

Le mur descendait à pic sur une vingtaine de pieds. Les aspérités qui auraient pu aider à l'escalade étaient rares et le crépi régulier. On n'avait pas pu lancer une corde, d'ailleurs, en bas, on n'apercevait que les toits branlants des masures du quartier, lesquels n'auraient certainement pas pu soutenir le poids d'un homme.

Pourtant, il remarqua des traces rouges sur l'encoignure. Puis sur le mur en contrebas. Pas de doute, l'assassin encore souillé par le sang de sa victime était parti par là. Mais comment un être humain avait-il pu escalader un tel à-pic et en redescendre ?

Sénart secoua la tête :

— C'est invraisemblable, même le plus agile des acrobates ne pourrait utiliser ce chemin.

— Judicieusement observé, approuva Vadier. Viens maintenant, mon ami. Cette pièce nous a appris tout ce que l'on pouvait en espérer. Nous trouverons bien une taverne en bas.

Sénart s'assit devant le conventionnel. L'homme enleva son chapeau orné d'un galon tricolore, et essuya d'un geste élégant la poudre qui s'y était déposée avant de le placer avec une infinie délicatesse sur la table devant lui.

Il huma avec une sorte de condescendance un peu dédaigneuse le verre de vin que lui apporta l'aubergiste mais en but néanmoins une large gorgée avant de le reposer.

— Tu ne bois pas, citoyen ?

Le jeune homme sentait la nausée l'envahir. Petit à petit, les images écarlates emmagasinées au troisième étage de cette demeure bourgeoise lui revenaient. Mais l'autre en face l'observait. Il ne devait montrer aucune faiblesse.

Il prit donc son verre. Le vin était plutôt plaisant, le citoyen Vadier avait du goût et assez d'influence pour se faire servir autre chose que de la piquette, même dans un estaminet de quartier.

— Il est bon, répondit-il simplement.

Son interlocuteur approuva :

— Tout à fait, citoyen, tu as le palais connaisseur, autant que tes yeux si j'ai pu en juger là-haut.

Gabriel-Jérôme se rembrunit immédiatement : le conventionnel et membre fondateur du Comité de sûreté générale en venait directement au but.

— J'ai voulu te montrer cette scène avant qu'elle ne soit dénaturée par les gardes nationaux, la foule, les curieux et tout ce qui s'ensuit. L'accès en sera bien sûr interdit aux gazetiers mais tu sais combien ils sont retors et se glissent partout. Nous vivons une époque d'incertitude, citoyen, et chaque événement sortant de l'ordinaire doit faire l'objet d'un examen très attentif. Nul ne sait ce qui se cache derrière cette mise en scène macabre, mais les implications de ce meurtre pourraient bien être politiques.

— Mais alors, le Comité de salut public doit être avisé ! s'écria Sénart.

Vadier lui fit un geste d'apaisement :

— Il ne s'agit pas là d'une priorité. Laissons le Comité s'occuper de l'approvisionnement des armées de l'Ouest et de la préparation de la fête de l'Être suprême.

— S'il s'agit d'une affaire politique, pourquoi m'avoir choisi, moi ? Je n'ai fait jusqu'ici que rédiger des rapports et…

Le conventionnel se pencha et murmura avec un sourire qui n'augurait rien de bon :

— Peu de gens savent qu'avant que le tyran ne soit renversé tu avais épousé une de ses filleules. Tu ne souhaites pas que cette nouvelle soit divulguée, n'est-ce pas ?

Sénart déglutit avec difficulté. Avant la Révolution, il avait épousé une fille de petite noblesse que le roi avait effectivement accepté de prendre sous sa protection. Ses idées politiques à lui et son implication dans la justice révolutionnaire les avaient séparés, mais cette vieille histoire – ils étaient alors presque des enfants – continuait de le poursuivre.

Vadier reprit d'un ton plus cordial :

— J'avais besoin d'un observateur avisé et attentif. Qui plus est, quelqu'un qui me soit d'une parfaite fidélité. Tu vas enquêter sur cette affaire.

Gabriel-Jérôme eut un mouvement de découragement :

— Je n'ai jamais mené d'enquête ! Je n'ai fait que rédiger des rapports, quelques missions d'inspection dans les départements de l'Ouest et c'est tout.

— Tu as montré tout à l'heure un sens de l'observation tout à fait opportun. Tu as bien vu ce qu'il y avait d'étrange dans cette scène de crime, dépassant l'horreur initiale éprouvée sur le seuil de la porte.

Sénart tentait depuis tout à l'heure de remettre de l'ordre dans ses pensées, sans grand succès.

— En vérité tout ceci est tellement étonnant et atroce.

— Résume les faits le plus simplement possible.

Il prit une profonde inspiration, but un peu de vin et commença :

— Cet homme qui semble être un citoyen aisé, mais en mauvaise passe, travaillait dans son cabinet et ce depuis un certain temps, comme le montre la bougie presque entièrement consumée posée sur un coin de la table. Un… homme, je ne sais pas encore si on peut désigner l'assassin sous ce vocable, s'est introduit dans la pièce, qui était fermée de l'intérieur, par une petite fenêtre après avoir escaladé un mur haut de plusieurs dizaines de pieds et qui présente très peu d'aspérités. Pour une raison inconnue, et faisant preuve d'une force démentielle, il a tué le pauvre homme en lui arrachant les membres un par un. Ensuite, il a posé le tronc sur la table, mis un fascicule écrit en anglais sur sa poitrine et disposé les membres dans un ordre étrange mais certainement concerté, avant de disparaître vraisemblablement par le même chemin. Les cris de la victime ont alerté les voisins, qui ont prévenu la garde nationale, mais trop tard.

Vadier hocha la tête.

— Voilà un bon résumé de l'affaire telle que tu pourras la porter sur ton rapport. N'y a-t-il pas d'autres questions à se poser ?

— Si. Quelles étaient les activités de la victime ? Le symbole du compas et de l'équerre signifierait qu'il était franc-maçon. Quant à ce fascicule en anglais, peut-être l'individu avait-il des contacts avec Londres, mais s'il s'agit d'une affaire d'espionnage, pourquoi cet étalage de cruauté ?

Il y eut un silence. Les gens dans l'auberge s'étaient éloignés d'eux. Les deux porteurs d'ordres armés de piques impressionnaient. Ils faisaient passer leurs émotions à grandes lampées de piquette à quelques tables de là. De même, le costume républicain du jeune secrétaire rédacteur faisait son effet. Mais plus encore, c'est le visage bonhomme et plein d'intelligence du conventionnel qui effrayait la clientèle.

— Tu poses là les bonnes questions, citoyen. Je peux répondre à quelques-unes mais pas à toutes. D'abord, la victime n'est autre que Charles Dominique Saulx, vicomte de Tavannes, qui fut colonel au temps de l'usurpateur et maréchal de camp lorsque le peuple eut pris le pouvoir.

— Un ancien militaire en disgrâce ?

Vadier eut un geste d'impatience.

— Non, son activité militaire est de peu d'importance dans les faits qui nous préoccupent. Tavannes était franc-maçon, membre de la loge des Amis réunis, puis de la Bienfaisance.

— Cela ne nous explique pas la présence du fascicule en anglais ?

— Il s'agit des constitutions rédigées par un pasteur du nom d'Anderson et qui représentent d'une certaine manière le texte fondateur de cette confrérie.

— Mais je croyais que les loges accusées de fédéralisme avaient été sommées de suspendre leur activité.

L'autre approuva :

— C'est exact, toutes ont cessé leurs réunions séditieuses, seules peut-être quelques irréductibles continuent en province, mais elles n'ont aucun pouvoir. Une bonne partie de la tâche du Comité de sûreté générale depuis sa création a été de les museler, mais, vois-tu, il semble que des représentants issus de différents courants et obédiences se soient unis au sein d'une organisation secrète, sous l'étendard d'un personnage mystérieux que l'on connaît sous le sobriquet un peu romanesque de Philosophe inconnu. Nous soupçonnions Tavannes d'être son bras droit. En fait, il était placé sous surveillance constante, et voilà qu'on l'assassine à notre barbe ! Tu conviendras mon ami que, quel que soit l'auteur de ce crime, il a singulièrement manqué d'élégance. Nous cherchions par Tavannes à pénétrer les secrets de cette organisation.

Le jeune homme réfléchissait :

— Il a donc été tué pour éviter de parler…

— Ces gens auraient-ils employé un moyen si… barbare ! Ce sont des francs-maçons, un peu mystiques et fédéralistes mais essentiellement des spéculatifs, des intellectuels, des bourgeois, voire des prêtres…

— Alors, je n'y comprends rien !

Vadier eut ce sourire qui déplaisait souverainement à Sénart. Ce sourire qui n'annonçait rien de bon.

— C'est pourquoi je te charge de cette enquête. Trouve qui a tué Tavannes et, mieux encore, donne-moi l'identité de ce Philosophe inconnu et, crois-moi, mon ami, tu ne le regretteras pas.

Le jeune homme avait de nouveau envie de vomir : il n'avait rien mangé depuis la veille au soir et ce n'était pas le spectacle qu'il avait découvert en haut de la rue des Ménétriers qui aurait pu arranger la situation. Pour combler le tout, on lui proposait un travail dont il ignorait jusqu'à la manière de l'entreprendre.

D'ailleurs, le conventionnel semblait s'en rendre compte. Il se leva, remit son chapeau non sans avoir soigneusement vérifié qu'aucune poussière ne s'y était déposée et déclara :

— Je vais te suggérer une première piste, citoyen, lui lança-t-il gaiement. Rends-toi à la prison de la Petite Force et demande Mlle Lenormand. Tiens, voilà une autorisation pour l'interroger.

Il lui tendit un document aux armes du Comité de sûreté générale.

Sénart aurait voulu lui demander qui était cette fille et son implication exacte dans l'affaire, mais Vadier, après un bref hochement de tête, se retourna et sortit de l'auberge, laissant son malheureux subordonné avec une batterie de problèmes insolubles : comment retrouver un assassin qui grimpait aux murs comme un chat, semblait jouir d'une force monstrueuse et surtout comment démasquer ce fameux Philosophe inconnu ?

Découragé, il fit signe à Lepoulet et à Duglas déjà bien éméchés :

— Venez, vous deux, le citoyen Vadier nous a donné un travail ; vous savez ce qui arrive lorsqu'il n'est pas satisfait.

Ils ramassèrent leurs piques et le suivirent sans plus de discussion.

La prison de la Petite Force n'était pas très loin de la rue des Ménétriers. Au départ, on y enfermait les femmes, les hommes bénéficiant du confort très relatif de la prison de la Grande Force, au coin de la rue du Roi-de-Sicile, mais les geôles conventionnelles se remplissant au fur et à mesure que l'on appréhendait de nouveaux ennemis de la Révolution, des détenus des deux sexes s'y trouvaient entassés.

Les trois hommes parvinrent rue Pavée. La présence d'une prison, surtout fréquentée par des aristocrates, expliquait la présence d'un grand nombre de commerces divers qui allaient des victuailles ordinaires jusqu'aux libraires et même aux perruquiers. La vie et les affaires continuaient donc à un rythme trépidant, ponctué par les convois chargés de condamnés qu'on menait place de Grève. Les deux porteurs d'ordres se frayèrent un chemin dans la foule, tandis que Sénart, les jambes encore flageolantes sous son haut bicorne, tentait de faire bonne figure.

— Que veux-tu, citoyen ?

Un groupe de gendarmes, plutôt débraillés et qui passaient leurs longues journées à boire et à perdre aux dés des montagnes d'assignats sans valeur, gardaient le grand portail édifié par l'architecte Desmaison.

Sénart montra le document signé de la main de Vadier, ce qui provoqua un certain effet.

— Quel détenu veux-tu voir ?

Et le gendarme rajouta avec un petit rire :

— À moins qu'on ne l'ait envoyé au rasoir républicain aujourd'hui !

— Je veux voir Mlle Lenormand.

Les gendarmes se regardèrent les uns les autres, surpris :

— Alors, ça y est, voilà que le Comité de sûreté générale a besoin d'elle, lui aussi !

— Mais que fait-elle donc, cette femme ? À quelle activité s'est-elle livrée pour être enfermée ici ?

Le sergent dévisagea le jeune homme avec une expression ébahie.

— Ça alors ! Tu n'es donc pas au courant ? Tout Paris pourtant la connaît.

— Réponds-moi, qui est-elle ? Il faut que je la voie.

L'homme eut un sourire goguenard.

— Je suis sûr qu'elle sait déjà que tu vas venir ! Vois-tu, la ci-devant Lenormand est une sorte de sorcière, ou plutôt de voyante comme certains disent, ou de médium aussi. Toujours est-il qu'elle voit l'avenir, ça c'est sûr.

3

Lepoulet et Duglas étaient restés avec les autres gardiens et buvaient à la santé de Robespierre et de la Grande Faucheuse nationale qui débarrassait la Révolution de ses ennemis. Le sergent continuait ses explications tout en conduisant son visiteur à travers les dédales de la prison, encombrés de détenus appartenant à toutes les classes sociales, certains présentant un aspect particulièrement miséreux, d'autres semblant sortir d'un bal à l'Opéra.

— La Lenormand n'est pas une fille comme les autres, pour sûr. Elle voit l'avenir avec son jeu de cartes. Si j'avais été comme ces satanés dévots – que l'Être suprême abatte leurs maudites idoles ! –, j'aurais crié à la sorcellerie, mais nous sommes à un âge de raison. Elle prétend que sa méthode est scientifique, ma foi, je n'en sais rien. Toujours est-il qu'elle avait prévu la mort du citoyen Marat et celle de Danton aussi.

— Mais alors, pourquoi l'a-t-on mise en prison ?

Le sergent lui renvoya un regard rusé :

— Je ne le sais pas, d'ailleurs cela ne me regarde pas. Mais on dit qu'un jour le citoyen Robespierre est venu lui rendre visite. Personne ne sait ce qu'elle lui a dit mais, depuis, la belle est enfermée ici, c'est tout ce que je sais. Ah ! nous arrivons.

Le quartier de la prison où ils entraient était plus spacieux et confortable. Moins de détenus y étaient entassés et on y apercevait de plus beaux costumes. Au lieu des grandes couches communes qui pouvaient accueillir jusqu'à vingt prisonniers, on avait édifié un grand nombre de petites stalles en bois qui garantissaient aux pensionnaires des lieux une relative intimité.

— La Lenormand est là, indiqua le sergent en désignant une des stalles.

— Depuis combien de temps est-elle incarcérée ? demanda le jeune homme.

L'autre réfléchit :

— Ma foi, cela doit bien faire plus de six mois.

— Comment cela se peut-il ? Les condamnés ne restent jamais si longtemps en vie !

— Tout dépend de leur fortune, ricana le gendarme.

— Le Comité surveille pourtant de tels abus.

Le sergent, goguenard, continua comme s'il s'agissait d'une vieille plaisanterie :

— Certes, au début on laissait les ordres de mise à mort de certains au bas de la pile. Mais le Comité a eu vent de la chose et a ordonné que toutes les semaines on la retourne. Ce que nous faisons consciencieusement, tu penses bien. Seulement, le Comité n'a pas songé à tous ceux qui se trouvaient au milieu !

Et il éclata de rire. Sénart hésita avant de répliquer. Après tout, Vadier devait bien être informé de telles pratiques et les tolérait sans doute. Sinon, il ne l'aurait pas envoyé voir cette femme. Haussant les épaules, il approcha. Pas de porte, un simple lambeau de drap masquait bien mal l'intérieur. Il aperçut deux silhouettes féminines très convenablement habillées. L'une d'elles restait penchée par-dessus une petite table et remuait des cartes tandis que l'autre semblait suivre avec le plus vif intérêt les manipulations de sa compagne.

— La ci-devant Marie-Josèphe-Rose Tascher de La Pagerie, lui glissa son mentor. Elle dépense le peu d'argent qu'elle n'a pas à écouter les prédictions de la Lenormand.

— Et celle-là, si elle n'a pas d'argent, pourquoi est-elle toujours ici ?

Le sergent haussa les épaules :

— Des inconnus payent pour elle. Selon certains, ce serait le général Hoche que le Comité de salut public a envoyé en prison après qu'il a remporté maintes victoires pour la Révolution.

Ils virent le drap s'écarter et la dénommée Marie-Josèphe-Rose sortit en se couvrant le visage de son châle. Sénart se retourna vers l'homme :

— Laisse-moi maintenant, j'ai à faire.

— Pour sûr, citoyen, ce papier dit que tu peux disposer comme bon t'en semble de la prisonnière, alors ne te gêne pas. Mais prends garde de ne pas l'offenser. On dit qu'elle a le mauvais œil.

Et, sur cette dernière plaisanterie, il s'éloigna.

Sénart, à son tour, écarta le drap et se trouva dans une cellule minuscule où l'on ne voyait guère qu'une paillasse qui devait servir de lit, une petite table bancale où reposait toujours le jeu de cartes dont il distinguait les figures étranges et un tabouret sur lequel s'asseyaient les visiteurs.

— Tu es la citoyenne Lenormand ? commença-t-il froidement.

Elle leva la tête : brune, un joli minois, piquant, des yeux très vifs et un petit nez pointu qui lui donnait un air enfantin.

— Tiens, je me demandais quand le citoyen Vadier allait enfin daigner s'intéresser à moi.

Elle parlait d'une voix légère et cristalline. Le jeune homme trébucha et sentit le rouge lui monter aux joues.

— Mais… mais, comment ?

Elle éclata de rire :

— Allons, citoyen, je n'ai pas encore eu le temps de lire quoi que ce soit dans mon tarot te concernant, mais j'ai observé que tu portais l'uniforme du Comité de sûreté générale. Commissaire, je crois.

— Secrétaire rédacteur, rectifia-t-il en tentant de retrouver son aplomb.

— Et, étant donné que Marc-Guillaume Vadier est bien le seul des deux Comités qui ne soit pas venu me consulter, en te voyant apparaître, j'en ai conclu que c'était lui et personne d'autre qui avait pu envoyer un officier aussi inexpérimenté que toi.

— Qui te dit que je suis inexpérimenté ? coupa Sénart sur un ton rogue.

Elle rit de nouveau puis lui fit signe de prendre le tabouret.

— Parce que tu rougis comme une jeune fille !

Il finit par obéir :

— Vous ne connaissez donc pas le citoyen Vadier ?

Elle lui renvoya un regard espiègle :

— Nous ne nous sommes jamais vus mais il me connaît bien. Presque aussi bien que je le connais. Il est le plus intelligent et c'est lui qui vivra le plus longtemps de tous.

— Comment pouvez-vous le savoir si vous ne l'avez jamais vu ?

Elle eut une petite moue boudeuse :

— Parce qu'il est prudent et retors comme une anguille ! La preuve, il n'est pas venu me consulter. Tous l'ont fait avant lui et tous sont morts ou mourront bientôt.

Sénart posa son encombrant couvre-chef, l'aplomb de la jeune femme le dépassait. Elle semblait totalement déplacée en ces lieux, presque coquette avec la large ceinture qui enserrait sa robe, le fichu drapé que les belles portaient pour faire peuple et la cocarde qu'elle arborait dans sa chevelure avec une désinvolture quasiment contre-révolutionnaire.

— Il est donc vrai que tu as rencontré le citoyen Robespierre ?

— Je n'ai jamais vu d'homme aussi couard et hébété devant une prédiction. Au moins, Danton faisait preuve de courage. Pourquoi crois-tu qu'il prépare toutes ces cérémonies ? En honorant l'Être suprême, il veut se rendre immortel, mais c'est chose vaine.

Le secrétaire rédacteur jeta un coup d'œil au jeu de cartes. C'était un tarot mais plutôt que les figures royales (débarrassées de leurs couronnes depuis la Révolution) ou les nobles silhouettes antiques, il découvrit d'étranges images. Une maison, un arbre, des nuages, un serpent et une femme, une faux, un renard, un ours.

— C'est avec ces momeries que tu prétends prévoir l'avenir ? Paris grouille de charlatans de toutes sortes. Bien peu ont réussi à sauver leur tête. As-tu seulement prédit ta propre mort ?

Elle lui fit un clin d'œil malicieux.

— Voilà une remarque pertinente qui montre que tu n'es pas le bêta que j'avais cru d'abord. Je n'ai pas prévu ma mort car l'idée même m'en paraît effrayante, mais je suis remontée assez loin dans l'avenir pour voir que je mourrai vieille et comblée de richesses.

Ce fut au tour du jeune homme de rire :

— Voilà qui est bien présomptueux, que ce bon sergent oublie de mettre ta condamnation au milieu de la pile et te voilà raccourcie !

— Tu sous-estimes mes talents. Si je n'avais pas quelques dons, j'aurais déjà été raccourcie depuis fort longtemps, comme tu le dis. Le Comité de salut public a trop peur que toutes mes prédictions ne se réalisent si j'étais exécutée. Pour ce qui est de ton maître, le cruel Vadier, même s'il joue les esprits forts, il souhaite se servir de moi pour parvenir à ses fins.

La repartie fit réfléchir Sénart. Il est vrai que c'était Vadier lui-même qui l'avait envoyé jusqu'ici. Quant à la remarque de la fille sur le Comité de salut public – et donc sur Robespierre –, elle correspondait bien à l'idée qu'il se faisait du personnage. Brillant avocat, inflexible jusqu'à l'outrance, mais peu sûr de lui et au fond lâche, craignant pour sa vie. Pour quelle autre raison aurait-il fait exécuter ses opposants les plus directs ? Il la considéra un instant et finit par lâcher :

— De tout temps, il s'est présenté des augures, des prophétesses, des sibylles prétendant savoir lire l'avenir. J'ai lu des choses sur le temple de Delphes et sur sa Pythie à qui rois, généraux et peuple envoyaient des émissaires chargés d'offrandes. Et toi, tu prétends lire l'avenir dans ces figures ridicules ?

Elle ne se formalisa pas :

— Tu as l'air de connaître tes antiquités, reprit-elle en battant ses cartes. Tu sais donc que la plus grande bibliothèque au monde ayant existé a été brûlée par César et ses troupes.

— La bibliothèque d'Alexandrie, oui, j'ai lu cette histoire, mais quel rapport avec le tarot ?

Elle changea d'attitude ; tout sourire disparut de son visage et elle prit une solennité mystérieuse. Même dans cette prison sordide, elle parvenait à ressembler à une sibylle rien qu'en transformant son expression.

« J'ai affaire à une comédienne habile », se dit-il, impressionné malgré tout.

— Que dirais-tu alors, citoyen secrétaire rédacteur, si tu apprenais qu'il existe encore de nos jours un ouvrage des anciens Égyptiens, un de leurs livres échappé aux flammes et qui contient l'essentiel de leur doctrine, ne serais-tu pas empressé de connaître un livre aussi précieux, aussi extraordinaire ?

— Bien sûr que si ! Les historiens ont beaucoup glosé sur les précieux manuscrits de la bibliothèque d'Alexandrie qui provenaient alors de tout le monde connu.

— Et maintenant, si on te disait que ce livre est en fait fort répandu dans une grande partie de l'Europe, que depuis nombre de siècles il y est entre les mains de tout le monde, bien que personne n'ait compris qu'il fût égyptien ? Que tout le monde peut en posséder un ? Mais qu'on n'a jamais cherché à le déchiffrer, le regardant comme un amas de figures extravagantes qui ne signifient rien par elles-mêmes ?

— Je croirais que tu cherches à m'abuser, citoyenne. Tu prétends que le jeu de tarots remonte à l'Égypte ancienne ? C'est ridicule.

Elle secoua la tête, sans se départir d'une expression glacée :

— C'est le dieu Thot, que les Grecs ont nommé Hermès Trismégiste, qui est considéré comme l'inventeur de l'écriture la plus ancienne qui soit. Mais l'écriture de Thot n'était pas un ensemble de lettres qui forment des mots comme le sont nos alphabets actuels, c'étaient des images qui formaient des tableaux et montraient les choses dont on voulait parler. Il est naturel que l'inventeur de ces images ait été le premier historien : en effet, Thot est considéré comme ayant peint les dieux, c'est-à-dire, les actes de la Toute-Puissance, ou la Création, à laquelle il joignit des préceptes de morale. Ce livre a d'abord été nommé A-Rosh ; d'A, doctrine, science ; et de Rosch, le nom égyptien d'Hermès, qui, joint à l'article T, signifie « tableaux de la doctrine d'Hermès ». D'où son nom de Ta-Rosh particulièrement consacré à la divination de ce qui allait advenir. Certes, ces quelques cartes forment un livre bien peu volumineux, mais, tu le sais, les premiers écrits qui nous sont parvenus des civilisations grecques étaient bien brefs, et de leur poésie on apprenait beaucoup de choses.

La tête lui tournait. Où voulait-elle en venir avec ce verbiage ?

— Chaque carte en elle-même raconte une histoire, continua la jeune femme. L'histoire des dieux de ce temps. Les images en ont été altérées par l'ignorance des hommes bien sûr, mais moi, le tarot dont je me sers est le plus proche qui soit du livre de Thot.

Sénart se prenait au jeu de la curiosité :

— Mais comment l'histoire des dieux pourrait-elle te permettre de prévoir l'avenir ?

Elle plongea ses yeux dans les siens et il eut un frisson. Elle avait été si rieuse et enjouée tout à l'heure. Alors que là, il avait l'impression de tomber dans un puits de ténèbres.

« Elle cherche à t'abuser ! » se répéta-t-il en vain.

— Individuellement, elles ne sont d'aucune utilité. C'est leur alliance décidée par le sort, ou plutôt par la puissance divine, car le ciel même influe sur le tirage des cartes, qui te racontera l'avenir. Prends trois cartes.

Elle battit le jeu et le lui tendit. Il tira trois cartes au hasard et les posa sur la petite table après les avoir retournées. L'une d'elles représentait un livre, la deuxième une femme vêtue à l'antique et la troisième un serpent.

— Comme tu es un homme, la dame figure ton épouse, ta mère, ta maîtresse ou une amie ; en tout cas, une femme importante dans ta vie. La carte à côté te donnera plus de précisions. C'est un livre : les deux cartes ensemble montrent qu'il s'agit d'une femme très secrète qui se donne difficilement. Quant au serpent, il te dit qu'il faudra se méfier de ses belles paroles : c'est une enjôleuse !

Il s'agita sur son tabouret. Allait-elle donc longtemps se moquer de lui ?

— La femme secrète dont je dois craindre les belles paroles c'est toi, évidemment. N'as-tu rien de plus concluant à me proposer ?

— Tu veux une prédiction sur le problème qui t'amène ici ? Soit. Faisons les choses dans les formes. Voici la carte qui te représente.

Sur la carte figurait un homme vêtu à l'antique.

— Le problème qui te concerne a trait à quelque manigance policière, je pense.

Il approuva à contrecœur.

Elle déposa à côté de l'homme une carte représentant un renard.

— Maintenant, tu vas me dire cinq chiffres. Ceux que tu veux, pourvu qu'ils n'excèdent pas trente et un.

Il répondit sans réfléchir :

— Trois, cinq, douze, vingt-quatre et trente.

La Sibylle battit le jeu lentement et soigneusement. Sénart eut l'impression que, malgré le beau temps qui régnait sur Paris, la température venait subitement de baisser dans la pièce.

Cinq cartes se dévoilèrent à côté des deux autres.

— La dame, encore elle. Et le livre, aussi. Le cercueil et la faux. Et… le cavalier. Voilà qui est bien étrange.

— Que veux-tu dire ? Vois-tu quelque chose dans ces figures ineptes ?

Elle baissa la tête et effleura les cartes de sa main en murmurant des mots qu'il ne comprit pas.

— Je vois… d'abord la mort. Une mort atroce, sanglante. Je vois aussi beaucoup de mystère derrière cette mort. L'assassin n'est pas connu et je pense que l'on ne sait même pas comment il a procédé pour parvenir à ses fins. Je vois également une organisation mystérieuse. Peut-être ésotérique. Elle se cache, et derrière elle un homme, qui était sans doute un ami du mort.

Elle releva enfin la tête ; bizarrement son sourire était revenu : il la reconnut à peine.

— Pour conclure, je dirais que le corps d'un homme appartenant à une organisation secrète a été découvert. Un corps certainement horriblement mutilé dans des circonstances qui vous dépassent. On t'a chargé de chercher les autres membres de cette organisation et plus particulièrement leur chef, dont l'identité est inconnue et qui est probablement une sorte de savant ou de philosophe. C'est pour cette raison que Vadier t'a envoyé à moi, car il sait que je pourrai t'apporter quelques indices. En fait, d'après ce que je lis ici, moi seule peux vous aider.

Il se leva brusquement, en colère, et balaya d'un revers de main les huit cartes alignées.

— C'est ridicule, tu ne peux pas savoir cela. Quelqu'un t'a mise au courant !

Elle s'esclaffa :

— Je te jure que non, citoyen ! Dans cette prison, je ne reçois que les visites de ceux qui viennent me consulter, et ce matin personne de l'extérieur n'est venu !

— Mais alors, mais alors…

La Sibylle lui posa la main sur le bras. Un instant plus tôt, alors qu'elle avait pris l'attitude d'une prophétesse antique, ce geste de familiarité lui aurait arraché un frisson, mais là, il n'y avait plus qu'une très jeune femme aussi gracieuse qu'espiègle.

— Ce vieux renard de Vadier ne peut rien me cacher. Je comprends pourquoi il t'a choisi. Tu n'es pas de ceux que l'on abuse facilement, tu as de l'instruction. Allons marcher.

Ils sortirent de la cellule et déambulèrent dans la pièce principale. Les prisonniers, nombreux, s'écartaient au passage du secrétaire rédacteur en grand uniforme.

— Vadier t'a donc envoyé pour me consulter, commença-t-elle. Je ne pense pas qu'il s'intéresse à mes dons de prophétesse. Il n'y croit guère. Par contre, il sait que je connais bien les sociétés secrètes.

— Une fille aussi jeune que toi ? s'étonna-t-il.

Elle lui expliqua patiemment :

— Où crois-tu que j'ai appris l'art du tarot ? Vois-tu, il ne suffit pas de lire un livre qui décrit les différentes associations des figures. Cela, n'importe quel imbécile peut le faire. On associe la femme, l'anneau et l'ours et hop ! Voilà un mariage heureux et prospère qui s'annonce. Si celui qui vient te consulter ne se marie pas trop mal, il se dira : « Ah oui, je me souviens de la prédiction de la voyante » et s'il reste garçon, ma foi, il l'aura sans doute oubliée.

— Et alors ? As-tu eu connaissance d'un savoir qui remonterait aux Égyptiens ?

Il avait prononcé cette phrase avec une ironie non dissimulée mais elle lui répondit avec un charmant sourire :

— D'abord, il faut des prédispositions. Une sorte d'instinct pour déchiffrer les cartes et les assembler afin d'y lire les choses qui ont été, qui seront ou ne se sont pas encore produites. Cet instinct, je l'ai depuis l'enfance, mais pour développer mon art, il m'a fallu également beaucoup travailler. À mon arrivée à Paris, j'ai rencontré de nombreux professeurs avant d'acquérir le savoir que je possède aujourd'hui. Des hommes de sciences, des philosophes. J'ai reçu les enseignements de Court de Gébelin par exemple. Un homme d'une profonde érudition.

— J'ai entendu parler de lui. Un protestant et un…

Il réagit soudain :

— Mais oui, c'est cela : un franc-maçon. Il est mort depuis longtemps. Avant la Révolution, je veux dire. Un franc-maçon ! Tu les connais donc, c'est pour cela que Vadier m'a amené jusqu'à toi !

Elle reprit soudain son air sérieux.

— Je le pense en effet. J'ai connu des francs-maçons avant que les loges n'entrent en sommeil. Je sais aussi que l'une d'entre elles n'a pas cessé toute activité. Tu es venu me voir parce que l'un d'eux a été assassiné. Je me trompe ?

— Non. Que peux-tu me dire sur le Philosophe inconnu ?

Elle détourna la tête et fit quelques pas vers une fenêtre étroite et grillagée. Il l'y rejoignit, attentif à ses paroles.

— Je ne peux pas t'en dire grand-chose. Sa tête est mise à prix par le Comité, mais les frères se feront trancher la gorge plutôt que de révéler son identité.

— Admettons, mais qui aurait commis cet assassinat ?

Elle s'assit sur un banc et lui fit signe de venir à côté d'elle. Maintenant, elle parlait tout bas :

— Ce que je vais te raconter, peu de gens le savent. Peut-être même que Vadier n'est pas au courant de tout. Cela se passait du temps de Court de Gébelin, j'ai appris la vérité de sa bouche.

Il la laissa parler. Avant la Révolution, elle devait être très jeune, presque une enfant. Comment avait-elle pu connaître des gens aussi importants et mystérieux ?

— Tout a commencé en Allemagne. C'était en 1776, dans la ville d'Ingolstadt. Un simple professeur de droit nommé Adam Weishaupt créa une secte qui s'inspirait des rituels maçonniques : elle s'appela d'abord l'ordre des Perfectibilistes puis prit le nom d'Illuminés. Adam Weishaupt fut rapidement dépassé par son œuvre. Comme la plupart des organisations maçonniques, elle tenta de s'implanter en France et quelques adeptes de poids y furent connus comme Mirabeau et surtout Dietrich, le maire de Strasbourg.

« Un grand ami de Robespierre », se rappela Sénart. L'affaire devenait de plus en plus intéressante.

— Les Illuminés envoyèrent un dénommé Bode afin de rencontrer les loges françaises. Ainsi, il visita d'abord l'organisation principale des maçons : le Grand Orient de France, puis des loges plus particulières, et notamment les Amis réunis à laquelle appartenaient des frères illustres comme Savalette de Lange, Court de Gébelin et Tavannes. La délégation ne donna rien. La France ne se convertit pas à l'illuminisme, mais beaucoup d'ennemis de la franc-maçonnerie prétendirent le contraire. Ils racontèrent également que l'illuminisme n'avait pour autre but que de renverser les monarques d'Europe et faire couler le sang du peuple, bref des absurdités. Cependant, il semble qu'un mystérieux mouvement ait été créé à cette époque.

— Que veux-tu dire par là ?

Elle secoua la tête.

— Je ne sais pas grand-chose à ce sujet. Court de Gébelin m'a parlé d'une... Loge Noire et d'une légende assez étrange.

Cette fois-ci, Sénart la regarda droit dans les yeux. Elle avait repris son attitude de prophétesse. Froide, marmoréenne. Soit, comédienne accomplie, elle pouvait changer d'expression à la demande, pratiquement en une seule seconde. Soit c'était le don qu'elle avait évoqué un instant plus tôt. Cette prédisposition pour distinguer dans les symboles ineptes maladroitement dessinés sur les cartes des choses qui n'existaient pas encore.

— Selon cette légende, continua-t-elle, la Loge Noire serait constituée de quatre-vingt-dix-neuf membres, plus un dernier. Les quatre-vingt-dix-neuf ont voué leur âme au démon. Au démon qui est en fait le centième membre, envoyé par Satan, et qui donne toute sa force à la loge. Il y aurait de par le monde quatre-vingt-dix-neuf de ces loges. Elles remonteraient aux anciens prêtres égyptiens qui manipulaient l'esprit faible des pharaons pour accroître leur pouvoir et assouvir leur cruauté. Ils ne cesseront, c'est ce qu'on dit, avant d'avoir soumis le monde à leur pouvoir. Mais de cela rien n'est sûr. Certains auteurs comme Barruel considèrent que les Illuminés de Bavière sont à l'origine des loges noires mais confondent la plupart des loges – qui étaient des réunions d'hommes sages et vertueux – avec des organisations criminelles qui ne répugnent pas à employer les pires méthodes. Par exemple, ils invoquent Satan et celui-ci confie à chaque loge un démon chargé à la fois de les diriger et de les aider dans leurs obscurs desseins. Ces loges rédigent une liste de sang. Une liste où figurent les noms de leurs ennemis, ceux qu'ils doivent tuer. L'homme assassiné devait figurer sur cette liste tragique, on peut alors en conclure qu'il appartenait à une loge lumineuse, les ennemis naturels des frères de l'ombre.

Elle se tut, le regard dirigé vers la fenêtre grillagée par où l'on apercevait en contrebas la cour de la prison et les nombreux détenus attendant leur exécution.

— Tu veux dire que le crime commis ce matin, rue des Ménétriers, serait l'œuvre d'un démon ?

Elle reprit immédiatement son expression habituelle, un peu railleuse.

— Bien sûr ! N'as-tu pas constaté toi-même que l'acte n'avait pas pu être accompli par un humain ordinaire ?

Sénat se mit à réfléchir : rien de concluant ne pouvait être tiré de ce fatras ! Il imaginait les rires du Comité à la lecture d'un rapport reprenant ces histoires de Loge Noire, de démon envoyé par Satan, le tout étayé par le seul témoignage d'une diseuse de bonne aventure !

Pourtant, il n'avait aucune autre piste et, en outre, c'était Vadier qui l'avait envoyé jusqu'à elle.

Il se redressa, fit quelques pas et se retourna vers la jeune femme en prenant l'air le plus sévère dont il fût capable.

— Citoyenne, je ne suis pas bien sûr que tu aies pris au sérieux l'objet de ma mission. J'attendais de toi une véritable collaboration et non ces histoires à dormir debout. Un envoyé de Satan dans Paris ! Nous ne sommes plus aux âges de l'obscurantisme. L'Ère des Français a balayé des siècles et des siècles de superstition. Néanmoins, il est possible, en effet, qu'une organisation criminelle commette de tels crimes, il est également possible qu'une loge maçonnique continue son activité à l'encontre des décisions du Comité. Au nom du peuple et de la République, je te somme de m'indiquer où et quand je peux rencontrer des personnes représentant l'une ou l'autre de ces organisations séditieuses.

Un rire répondit à cette déclaration :

— Citoyen Sénart ! Tu es tellement sérieux tout à coup ! Tu as l'air de croire tellement à ce que tu dis que je reste confondue devant une telle naïveté ! C'est presque touchant. En fait, je crois même que cela m'émeut un petit peu, conclut-elle avec un clin d'œil.

Lui, d'ordinaire si calme, faillit se mettre en colère.

— Tu refuses de collaborer avec le Comité ? Prends garde, car les petits arrangements pris dans cette prison pour retarder ton exécution peuvent être balayés d'un trait de plume.

— Je n'en doute pas mais, vois-tu, j'ignore absolument où peut agir la Loge Noire. Si je le savais, leur démon m'aurait déjà fait subir le même sort que celui de ce pauvre Tavannes. Quant aux loges encore en activité, peut-être pourrais-je t'en faire rencontrer quelques membres, mais tu comprendras que, vu la manière dont ils sont pourchassés, à la fois par le Comité et par leurs ennemis, ils prennent beaucoup de précautions. Même moi qui les connais un peu ne sais où ils se trouvent exactement. Par contre…

— Oui ?

— Si je sors d'ici, je peux négocier une entrevue. Mais je te préviens, ce sera à leurs conditions. Il est inutile d'amener tes ruffians. D'ailleurs, nous aurons sans doute les yeux bandés et on te désarmera.

L'idée était dangereuse. Il s'agissait de se livrer ainsi entre les mains de parfaits inconnus.

— Garantis-tu notre sécurité ?

— Ces gens ne sont pas les séditieux et les criminels que tu crois ! répliqua-t-elle avec chaleur. Ce sont avant tout des philosophes, des amoureux de la sagesse. Tu ne risques rien, et moi non plus. En revanche, ils n'auront confiance qu'en moi. Il faut donc que tu me laisses sortir et que tu m'accompagnes.

Laisser sortir une condamnée de la Petite Force ? Jamais le Comité n'accepterait.

— Envoie une missive à Vadier, continua-t-elle comme si elle lisait ses pensées. Je suis sûre de la réponse. Je l'ai lue dans les cartes comme beaucoup d'autres choses d'ailleurs, ajouta-t-elle avec un sourire enjôleur.

Sénart hocha la tête et remit son bicorne, mal à l'aise.

— Je vais réfléchir à ta proposition. Peut-être contacterai-je le Comité. Reste là et surtout ne bouge pas en attendant ma décision.

Nouveau rire :

— Je te rappelle que je suis prisonnière ! Il me semble que ma liberté de mouvement se trouve étroitement limitée.

Il claqua des talons, fit demi-tour et partit. Le son de la voix railleuse de la jeune femme résonnait dans ses oreilles.

À l'entrée de la prison, il trouva ses deux porteurs d'ordres à moitié ivres. Ils faisaient grand tapage en compagnie des gardes de la prison, des gredins comme eux, et de quelques gendarmes.

— Comme je vous le dis, citoyens, raccourci mais pas de la tête. Les deux bras et les deux jambes, arrachés et posés sur le ventre du ci-devant en bon ordre.

Lepoulet pérorait au milieu du groupe tandis qu'à son habitude Duglas restait en retrait, le nez plongé dans son cruchon de vin, jetant un regard mauvais tout autour de lui.

— Il devait y avoir du sang, suggéra un des bons-hommes. J'ai déjà vu un camarade se faire arracher un bras à la guerre.

— Du sang ! La pièce en était couverte jusqu'au plafond. Murs, sol, fenêtres, il y en avait partout. Il n'en sort pas autant de la tête d'un de ces aristocrates qu'on passe au rasoir révolutionnaire. On n'imagine pas que nos pauvres corps puissent en contenir autant…

— Holà, vous deux !

Irrité, Sénart interpella sèchement Lepoulet et Duglas et leur fit signe de le suivre.

— Vous n'aviez pas à révéler ce que vous avez vu. Lepoulet, tu es un ivrogne qui déshonore le Comité et la République !

Duglas haussa les épaules.

— Bah, ils sont ivres morts, que pourraient-ils bien raconter ? D'ailleurs, personne ne les croirait.

— Il y a toujours des oreilles prêtes à entendre et à répéter ! coupa le jeune homme. J'ai besoin de vous. Allez au Comité et remettez ce message au citoyen Vadier. J'attends ici la réponse. Et surtout n'allez pas brailler en chemin et raconter tout et n'importe quoi à n'importe qui.

Il avait écrit sur un morceau de papier :

Citoyen, j'ignore si la ci-devant Lenormand est une affabulatrice ou si elle sait vraiment quelque chose, néanmoins, toute piste méritant d'être vérifiée, je te demande l'autorisation de disposer provisoirement de la prisonnière et de la faire sortir, sous bonne garde, je peux t'en assurer, de la prison. Elle prétend pouvoir me mener à quelque organisation séditieuse qui connaissait la victime. Signé : Gabriel-Jérôme Sénart, Secrétaire rédacteur, Comité de sûreté générale.

Les deux hommes partis, il s'assit sur un banc de pierre et réfléchit aux étranges paroles de la jeune femme. N'était-ce pas là un tissu d'enfantillages, de ceux dont les prêtres réfractaires abrutissaient les paysans de l'Ouest pour leur faire prendre les armes ?

Soudain, il se rappela que jamais au cours de leur conversation il n'avait prononcé le nom de la victime. Or, elle savait qu'il s'agissait de Tavannes.

Cette constatation le plongea dans de nouvelles supputations toutes plus absurdes les unes que les autres.

Les carrioles passaient et repassaient à intervalles réguliers devant lui. Elles revenaient vides et repartaient chargées de pauvres âmes qui baissaient la tête avant qu'on ne la leur tranche, gémissaient, sanglotaient ou, au contraire, restaient hébétées, comme déjà mortes. La foule moqueuse les vilipendait puis reprenait ses occupations en attendant le prochain convoi. Parvenues place de Grève, les charrettes s'arrêtaient si près de l'échafaud que de grande traces brunes en maculaient le bois : le sang des condamnés jaillissait parfois fort loin sous l'effet du rasoir national.

Lorsque les deux porte-documents revinrent, l'après-midi était bien avancé. Lepoulet avait encore dû s'arrêter à quelque gargote écluser un ou plus vraisemblablement plusieurs cruchons de mauvais vin.

— La réponse du citoyen Vadier, laissa simplement tomber Duglas en lui tendant une lettre.

Intrigué et impatient à la fois, Sénart l'ouvrit.

Citoyen, une fois de plus tu ne m'as pas déçu. Il est évident que cette femme nous sera bien plus utile dehors que dedans, use de mon autorité, fais-la sortir et va partout où elle te dira d'aller, sans cesser de la surveiller. Mais surtout, n'oublie pas une chose, mon ami, tu travailles pour mon compte et j'exige que tu me rapportes avec la plus grande fidélité tout ce que tu verras et entendras. Même si cela te paraît insignifiant, note tout, et écris-moi tout, mais à moi seul ! Vadier.

P.S. : tu trouveras ci-joint une ordre à l'attention du directeur de la Petite Force.

Il reposa le document, stupéfait. Ainsi Vadier laissait sortir la femme. Il n'en revenait pas. Se pouvait-il que le terrible inquisiteur du Comité croie les discours incohérents de la Sibylle ?

Les prophéties de la Sibylle

1re prédiction

Déjà l'aurore éclaire le jour. Les premiers rayons du soleil viennent dissiper les miasmes nocturnes. Je suis presque endormie sur la verte pelouse d'une douce colline et seul le chant des oiseaux vient bercer mon esprit encore embrumé de sommeil. Soudain, une lueur transparaît à travers le ciel. « Est-ce le soleil qui se lève avec un tel éclat ? » me dis-je. Mais non, bientôt je dois me rendre à l'évidence. Les premiers rayons de l'astre du jour n'éclairent encore que la cime des hauts arbres qui bordent la douce plaine. Un spectacle lumineux et enchanteur vient de surgir au-dessus de moi. Une silhouette baignée d'une lumière que n'ont jamais contemplée les yeux des humains. Un visage plein d'une douce compassion, une auréole aveuglante au-dessus de lui et, dans son dos, des vagues que l'on n'oserait appeler des ailes tellement elles sont immenses et magnifiques.

Je le reconnais, c'est Idraël, l'ange gardien de la Terre.

« Je viens de traverser mille mondes, me dit-il. Et il m'a fallu en traverser mille autres, contourner des astres par centaines, pour atteindre le trône sublime de Celui qui règne sur les Cieux. Certains l'appellent le Grand Maître de Tout, d'autres Jéhovah, dont le nom signifie « J'étais, Je suis, Je serai », d'autres « le Grand Architecte de l'Univers ». Sa voix douce et terrible à la fois a créé le monde et toutes les choses qui nous entourent, d'innombrables anges autour de lui, chantent sa gloire à l'aide de leurs harpes célestes et de leurs voix éthérées qui n'ont pas d'égales dans le monde des mortels. Je me suis prosterné à ses pieds, face contre terre et lui ai exposé ma requête : « Créateur de toute chose, jusqu'à quand régneront l'impiété et le crime sur le doux pays de France que tu aimais tant jadis ? Le malheureux peuple gémit sous le joug de tyrans inflexibles, tes serviteurs sont voués à la mort la plus cruelle. Je t'en prie, viens-nous en aide. » Voilà ce qu'il me répondit de sa voix terrible : « Les crimes commis par ce peuple corrompu ainsi que les cris des innocentes victimes sont parvenus jusque devant moi. Sache que l'ange de la mort vient de recevoir l'ordre suprême de frapper les impies de son glaive redoutable. Il doit les punir et les poursuivre à outrance jusqu'à leurs repaires impurs et sacrilèges. Cela arrivera dans peu de temps. Les impies dresseront, tel un nouveau veau d'or, des statues blasphématoires qu'ils adoreront. Tel un tyran, l'Antéchrist, vêtu d'une toge et coiffé de laurier, sera proclamé roi. Mais les sombres manigances de ses séides éclateront au grand jour. La mort, celle-là même qu'il a donnée à tant d'autres, descendra sur lui et le frappera en pleine gloire. »

Idraël gémit : « Je suis descendu de l'Empyrée, j'ai franchi les abîmes pour retrouver la Terre, petit point dans l'univers infini et le doux pays de France. Hélas ! la paix y reviendra-t-elle un jour ? Même après la mort du tyran, il y en aura d'autres. Je vais retourner tenter de l'implorer de nouveau et de fléchir sa divine colère ! »

Et il s'envola dans un grand nuage d'azur emmenant derrière lui les derniers miasmes de la nuit. C'est agitée par de sombres pressentiments, terrifiée par cette prédiction, que je me réveillai enfin, alors que les premiers rayons de l'astre du jour inondaient le sol de ma chambre.

Depuis aussi longtemps qu'elle s'en souvenait, Marie-Adélaïde avait toujours eu des visions. Encore que vision ne soit pas vraiment le terme approprié. C'était plutôt un souvenir, une réminiscence de quelque chose. Comme se rappeler l'odeur d'une oie rôtie au four pour fêter Noël, la douleur consécutive à une gifle donnée par sa mère, l'odeur des champs lorsqu'elle jouait avec son petit frère. Sauf que ce qu'elle se rappelait n'avait parfois pas encore eu lieu.

Au début, à trois ou quatre ans, tout cela lui était apparu absolument normal. Elle sentait des choses qui allaient se produire, c'était tout. Elle disait à la servante : « Attention, le lait va bouillir. » Et la gamelle débordait. Les gens mettaient cela sur le compte de son intelligence ou d'un vif sens de l'observation. Quant à elle, rien ne pouvait lui laisser supposer que son entourage ne recevait pas le même type de vision. Il lui fallut du temps pour comprendre qu'elle était différente.

Il y avait eu des indices, bien entendu. La fois où son père, un brave drapier d'Alençon, s'était fait renvoyer avec pertes et fracas par un noble désargenté qui lui devait des traites. Le mauvais payeur avait dépêché à la boutique son intendant et quelques laquais qui avaient proprement rossé le commerçant. Peu de temps auparavant, elle l'avait senti. Elle avait vu l'auteur de ses jours traîné à terre et frappé par les brutes sous le regard effrayé des commis et de la famille. L'événement lorsqu'il s'était produit avait simplement une impression de déjà-vu. Elle s'était juste posé la question : « Si papa savait que cela allait arriver pourquoi n'a-t-il pas fermé la boutique et mis les volets ? » Puis elle n'y avait plus repensé.

Et il y eut un autre accident. Louis, un commis âgé de dix-sept ans, avait voulu chercher un rouleau de drap dans la réserve. Le tissu se trouvait au sommet de la pile et chaque rouleau surchargé de broderies, aux points faits parfois de crins de cheval, pesait bien trente livres. Marie-Adélaïde avait confusément pressenti la catastrophe et s'était placée dans un coin de la réserve. Le rouleau échappa des mains de Louis qui tenta de le rattraper, tombant ainsi de l'escabeau. Elle avait entendu ses cris, ils avaient résonné exactement de la même manière que dans ses souvenirs.

Le malheureux s'était cassé la jambe et on l'avait immobilisé dans une soupente avec une attelle le temps qu'il se remette. Elle était montée le voir. Le garçon l'avait accueillie avec plaisir car il se morfondait sur sa paillasse.

— C'est bien gentil à toi de venir me tenir compagnie, petite Adélaïde.

— Louis, je voulais te demander quelque chose.

— Je ne suis pas capable de faire quoi que ce soit avec cette maudite jambe, mais si je le peux c'est bien volontiers que je te rendrai service.

Elle secoua la tête.

— Ce n'est pas un service que je te demande. Je voudrais savoir…

— Oui ?

— Pourquoi es-tu monté sur cet escabeau et as-tu pris ce coupon sachant que tu allais tomber et te casser la jambe ?

Le jeune homme la regarda avec surprise :

— Comment cela ? Je ne comprends pas. Que racontes-tu là ?

— Eh bien, oui, tenta-t-elle d'expliquer. Tu savais que tu allais tomber, tu aurais pu appeler le vieux Achille, il t'aurait tenu l'escabeau.

Il leva les bras au ciel.

— Gentille Adélaïde, les enfants me surprendront toujours. Mais je ne savais pas que j'allais tomber, bien sûr ! Sinon, je ne serais pas monté là-haut comme un benêt !

Elle insista :

— Tu ne savais donc pas ?

— Mais pas le moins du monde, personne ne peut prévoir ce qui va se passer à l'avance. Bon, c'est vrai que j'aurais dû réfléchir un peu plus, mais le maître était pressé de servir Mme de Nogera alors…

Marie-Adélaïde n'écoutait plus Louis. Ainsi, tout le monde ne voyait pas comme elle des choses qui allaient se produire. Peut-être même qu'elle était la seule dans ce cas. Tout de suite, elle eut peur. Et s'il s'agissait d'un péché ? Et si c'était le démon qui la tentait ? Que dirait sa mère ou monsieur le curé ?

« Il ne faut pas que l'on sache », se dit-elle.

Puis le soir, alors qu'elle réfléchissait dans son lit, elle se fit cette nouvelle réflexion : « Si je vois d'avance ce qui va se passer, je peux prévenir les gens qu'il va se produire un accident et ainsi l'éviter ! » L'idée la rasséréna. Ce n'était peut-être pas le démon qui lui avait jeté un mauvais sort. Au contraire, peut-être pourrait-elle faire le bien et, de cette manière, gagner sa place au paradis.

Pourtant, elle dut vite déchanter. Dans une boutique de drapier à Alençon ou ailleurs, il se produisait toujours quelque menu incident qui venait troubler la vie quotidienne. Un métier cassait, une ouvrière tombait malade, une broderie était gâchée, un client n'était pas satisfait. Chaque fois, elle allait prévenir sa mère :

— Maman, je crois que le métier va casser, Louisette n'est pas soigneuse.

— Allons, que racontes-tu là, ma petite ? Depuis quand t'y connais-tu en broderie ?

Et l'incident arrivait. Ce type de circonstances se produisait régulièrement mais jamais elle ne fut capable d'arrêter la marche du destin.

Puis vint l'affreux malheur qui devait changer sa vie. Un après-midi, Marie-Adélaïde se sentit soudain couverte de sueur. Un cri d'horreur s'étrangla dans sa gorge : son père, il venait de mourir ! Elle se recroquevilla sur place et faillit se laisser aller à sangloter. Mais non, il y avait peut-être un espoir. Cela n'était pas arrivé, du moins pas encore.

Elle se releva et marcha d'un pas décidé jusqu'à la chambre de son frère. Il avait six ans et elle huit à l'époque. Elle frappa et le trouva en train de jouer avec ses petits soldats en bois.

— Mon frère, le supplia-t-elle. Il ne faut absolument pas que tu ailles jouer aujourd'hui dans la cour.

Il lui jeta un regard étonné :

— Ah oui et pourquoi ça ?

— Parce que si tu joues dans la cour, tu t'aventureras dans la charpente au-dessus du puits. Père essayera de t'empêcher de tomber, mais hélas ! c'est lui qui chutera et mourra.

— Et comment tu sais ça, toi ?

— Je le sais, c'est tout.

— De toute manière, je ne voulais pas aller dans la cour cet après-midi. Je préfère aller jusqu'à la ferme pour voir le père Robert et ses chevaux.

Elle sortit de la chambre rassurée.

L'après-midi avançait. La fillette s'était assise dans sa chambre et brodait un petit ouvrage tout en jetant parfois un coup d'œil sur la cour. Absorbée par la broderie, elle ne pensait plus à sa vision du matin. Soudain, elle regarda avec distraction et là, son cœur s'arrêta de battre. Henri ! Il approchait du puits. Il se pencha par-dessus avec curiosité. Puis, comme par jeu, il grimpa dans la charpente qui le surmontait et se laissa suspendre juste au-dessus du gouffre.

Le cœur de Marie-Adélaïde faillit s'arrêter de battre, exactement comme dans sa vision. Elle poussa un cri : « Henri, non ! »

Surpris, le garçon leva la tête et là, avec horreur, elle vit son père qui accourait à son tour. « Henri, Henri, petit malheureux ! » Elle observa son père tenter de grimper pour attraper le garçon puis trébucher. Instantanément, l'homme tomba tête la première dans le gouffre noir.

Les hurlements de la fillette avertirent très vite toute la maisonnée et la manufacture qui la jouxtait.

Louis et le vieux Achille descendirent dans le puits tandis que la meute des brodeuses commentait l'événement en jacassant et que sa mère étouffait ses pleurs dans son tablier. Finalement, les hommes remontèrent le corps du père et partout ce fut le chagrin et l'affliction.

— C'est ma faute, c'est ma faute, ne cessait de répéter Marie-Adélaïde en se serrant dans les bras de sa mère.

La femme, le visage marqué par la douleur, se retourna vers elle :

— Pourquoi serait-ce ta faute, ma fille ? Tu étais dans ta chambre.

— Mais je l'avais vu, je savais qu'il allait tomber et je suis allée prévenir Henri de ne pas jouer au-dessus du puits. Et lui qui était curieux, il y est allé pour voir ce qui allait se passer. Jamais je n'aurais dû lui dire. Il serait allé à la ferme voir les chevaux du père Robert.

La femme secoua la tête avec incompréhension. Chacun mit ses propos incohérents sur le compte du chagrin car chacun savait que Marie-Adélaïde, fille sensible et d'une remarquable intelligence pour son âge, était incapable du moindre mal.

Pendant un an, elle vécut dans les affres de la douleur. Chaque jour lui revenait à l'esprit la vision de son père disparaissant dans le puits, comme happé par la sombre ouverture. Il y eut d'autres menus incidents, moins graves, mais quoi qu'elle fît – qu'elle se taise ou tente d'aviser la personne concernée –, toujours cela se produisait. Ce n'était pas un don qu'elle possédait, mais une malédiction. Enfin, lorsqu'elle eut neuf ans passés, elle prit sa décision : « Je dois en parler à monsieur le curé. »

— *Confiteor Deo omnipotenti, beatae Mariae semper Virgini, beato Michaeli Archangelo, beato Joanni Baptistae, sanctis Apostolis Petro et Paulo, omnibus Sanctis, et vobis, fratres, quia peccavi nimis cogitatione verbo, et opere : mea culpa, mea culpa, mea maxima culpa. Ideo precor beatam Mariam semper Virginem, beatum Michaelem Archangelum, beatum Joannem Baptistam, sanctos Apostolos Petrum et Paulum, omnes Sanctos, et vos fratres, orare pro me ad Dominum Deum Nostrum...*

Les paroles de l'acte de contrition prononcées par la petite fille résonnèrent dans le confessionnal de la cathédrale d'Alençon. Le prêtre termina :

— *In nomine Patri et Filii et Spiritum Sanctum et in Saecula Saeculorum, Amen.* Dis-moi tes péchés, ma fille.

Elle se recroquevilla au fond de l'étroit espace qui sentait le bois ciré. Il fallait qu'elle le dise.

— Je... j'ai causé la mort de mon père.

L'homme avait été enterré un an plus tôt. Le prêtre s'en souvenait parfaitement.

— Allons ma fille, je me rappelle bien les circonstances. Ton frère est allé jouer dans la cour et ton père a voulu l'empêcher de tomber alors que toi tu faisais ton ouvrage dans ta chambre. Comment pourrais-tu être responsable de quoi que ce soit ? Dieu n'aime pas que l'on s'accuse de péchés que l'on n'a pas commis.

— Mon père, c'est moi qui ai incité Henri à aller jouer autour du puits.

Cette fois-ci le prêtre prêta attention aux paroles de la petite fille qu'il distinguait à travers le grillage du confessionnal.

— Que lui as-tu dit exactement, ma fille ?

— Je lui ai dit qu'il ne fallait surtout pas qu'il aille près du puits.

— Alors, tu lui as dit des choses sensées. Tu n'es pas responsable de sa désobéissance !

— Mais vous ne savez pas ! Je savais que mon père allait mourir à cause d'Henri, je l'ai vu, il fallait que je l'en empêche mais je n'en ai pas été capable.

Le ton de la petite fille monta, monta, elle devait dire ce qu'elle avait sur le cœur depuis des années. Il fallait qu'elle lui dise tout de sa malédiction : celle de voir les événements funestes qui allaient se produire mais sans, hélas ! pouvoir les empêcher.

— Il y a eu d'abord plein de signes, des petites choses, je ne m'en suis pas rendu compte tout de suite. Par exemple, lorsque Louis s'est cassé une jambe alors que je savais que cela allait arriver. Après, j'ai essayé d'empêcher toutes ces choses, mais je n'y parvenais pas. Personne ne me croyait ou alors j'arrivais trop tard. Pour Henri cela a été différent. Je lui ai dit de ne pas approcher du puits et j'ai surveillé la cour du haut de ma fenêtre. Je l'avais vu, vous comprenez, je savais que mon père allait mourir. Je croyais encore pouvoir le sauver mais c'est à cause de moi qu'Henri a grimpé au-dessus du puits, sinon, il n'y aurait sans doute même pas pensé. Mon père, sauvez-moi, je vous en prie. Au départ, j'ai cru que c'était une sorte de don de Dieu, mais maintenant je sais que c'est le diable. Je vous en prie, mon père, sauvez-moi du diable !

Maintenant, elle sanglotait de toutes ses forces dans le confessionnal. Le curé, totalement dépassé par les événements, tentait de la calmer ; il dut appeler deux servantes et un séminariste pour en venir à bout devant la file des paroissiens confondus qui attendaient eux aussi pour confesser leurs péchés.

Le soir, le prêtre alla discuter avec la femme du fabricant de draperies qui s'était depuis peu remariée. Ils restèrent une demi-heure à discuter dans le bureau du père. Lorsqu'ils en ressortirent l'homme et la femme avaient l'air grave, mais on pouvait lire un certain apaisement sur leur visage.

Devant la famille rassemblée, l'ecclésiastique s'adressa à Marie-Adélaïde avec douceur :

— Ma fille, j'ai reçu ta confession et sache que tu es absoute. Néanmoins, ces événements fâcheux ont durablement marqué ton esprit, c'est pourquoi ta mère, sur mes conseils, a pris la sage décision de t'envoyer au couvent de la Visitation. Là, sous la surveillance de la mère supérieure, les sœurs qui prient jour après jour pour notre salut dans ces lieux saints aideront ton âme à retrouver la sérénité qui devrait être celle d'une petite fille de ton âge. Tu pourras en outre apprendre le latin et le grec…

Marie-Adélaïde approuva avec soulagement. Le prêtre et sa mère avaient raison. Ils avaient enfin compris son malheur. Dans un couvent baigné de religiosité et d'amour de la foi, elle trouverait sans nul doute le salut.

La demi-heure qui avait précédé l'annonce faite à la fillette avait surtout été employée à discuter des conditions financières concernant sa scolarité. Quant à son salut, lorsqu'on la laissa à l'entrée du couvent des bénédictines situé à Mamers, à seulement quelques lieues de sa ville natale, les visions qu'elle eut en chassèrent tout de suite l'espoir et terrifièrent la petite fille qu'elle était encore. Elle sut ce qui l'attendait ici.

4

Le freluquet revint la chercher encore plus tôt que prévu. Il avait la mine déconfite d'un petit garçon pris en faute. Comment un de ces bourreaux qui envoyaient sans sourciller des milliers d'innocents – enfin, certains auraient peut-être mérité la prison et le fouet – à la mort pouvait ainsi se comporter de manière aussi candide et enfantine ?

Ce vieux renard de Vadier avait certainement une raison pour l'avoir choisi. Il avait toujours une raison pour tout. Elle la devinait mais n'en était pas sûre. Ses visions concernant les prochaines semaines étaient inhabituellement imprécises. Il en allait ainsi souvent lorsque les événements à venir la concernaient directement. Par contre, certaines choses apparaissaient avec évidence, notamment quant à ce Sénart. De toute manière, quoi qu'elle fasse, cela allait se produire, il était donc vain d'attendre ou d'espérer y échapper, alors autant s'y préparer dans les meilleures conditions.

— Citoyenne, commença-t-il avec ce ton qu'il voulait ferme et qui ne faisait que le rendre plus enfantin encore, le Comité de sûreté générale te somme de collaborer avec les forces révolutionnaires qui travaillent à éclairer la Nation et à renverser les ennemis de la Révolution qui conspirent à sa perte. Tu as ordre de m'accompagner et de me communiquer tous les renseignements qui pourront contribuer à mon enquête.

— Très bien, citoyen. Où allons-nous ?

Elle avait dit ces derniers mots sur un ton badin, comme s'il l'avait invitée à une promenade. Le désappointement qui se lut sur son visage faillit la faire éclater de rire

— Mais, bafouilla-t-il, je croyais que vous saviez où étaient ces gens que nous devons retrouver…

— Ce sont eux qui nous retrouveront, lui répondit-elle du tac au tac. Le mieux que nous ayons à faire, c'est nous promener dans les rues de Paris en attendant qu'ils nous contactent.

Il fronça les sourcils :

— Je crois que tu te moques de moi !

Elle lui renvoya une petite moue :

— Disons que certains quartiers sont plus adaptés que d'autres. Allons, viens et sortons d'ici. Voilà plus de six mois que je croupis dans cette cellule.

Ils sortirent de la Petite Force. Là, Sénart renvoya ses deux porteurs d'ordres avec mission de l'attendre à l'Hôtel de Brionne, chemin qu'ils parsèmeraient sans nul doute de nombreux arrêts dans quelques tavernes douteuses. Silencieux, ils empruntèrent la rue du Roi-de-Sicile. Bien entendu, Marie-Adélaïde avait déjà vécu cette scène mais la fin en était floue. Le soir tombait et les honnêtes gens, pour peu qu'il en reste encore à Paris qui ne soient pas emprisonnés ou décapités, laissaient place à une foule interlope. On y rencontrait beaucoup de ces agitateurs, ces révolutionnaires braillards qui acclamaient chaque fois qu'on raccourcissait un soi-disant noble, qui se précipitaient pour le pillage chaque fois que l'un d'entre eux était arrêté, qui allaient boire le produit de leurs rapines dans les tavernes. Les femmes d'ailleurs n'étaient pas en reste. Nombreuses étaient celles qui subsistaient en vendant des cocardes tricolores ou, à défaut, leurs charmes. Paris sous le règne des Comités n'était pas une ville sûre. Chaque secteur disposait d'une « force armée », en fait autant de milices plus promptes à provoquer les désordres qu'à les réprimer. Les approvisionnements étaient de plus en plus délicats. Entre la guerre à l'Est et ces révoltes paysannes qui n'en finissaient pas à l'Ouest, la dureté des commissaires dans les provinces qui se comportaient comme des procurateurs romains et accaparaient le blé pour leur compte ou celui de leurs amis agioteurs, bientôt le peuple mourrait de faim. Et lorsqu'il se rendrait compte que les ennemis de la Révolution n'y étaient pas pour grand-chose, sa réaction serait terrible.

Encore adolescente, en arrivant à Paris avant la fin tragique de la monarchie, elle avait longuement discuté avec des hommes sages comme Court de Gébelin, Savalette de Lange ou encore celui qui se faisait appeler le Philosophe inconnu. Pour eux, l'expression du peuple ne pouvait qu'être bonne et lui rendre le pouvoir que les rois lui volaient depuis des siècles ne pouvait que contribuer à la concorde et à la fraternité universelle. Si seulement ils avaient pu voir juste ! Toute raison semblait avoir quitté le pouvoir en place. Même Robespierre qui, en 1789, lançait de vigoureux plaidoyers contre la peine de mort s'était transformé en bourreau sanguinaire. Et elle savait pourquoi.

« La peur, ma petite Marie-Adélaïde, la peur de mourir, de perdre ce qu'on a ou ce qu'on estime nous être dû, il ne faut rien de plus pour faire basculer l'homme naturellement bon et pacifique en bête traquée et terrible, dominée par ses instincts. »

Elle n'avait jamais revu l'homme sage qui lui avait confié ces quelques mots, pourtant elle savait qu'ils se retrouveraient de nouveau. Mais en quelle circonstance ? Elle jeta un coup d'œil à celui qui l'accompagnait. Vêtu de son uniforme, il arpentait les rues de Paris, droit et calme, incarnation des principes de raison qui avaient guidé les premiers constituants. Il était si naïf. Quant à son sort…

Ils longèrent les quartiers troubles qui séparaient le calme relatif de la rue de l'Auxerrois du marché des Innocents. C'était un dédale de ruelles sombres, malaisées ; il s'en dégageait une affreuse odeur de corruption, mélange d'excréments, remugle de sentines. Derrière les façades lépreuses, les fenêtres étroites et bouchées, on ignorait quelle population vivait là et à quelles pratiques elle se livrait. Régulièrement s'y rendaient de beaux messieurs en costume et en perruque, le visage masqué de noir. Quels dieux infâmes y adorait-on ? À quelles orgies s'y livrait-on ?

Marie-Adélaïde n'hésita qu'une seconde.

Gabriel-Jérôme réfléchissait toujours à la lettre de Sénart et à l'étrangeté de sa mission. Qui allait-il donc rencontrer ? Certes, Paris était la ville la plus importante du monde, mais de telles congrégations pouvaient-elles donc y tenir bureau sans que le Comité le sache ? Et la fille… Curieusement, il n'éprouvait plus cette gêne du début, elle marchait, silencieuse, en baissant la tête. Pour un peu, il l'aurait presque trouvée charmante. Il allait ouvrir la bouche pour la rassurer lorsque, soudain, elle le bouscula et se mit à détaler. En une seconde, elle s'était précipitée rue des Lavandières. Il courut à sa poursuite, mais elle avait déjà disparu dans l'une des impasses qui débouchaient sur la ruelle. De nombreuses prostituées de bas étage s'offraient là. Il eut un mouvement de recul devant ce concentré de misère humaine mais se reprit. Il avait une mission à accomplir. Il prit son pistolet, arma le chien et s'avança.

— Ordre du Comité de sûreté générale ! Que chacun rentre chez soi.

La foule massée dans les venelles s'arrêta à peine pour l'écouter. Il leva son pistolet en l'air et tira.

La détonation fit sursauter tout le monde et, un bref instant, l'odeur de la poudre recouvrit les émanations infectes des caniveaux remplis d'immondices.

— Je le répète : Ordre du Comité de sûreté générale ! Que chacun rentre chez soi !

Cette fois-ci il fut écouté. En fait, un mouvement de panique chassa prostituées, proxénètes et clients qui se précipitèrent à l'intérieur des maisons. Beaucoup de volets claquèrent. Même les vendeurs de boissons suspendirent un instant leur commerce fructueux. Ils avaient devant eux l'incarnation de l'ordre révolutionnaire. Un homme au fier bicorne orné de plumes tricolores et vêtu d'une longue cape bleue. Ce devait être quelqu'un d'important – surtout armé ! – et une meute de miliciens avec leurs piques, voire de gardes nationaux, le suivait certainement comme son ombre. Personne ne fit un geste contre lui et tous attendirent prudemment la suite. Le secrétaire rédacteur dont l'appréhension n'avait pas grand-chose à voir avec l'assurance qu'il affichait s'avança ainsi jusqu'au croisement de la rue des Lavandières et de la rue d'Avignon. Là, il s'éclaircit la voix et déclara le plus fort possible :

— Citoyenne Lenormand ! Je sais que tu es quelque part par ici à te dissimuler. Sache que tu ne trouveras nul refuge en ces lieux. Il me suffit d'appeler, et les régiments de la garde nationale, aidés par la force armée du secteur, encercleront le quartier et le fouilleront maison par maison. Nul ne te viendra en aide car tous ici ont bien trop de choses à se reprocher pour résister aux injonctions du Comité. Même si tu t'échappes, tu seras une proscrite, sans refuge, sans amis, sans espoir. Cette fois-ci, même tes artifices ne sauront te sauver de la mort. Je ne te le dirai qu'une seule fois. Sors de ta cachette et rejoins-moi ! Il ne te sera fait aucun mal. Je prendrai simplement quelques précautions pour que ceci ne se reproduise plus.

Un long silence suivit cette déclaration. Bien entendu, il n'avait pas évoqué sa crainte – plus que fondée ! – de finir à l'échafaud avant elle, Vadier n'étant pas enclin à pardonner ce genre de bévue. Il ne comptait pas trop sur sa pitié.

Soudain, une voix masculine retentit :

— Elle est là, citoyen.

Puis d'autres voix féminines croassantes se firent entendre :

— Je l'ai vue rentrer.

— Elle est dans la maison du gros Fernand !

— N'envoyez pas la garde nationale ! Nous sommes de bons citoyens.

Il remit le pistolet dans son étui, un peu rasséréné. Au moins, le petit peuple de Paris craignait-il encore les représentants de l'ordre.

Dans la semi-obscurité de la ruelle, une silhouette apparut. C'était la fille.

— Excuse-moi, citoyen, un besoin pressant.

Et elle lui renvoya un sourire complice. Il faillit se mettre en colère. Vraiment la donzelle ne manquait pas de culot ! Néanmoins, le soulagement l'emporta.

— Je tiendrai ma parole, répliqua-t-il froidement. Si tu coopères, cet écart ne sera pas signalé dans mon rapport. Par contre, je t'ai dit que je prendrai quelques précautions. Toi, là-bas, va me chercher une corde !

Il avait interpellé un aubergiste qui avait suivi la scène avec intérêt sur le pas de sa porte. L'homme s'inclina :

— Tout de suite, citoyen.

Un instant plus tard, il avait lié les mains de la jeune femme, en prenant la peine toutefois de ne pas trop serrer afin de ne pas la blesser. Il serra dans son poing l'autre extrémité de la corde. Elle eut une petite moue désapprobatrice.

— Et si j'ai vraiment un besoin pressant, citoyen.

— Je ne te libérerai pas ni d'ailleurs ne te tournerai le dos, répondit-il avec sévérité.

Il ajouta néanmoins : « Je tâcherai de ne pas regarder. » Elle sourit, montrant qu'elle n'était pas dupe de sa gêne. Il se sentit soudain pressé de se débarrasser de son encombrante prisonnière.

— Viens !

Ils reprirent la rue de l'Auxerrois et continuèrent à marcher vers le centre de Paris.

— Tu aurais vraiment appelé la garde nationale ? lui lança-t-elle.

— Et toi, as-tu pu réellement penser m'échapper ?

Elle rit :

— Tu marques un point, citoyen. Évidemment, je n'avais aucune chance de me sortir de là. Disons que j'ai voulu jauger tes capacités. Tu as gardé ton sang-froid.

— Me jauger, moi ! Tu ne manques pas d'audace.

Elle reprit immédiatement son sérieux :

— Là où tu aspires à aller tu dois posséder en ton cœur un caractère ferme. Je n'irais pas avec n'importe qui les rencontrer.

De nouveau un silence.

— Où comptes-tu les trouver ?

— Ce sont eux qui nous trouveront, expliqua-t-elle. Après ta brillante intervention, la moitié de Paris doit savoir que la citoyenne Lenormand se promène en compagnie d'un officier du Comité. Je parie qu'ils nous suivent déjà.

Il résista à la tentation de se retourner. Aucun des passants qu'ils croisaient ne faisait attention à eux, veillant simplement à ne pas bousculer l'homme en uniforme officiel.

— Tu sembles bien certaine de leur pouvoir.

Il voulait lui en faire dire un peu plus sur ses mystérieux amis mais elle ne tomba pas dans le piège.

— Ils vous ont échappé depuis que le pays se vautre dans le chaos. Ils ont appris à être très prudents et à conserver des yeux et des oreilles partout. En fait, je crois même qu'ils nous suivent depuis la Petite Force.

Il sursauta :

— Comment font-ils pour se cacher ?

— Ça, citoyen, tu le découvriras par toi-même lorsqu'ils en auront décidé ainsi.

— Mais que font-ils au juste ? Ils conspirent contre l'État, ils préparent la chute de la Révolution et le retour des tyrans ?

— Tu ne comprends vraiment rien à rien !

Il se retourna, surpris par sa colère. Elle semblait sincère :

— Ils ne veulent aucun mal à la Révolution et l'ont même appelée de leurs vœux ! continua-t-elle d'une voix passionnée. Si seulement les fous sanguinaires qui dirigent les Comités pouvaient essayer au moins une fois de les écouter sans les envoyer au supplice ! Il y a des ennemis bien plus insidieux et bien plus puissants qu'eux. La raison est leur seule arme et on veut les tuer pour cela. Pas seulement Vadier et ses sbires, mais aussi les loges noires !

— Ce que tu m'as raconté tout à l'heure manque de crédibilité, insista-t-il, intéressé. Qu'une bande de francs-maçons ait voulu poursuivre secrètement ses rituels malgré l'interdiction qui lui en a été faite, cela paraît vraisemblable. Qu'elle constitue une atteinte à la sûreté de l'État est évident bien que ce ne soit pas à moi d'en juger. Mais ton histoire de Loge Noire ne tient pas debout !

— Et le meurtre de la rue des Ménétriers, as-tu trouvé une seule théorie qui tienne debout pour l'expliquer ?

Il se tut. Bien sûr que non, il n'avait pas trouvé. Levant les bras au ciel, il décida de mettre fin à la conversation. Un peu plus tard, ils parvinrent en vue du

Louvre. Gabriel-Jérôme voulait vite rejoindre l'Hôtel de Brionne. Il aurait ainsi tout le temps de réfléchir aux nombreux paradoxes de la journée. Quant à la fille, il se demandait ce qu'il allait faire d'elle lorsqu'il sentit quelque chose de pointu dans son dos.

— Ne parlez pas, n'appelez pas et ne vous retournez pas, murmura une voix dans son oreille, et ta vie sera peut-être épargnée. »

La piqûre se fit plus insistante. On lui arracha la corde qui tenait la Sibylle et une main habile enleva le pistolet de sa ceinture. Il sentait à peine l'haleine de son agresseur dans son cou.

— Qui êtes-vous ? murmura-t-il d'une voix rauque.

— Un de ceux que vous voulez rencontrer, répliqua l'homme. Laissez-vous faire.

Il sentit qu'on lui passait un bandeau sur le visage. Très vite, il fut aveuglé.

Sans arme, incapable d'y voir goutte, un couteau dans le dos, il était à la merci des ennemis de la Révolution.

5

— Avancez.

Sénart allait protester mais il entendit la voix de Marie-Adélaïde chuchoter :

— Obéis, c'est bien ce que tu voulais, non ?

Il fit un pas, puis un autre. La pointe de la dague appuyait toujours dans son dos, pas suffisamment pour lui faire mal mais assez pour qu'il ne l'oublie pas.

Parfois, la voix masculine prononçait un ordre : « À droite, à gauche. » Ou le mettait en garde : « Attention, il y a une marche juste devant vous. Ces pavés sont glissants… » Au bout de quelques instants, il avait perdu tout sens de l'orientation.

« Comment font donc les aveugles ? » se dit-il. Il se sentait environné de ténèbres hostiles. L'instant d'avant, il était dans Paris, la ville surpeuplée et familière. Et, tout de suite après, il marchait dans la plus totale obscurité, les bruits de la ville avaient disparu comme par enchantement. Seuls résonnaient ses pas, ceux de ses mentors, lourds et étouffés, et ceux, plus discrets, de la Sibylle. Il la sentait tout proche de lui. Au bout d'un long moment, il se décida à murmurer :

— Où sommes-nous ?

Elle répondit sur le même ton :

— Je n'en ai aucune idée. Il y a à Paris des endroits dont même le Comité ignore l'existence. Des lieux où le temps et l'espace ne font plus qu'un, où les pendules ne servent à rien, de même que les boussoles.

Il sembla à Gabriel-Jérôme qu'ils descendaient une pente douce mais constante qui devint plus abrupte au fur et à mesure qu'ils avançaient.

— Attention, il va y avoir des marches, le prévint la voix de l'homme derrière lui.

Il marcha avec prudence et manqua tomber lorsque son pied rencontra le vide.

— Attention !

Désorienté, il faillit trébucher. Une main ferme lui prit l'épaule. Il eut la tentation de se débarrasser de son bandeau et de désarmer son ravisseur, mais la curiosité l'emporta. Si la fille avait raison, ces gens ne lui feraient pas de mal et Vadier serait satisfait du rapport qu'il pourrait écrire. Ce fut peut-être aussi une crainte superstitieuse qui le freina. Leurs pas sur la pierre renvoyaient maintenant un écho lointain, comme s'ils descendaient dans une cathédrale souterraine. La descente dura longtemps. Régulièrement, ils atteignaient un palier, faisaient une brève pause et reprenaient leur marche vers les profondeurs. Sénart se sentait périodiquement pris par d'étranges étourdissements, comme s'il n'était plus dans le monde réel mais quelque part entre ciel et terre. Il laissa libre cours à son imagination. Et si elle avait eu raison, et si Paris, pourtant sous la domination sanglante des Comités révolutionnaires, était aussi le lieu d'affrontement entre deux forces occultes ? D'un côté les frères de l'ombre, la Loge Noire au service de Satan, aidée par un démon, et de l'autre, les frères de la lumière se battant sous la bannière du Philosophe inconnu. Après tout, la fondation de la ville remontait à une antiquité immémoriale. À une époque où le dieu des chrétiens n'avait pas encore placé toutes les populations de Gaule sous sa loi. À une époque où les druides allaient encore cueillir le gui sacré avant de sacrifier leurs prisonniers sur de sanglants autels.

« Je délire ! se dit-il. C'est cette femme avec ses prédictions incohérentes et ses tours de passe-passe. Ce sont de simples agitateurs qui se sont réfugiés dans les catacombes ou dans les caves de quelque couvent abandonné ! »

Pourtant, il avait peur. De plus en plus peur.

Leur longue descente prit fin brutalement. Il sentit qu'on l'effleurait. Le poignard n'appuyait plus dans son dos. Devant lui, trois coups retentirent à un rythme bien précis. Sans doute un signe de reconnaissance. Il s'efforça de s'en souvenir : deux coups brefs, un coup long.

Une porte s'entrebâilla dans un grincement.

— Venez.

Cette fois-ci, l'homme le poussa délicatement. Ils avancèrent, et l'atmosphère changea du tout au tout. Plus d'humidité, plus de remugles de caves. Ils étaient dans un endroit chauffé. Il y régnait un parfum entêtant. « De l'encens », reconnut-il.

— Restez ici. N'enlevez pas vos bandeaux car c'est la mort qui vous attendrait alors à coup sûr.

Le silence régna sur-le-champ dans la pièce.

— Où sommes-nous ? demanda-t-il sur un ton plus inquiet qu'il ne l'aurait voulu.

— Dans le pronaos, lui répondit Marie-Adélaïde.

— C'est-à-dire ?

— Dans le vestibule du temple, si tu préfères.

Il se tut un instant. Elle était tout à côté de lui, aveuglée, elle aussi. Il parla le plus doucement qu'il put :

— Penses-tu qu'il était sérieux ?

— Que veux-tu dire ?

— Lorsqu'il nous a menacés de mort si nous retirions nos bandeaux.

— Certainement. Ils n'auraient alors pas le choix. Sans doute plusieurs frères nous surveillent-ils en ce moment même, les armes à la main. Tu représentes les Comités, et si l'ennemi qui les poursuit est encore plus terrible que Vadier et Robespierre réunis, vous êtes néanmoins redoutables. Si tu les reconnaissais, ils n'auraient pas le choix. Maintenant, tais-toi et écoute, la cérémonie est commencée.

Effectivement, il perçut un vague murmure. Une voix étouffée, comme provenant d'une très grande distance. Elle s'exprimait sur un rythme monocorde presque hypnotique :

« Architecte suprême de tous les mondes ! Père de toute chose, toi dont la volonté s'accomplit par ses propres puissances ! Toi qui veux être éternellement et qui es ! Toi qui as constitué les êtres par la parole ! Reçois donc, Éternel Architecte, le pur sacrifice verbal des âmes et des cœurs ! Qu'il monte vers toi avec cet encens, ô Inexprimable, Ineffable que seul le silence peut définir ! Ne permets point que nous nous égarions, donne-nous la force, illumine de ta gnose les hommes encore dans les ténèbres de l'ignorance. Tes propres enfants ! Puissions-nous donc, maçons des temples de Memphis, marcher vers toi, dans la lumière, puisque l'homme qui t'appartient peut partager ta sainteté et ta lumière, ainsi que tu lui en as donné le pouvoir… »

Ce galimatias se prolongea encore longtemps.

— Que font-ils ? murmura le secrétaire rédacteur.

— Chut, ils ouvrent les travaux. Je pense qu'ils vont nous auditionner.

— Y en a-t-il encore pour longtemps ?

— Je ne crois pas. Écoute !

La voix continua, plus forte :

— À la gloire du Grand Architecte de l'Univers, au nom du souverain sanctuaire des Gaules, des Sublimes ordres universels d'Égypte, en vertu des pouvoirs qui m'ont été conférés, je déclare ouverts les travaux de cette vénérable loge. Unissons-nous par le signe et célébrons cet heureux moment par la batterie suivie de l'acclamation.

À ce moment retentirent les mêmes trois coups qui avaient été frappés à la porte mais infiniment plus puissants, comme si une foule nombreuse les scandait. Puis il sursauta en entendant la triple acclamation sortie de dizaines de bouches :

— ALLELUIA ! ALLELUIA ! ALLELUIA !

Il n'eut pas le temps d'interroger sa compagne que la voix se fit de nouveau entendre :

— Mes frères, nous ne sommes plus dans le monde profane. Que nos travaux qui reprennent force et vigueur demeurent conformes à l'Harmonie universelle et qu'ils n'aient d'autres buts que la gloire de l'Architecte éternel, la pérennité de la vraie maçonnerie, le bonheur de tous les êtres !

À nouveau, le silence se fit. La même voix reprit :

— Frère secrétaire, veuillez nous lire l'ordre du jour.

— Vénérable maître en chaire et vous tous mes frères en vos grades et qualités…

Sénart reconnut immédiatement la voix de celui qui les avait menés jusqu'à la porte du temple. L'homme continua :

— Il y a dans le pronaos, en ce moment même, deux profanes qui demandent à être entendus par la loge. J'insiste pour qu'ils puissent s'exprimer devant nous. Il y va de l'intérêt de la franc-maçonnerie en général et de cette loge en particulier.

— Qu'il en soit ainsi. Faites entrer les profanes, mais veillez bien à ce qu'ils restent aveugles à nos mystères.

Sénart serra les poings. Il en était sûr, c'est de ce moment que dépendait le succès de sa mission. En entrant, il eut une pensée fugitive qui le déstabilisa : la fille avait-elle prévu cette audition dans ses cartes ?

Deux hommes le poussèrent en avant et ils marchèrent ainsi une quinzaine de pas. La porte se referma lourdement derrière eux. L'atmosphère avait totalement changé. L'odeur de l'encens faillit l'étouffer. Il sentit une foule autour de lui. De nombreuses respirations oppressées, des toussotements, des raclements de pieds. Combien y avait-il ici de ces contre-révolutionnaires ? Une autre respiration, familière celle-là, attira son attention. La fille était à ses côtés. Quel pouvait donc bien être ses rapports avec cette assemblée ? On lui avait bandé les yeux à elle aussi, ce qui signifiait qu'elle n'appartenait pas à leur cercle et qu'ils n'avaient pas une confiance absolue en elle.

La voix qu'il avait entendue depuis le vestibule s'éleva de nouveau. Elle venait de très haut, comme si l'homme parlait de loin et que seul l'écho de ses paroles parvenait jusqu'à eux.

— Profanes, vous avez demandé à être introduits parmi nous. Sachez que si cette cécité provisoire dont nous avons recouvert vos yeux nous protège contre toute indiscrétion, elle assure aussi votre sécurité. Si par malheur vous contempliez l'un d'entre nous, une mort aussi soudaine qu'inéluctable vous attendrait. Le secret de nos travaux doit être protégé, mais également votre raison aveugle ne pourrait sans doute pas supporter le spectacle de ces mêmes secrets. Maintenant, dites-nous qui vous êtes et ce que vous voulez exactement.

Le jeune homme s'éclaircit la gorge : jamais il ne s'était trouvé dans une telle situation. « Tout est fait pour m'impressionner, en fait, ils ont sans doute encore plus peur que moi ! » se dit-il pour se rassurer. Cependant, il les croyait volontiers capables de l'exécuter sans autre forme de procès si d'aventure il lui venait l'idée d'enlever le bandeau qui l'aveuglait. Il s'efforça de garder un ton ferme, pourtant le son de sa voix lui parut bien dérisoire dans ces lieux dont il ignorait jusqu'à l'emplacement et la disposition.

— Citoyens, je suis Gabriel-Jérôme Sénart, secrétaire rédacteur auprès du Comité de sûreté générale. On m'a confié la tâche de trouver l'assassin du ci-devant Charles Dominique Saulx, vicomte de Tavannes, mort ce matin dans de mystérieuses circonstances à son domicile situé rue des Ménétriers. On m'a également confié la mission de découvrir l'identité d'un ennemi de l'État connu sous le sobriquet de « Philosophe inconnu ». La femme qui m'accompagne m'a assuré que vous pourriez me procurer des éléments afin que je mène à bien mes recherches. Elle m'a aussi assuré que ma vie ne serait pas menacée en ces lieux.

En vérité, elle ne lui avait pas tout à fait dit cela, mais il espérait que son aplomb les convaincrait. Un bref silence suivit cette déclaration.

« Mais que font-ils donc ? » se dit-il à la fois impatient et mortellement inquiet.

Puis le maître des lieux parla de nouveau :

— Monsieur Sénart, sachez d'abord qu'à aucun prix nous ne vous dévoilerons l'identité de celui que vous connaissez sous le nom de Philosophe inconnu, et qui est un de nos très chers frères. D'ailleurs, la connaissance de sa véritable identité ne servirait en rien le Comité de sûreté générale. Comme son nom l'indique, il n'est qu'un homme sage, vivant loin des tourments du siècle, tout entier consacré à ses recherches.

— De quelles recherches s'agit-il ?

Sénart avait interrompu le vénérable maître. Manifestement, ce devait être un manquement grave au sein de la loge car il entendit des exclamations étouffées et désapprobatrices autour de lui. La fille lui chuchota :

— Calme-toi donc, espèce de fou et laisse-le parler.

La voix reprit néanmoins comme si de rien n'était :

— Ces recherches dépasseraient votre compréhension. Sachez seulement que depuis l'aube de l'humanité il est des hommes qui veillent en secret au salut des humains. Il en fut en Égypte, lorsque régnaient les premiers pharaons. Il en fut en Terre sainte, lorsque le roi Salomon fit bâtir le Temple. Il en fut même, paraît-il, dans la mystérieuse et mystique Atlantide, telle qu'elle fut décrite par Platon avant sa disparition dans les flots sous l'effet d'une catastrophe cosmique. Ils se réfugièrent dans les terres lointaines du Tibet, aux confins de l'Empire chinois, là où s'élèvent les hautes montagnes de l'Himalaya. Connus sous le nom d'adeptes, ils protègent en particulier les hommes des frères de l'ombre.

« Nous y voilà, se rappela le jeune homme. Les fameux frères de l'ombre évoqués par la Lenormand et leurs loges noires. »

— Notre jeune amie vous a déjà appris l'existence de cette mystérieuse et impitoyable organisation. Où sont-ils nés ? personne ne le sait. Tout au plus peut-on remarquer que, au cours des âges, ils se sont toujours manifestés lorsqu'un adepte tentait d'œuvrer pour le bien de l'humanité. Ce sont des hommes possédés par les démons élémentaires attachés à la terre ; quelquefois, ces hommes sont leurs maîtres, mais ils finissent toujours par devenir les victimes de ces terribles êtres. Au Sikkim et au Tibet, on les appelle *dugpas* (bonnets rouges) par opposition aux *gelugpas* (bonnets jaunes) auxquels la plupart des adeptes appartiennent. Ainsi il y a deux classes de ces terribles frères de l'ombre, les vivants et les morts. Les uns et les autres, rusés, bas, vindicatifs, cherchent à reporter leurs souffrances sur l'humanité ; ils deviennent, jusqu'à l'annihilation finale, des vampires et des goules.

— L'assassin de Tavannes serait donc un démon ? Voilà ce que je ne saurais croire !

— Prenez garde ! Vous n'avez aucune pitié, je dis bien aucune, à attendre des frères de l'ombre. Comme on vous l'a appris, il existe, de par le monde, quatre-vingt-dix-neuf loges noires, chacune composée de quatre-vingt-dix-neuf membres humains, le centième étant un démon. Chaque loge possède des pouvoirs secrets tournés vers le Mal. Le meurtre fait partie de leurs pratiques les plus courantes et souvent sous une forme particulièrement atroce, comme vous avez pu le constater. Les membres dirigeants de chaque loge disposent de pouvoirs considérables car ils font un pacte authentique avec le démon. Ce pacte, véritable contrat, annonce point par point et en détail ce que les deux parties veulent et aussi ce qu'elles doivent respecter. Quand l'humain et le Démon sont d'accord, ce pacte est signé par les deux et ensuite brûlé. Le fait de brûler ce pacte le concrétise dans les plans invisibles et doit être scrupuleusement respecté. Chaque année, au solstice d'été, dans le monde entier, tous les membres de chaque loge sont secrètement réunis. Sous quelque prétexte que ce soit, aucun membre ne doit manquer la triste cérémonie qui voit la mise à mort d'un individu de chaque loge ; ce jour-là, un humain est offert au Démon. La loge fait venir un profane aux dons de médium qui n'appartient pas à la confrérie. Sous hypnose, cette personne – totalement inconsciente et ignorante des buts criminels de la loge – va devoir choisir un numéro. Quatre-vingt-dix-neuf morceaux de papier contenant chacun un numéro de un à quatre-vingt-dix-neuf seront mélangés dans une sorte de tambour qui tourne librement. Quand ce tambour s'arrête, le ou la médium y plonge la main. Un numéro sort. Cette personne mourra dans l'année, c'est inéluctable.

— Mais quel rapport avec le meurtre de Tavannes ?

— Notre frère travaillait à mieux connaître leurs criminels desseins, raison pour laquelle la Loge Noire a dépêché son démon pour l'exécuter. Mais nous savons que très prochainement un de ces dénaturés devra mourir car telle est leur loi. Je pense que l'humanité bénéficierait beaucoup de la mort de leur grand maître.

— Qui est-il ?

— Une simple réflexion, dénuée de tous préjugés, vous permettra de le savoir. Nous souhaitons par votre intermédiaire passer un pacte avec le Comité de sûreté générale, monsieur Sénart. Même si nos opinions et nos buts divergent, même si vous nous considérez comme des factieux et que nous n'avons guère une haute estime de votre maître Vadier, un tel arrangement s'avérera mutuellement profitable. Vous-même et le Comité démasqueraient un criminel qui risque à tout moment de plonger le pays dans le chaos. Quant à nous, en contrant les actes de la Loge Noire, nous aurions pour un temps remporté une victoire sur les frères de l'ombre.

Un arrangement avec les ennemis de la Révolution ? Voilà quelque chose qu'il n'avait pas prévu. Que dirait Vadier d'une telle proposition ? Il lui ordonnerait certainement d'accepter quitte à violer le serment dès que cela pourrait lui profiter.

Néanmoins, il avait des scrupules à donner une parole qu'il ne tiendrait sans doute pas.

« Je ne suis pas obligé de rapporter à Vadier tous les détails de cette entrevue », réfléchit-il. Pourtant, et si le Grand Inquisiteur siégeait parmi cette assemblée secrète, et si cette enquête n'était qu'une énorme supercherie destinée à le mettre à l'épreuve ?

« Je délire ! se dit-il. Vadier n'est tout de même pas omniscient et omniprésent comme il s'en donne souvent l'allure. »

Il décida d'accepter.

— C'est d'accord. Je vais m'enquérir de cette fameuse Loge Noire et ce soi-disant démon assassin. D'autre part, jusqu'à ce que cette affaire soit résolue, je ne chercherai à nuire ni à votre organisation ni au Philosophe inconnu. Néanmoins, il faut que vous remplissiez votre part du marché.

— Que voulez-vous dire ?

— Je n'ai aucun indice sur ces hommes. Aucune idée de qui ils peuvent être. Dites-moi plus précisément ce que vous savez.

Un silence. La voix du vénérable maître s'éleva encore, mais cette fois-ci ce n'était pas à lui qu'elle s'adressait.

— Mon frère secrétaire, dites ce que vous avez retenu des révélations que vous a faites notre frère Tavannes.

Quelqu'un parla derrière lui. C'était la voix de celui qui les avait conduits jusqu'ici :

— Vénérable maître et vous tous mes frères en vos rangs, âges et qualités. Notre malheureux frère est mort avant d'avoir pu rédiger un rapport complet sur ce qu'il avait appris. J'ai néanmoins eu l'occasion hier d'échanger quelques mots avec lui. C'était la nuit précédant sa mort. Il a évoqué un individu prétendant appartenir à la loge des frères de l'ombre. Tavannes en doutait car l'homme parlait trop et semblait pris de boisson. En outre, il était sûrement un imposteur car il se faisait nommer comte de Saint-Germain. Néanmoins, quelques détails révélés au cours des conversations qu'il avait eues avec cet homme lui avaient laissé croire qu'il disait peut-être la vérité, aussi absurde soit-elle. Voilà, citoyen Sénart, le seul et unique indice que nous pouvons te donner. Il te reste à trouver l'homme se faisant passer pour le comte de Saint-Germain et à l'interroger. Malheureusement, dans un premier temps c'est à cela que se limitera notre aide. J'ai dit !

Immédiatement, le vénérable maître reprit la parole :

— Monsieur Sénart, vous voyez que notre bonne volonté n'est pas à remettre en cause. Nous regrettons que les Comités soient tellement acharnés à notre perte mais, selon notre amie mademoiselle Lenormand, vous n'êtes ni une brute ni un conspirateur sanguinaire, nous espérons donc que vous aurez soin de ne pas entacher plus notre réputation qu'elle ne l'est déjà auprès de celui qui vous envoie et de garder toute discrétion sur ce que vous venez d'entendre.

Le jeune homme s'éclaircit la gorge : c'était le moment de donner un gage de bonne volonté. Mais en vérité, il ignorait tout des desseins de Vadier.

— Citoyens, j'ai toujours eu à cœur de me montrer le plus précis et le plus impartial possible dans les rapports que je rédige. Cette ligne de conduite sera la mienne dans celui que je remettrai au Comité de sûreté générale. Quant à ma discrétion, vous comprendrez bien que, compte tenu de ma mission, je ne pourrai passer sous silence notre conversation.

— Vous êtes franc et honnête, ce que nous apprécions. Cette entrevue est maintenant terminée. Nous espérons sincèrement que les informations délivrées vous seront de quelque utilité. Frère maître des cérémonies et vous mon frère secrétaire, veuillez raccompagner ces deux profanes sur le pronaos. Là, vous aurez bien soin de les emmener à l'endroit précis où vous les avez rencontrés sans qu'ils puissent reconnaître les lieux où se trouve notre temple sacré.

Trois coups de maillet résonnèrent dans l'ordre convenu, celui que Sénat avait remarqué à la porte du temple. Un homme lui prit le bras.

— Venez.

Et, rapidement, ils sortirent de la pièce.

Le chemin du retour lui parut interminable. Ils montèrent les marches, de nouveau leurs pas résonnèrent comme si les souterrains qu'ils parcouraient étaient immenses. Les mêmes étranges étourdissements le reprirent.

« Où cet endroit peut-il bien être ? » se demanda-t-il encore. Il se promit de chercher attentivement, dût-il fouiller le cadastre, tous les plans du quartier du Louvre, sonder toutes les caves avoisinantes, celles des hôtels particuliers. Mais si Vadier mettait la main sur les membres de cette confrérie, il les ferait enfermer et selon toute évidence exécuter. C'étaient des contre-révolutionnaires, des fédéralistes, mais méritaient-ils la mort pour cela ?

Ils marchèrent, marchèrent. Finalement, leur accompagnateur leur dit simplement :

— Voilà, nous sommes arrivés. Vous compterez jusqu'à trente avant d'enlever vos bandeaux. N'essayez pas de nous tromper. Votre vie est encore entre nos mains. Adieu, monsieur Sénart.

— Obéis, lui chuchota la fille. Il y a certainement des tireurs embusqués.

Trente secondes plus tard, frustré de ne pas avoir pu apercevoir ses ravisseurs, le jeune homme enleva son bandeau. À côté de lui, Marie-Adélaïde faisait de même. Ils étaient à deux pas du Louvre. Le pistolet de Sénart, ainsi que son sabre, gisait sur le sol à quelques pas devant lui.

Il se retourna et fouilla du regard l'obscurité parisienne. Rien, personne. Il devait être fort tard, le milieu de la nuit sans doute.

Il se frotta les yeux en maugréant :

— Nous avons été joués fort proprement. Impossible de savoir où sont passés ces maudits ci-devant.

— Ils ont tenu leur parole, fit remarquer la jeune femme. À toi de faire de même.

— Qu'ai-je obtenu ? Un nom, un certain Saint-Germain. Comment le retrouver à Paris ? Si c'est un noble, il se cache, il a pris un faux nom peut-être. D'ailleurs, tes amis ne semblaient pas le tenir en haute estime. Qui est ce Saint-Germain ? En as-tu entendu parler ?

Elle remettait sa coiffure en ordre et pliait le tissu qui avait servi à leur confectionner un bandeau.

— Bien entendu. C'est un homme extrêmement intéressant, très cultivé. Il a, semble-t-il, joué un grand rôle dans la transmission des mystères maçonniques égyptiens dans notre pays et dont tu as entendu une des manifestations ce soir.

Il avait bien noté de nombreuses références à l'Égypte dans les discours du maître de la loge. Cependant, tout cela ne tenait pas debout.

— S'il a inspiré ces gens, pourquoi semblent-ils ne voir en lui qu'un imposteur ? Et pourquoi aurait-il trahi ses frères pour rejoindre la Loge Noire ?

Elle lui sourit dans la semi-obscurité de la rue seulement éclairée par la lune :

— Il est normal qu'ils se méfient, citoyen. Saint-Germain est un homme très mystérieux et nul ne sait quand il est né. Par contre, ce dont on est à peu près sûr, c'est qu'il est mort. Depuis dix ans exactement.

6

Pendant qu'il digérait cette information, un nouveau problème lui vint à l'esprit. On était au milieu de la nuit et il semblait délicat, sans demander une escorte, de rejoindre la Petite Force. Que pouvait-il bien faire d'elle cette nuit ? Vadier la lui avait confiée, et il ne fallait à aucun prix qu'elle s'échappe. Qui sait si elle ne réitérerait pas sa tentative du début de soirée. Il devait garder l'œil sur elle. Il n'avait donc pas le choix.

L'entrée de l'ancienne cour des Suisses était défendue par une dizaine de gendarmes. Le sergent de la semaine connaissait Sénart, il n'avait néanmoins guère d'estime pour les agents de Vadier aussi exigea-t-il qu'on lui présente tous les documents justificatifs dont il nota scrupuleusement les références sur un registre.

— Et la fille, qui est-elle ? demanda-t-il, soupçonneux.

— Un agent auxiliaire recruté par le Comité de sûreté générale, répliqua le jeune homme sur un ton sec.

Se lancer dans d'interminables explications sur la raison de sa venue, de sa libération de la prison de la Petite Force n'aurait fait que renforcer les soupçons du grenadier. Et puis c'était la formule consacrée qu'employaient les hauts représentants des différents Comités lorsqu'ils amenaient leur maîtresse dans ces lieux.

L'homme lui rendit les documents avec un sourire ironique :

— Si le Comité a besoin d'elle c'est que cela doit être une affaire bien urgente. Passe citoyen et je te souhaite une bonne nuit.

Sénart fit signe à la jeune femme et ils entrèrent dans la cour.

— Ainsi, c'est ici que tout se passe et que tout se décide… tous ces morts.

Il se retourna, elle s'était arrêtée pour contempler la façade des Tuileries.

— Ici, ils envoient leurs assassins aux quatre coins de la France, ici, ils imposent leur tyrannie. Bien cachés, bien à l'abri. Et toi, citoyen, où te caches-tu ?

Il désigna la façade de l'Hôtel de Brionne, à l'est de la cour des Suisses.

— Ici, mais modère tes paroles. Il y a beaucoup d'oreilles indiscrètes entre ces murs, et bien des ennemis de la Révolution ont été condamnés pour des propos moins séditieux que les tiens.

Elle haussa les épaules et continua. À l'entrée de l'Hôtel, ils retrouvèrent les deux porteurs d'ordres. Ceux-ci se levèrent des marches où ils attendaient en jouant aux cartes, visiblement de mauvaise humeur :

— Ah, citoyen ! Te voilà enfin. Où donc étais-tu passé ? Vadier t'a fait réclamer plusieurs fois. Il exige un rapport demain à l'aube. Ta tête ne vaut pas cher, foi de Duglas !

L'homme avait reniflé avec mépris en voyant la fille qui accompagnait le secrétaire rédacteur. Lepoulet renchérit :

— Ne t'inquiète donc pas, mon ami. Regarde, notre jeune apprenti rédacteur est en train d'apprendre les ficelles du métier. Il a travaillé notre témoin au corps si j'en juge l'heure tardive !

Sénart les repoussa :

— Laissez-moi ! J'étais en mission et j'apporte au Comité de précieuses informations. Cette femme est un témoin de la plus grande importance.

Ils ricanèrent, peu convaincus. La jeune femme leur lança :

— Si vous le souhaitez, je lirai votre avenir ! Les cartes, le ciel et les enfers n'ont pas de secret pour moi. Pour de si charmants héros de la Révolution ce sera gratis bien sûr.

Duglas recula et Gabriel-Jérôme le vit esquisser un geste qui était peut-être un signe de croix. Lepoulet éclata de rire :

— Mon avenir ! En tout cas, je pense savoir le tien. La Grande Faucheuse républicaine tranchera ton joli cou mais d'ici là, je gage que tu auras contribué au bien-être de quelques bons et fidèles révolutionnaires.

Ignorant le sarcasme, Sénart entra dans l'Hôtel suivi de la jeune femme qui riait elle aussi.

— Pourquoi ris-tu ? maugréa-t-il.

— Parce qu'il ne vivra pas bien longtemps, répliqua-t-elle sur un ton badin. C'est lui qui se trouvera raccourci proprement sur la place de Grève.

— Comment le sais-tu ? Tu n'as pas lu ses cartes.

— Il est des avenirs tellement évidents que le tarot est inutile.

Il haussa les épaules. L'entrée de l'Hôtel était déserte à part l'huissier de service et deux gardes qui dormaient à moitié derrière leur bureau. Une seule bougie éclairait les lieux. Sénart réveilla le fonctionnaire, fit noter leurs deux noms et prit l'escalier qui menait aux étages supérieurs.

— C'est par là.

Enfin, ils étaient à son bureau, une petite pièce poussiéreuse. Les murs entièrement couverts de rayonnages recelaient une quantité innombrable de dossiers, de comptes rendus, de décrets… Pour tout meuble on ne trouvait qu'un mauvais lit de camp dans un coin et, au milieu de la pièce, un bureau surchargé de pièces de procédures. Ayant allumé la bougie, Sénart y retrouva le rapport qu'il avait commencé à rédiger la veille au soir, avant de s'endormir dessus, et referma le volumineux registre. Le récit des exactions de Carrier et de ses sbires attendrait. Il lui faudrait d'urgence relater tous les événements de la journée. Mais, auparavant, il avait une foule de questions à poser à la jeune femme.

Il lui fit donc signe de s'asseoir :

— Citoyenne, je dois avoir des réponses aux demandes que je vais formuler.

Il s'efforça de prendre un ton sévère, mais elle lui renvoya un sourire désarmant : il aurait déjà dû comprendre que ce genre de technique ne fonctionnait pas avec elle.

— Demande, citoyen, et je te répondrai du mieux que je peux.

— Hum, où ces gens nous ont-ils emmenés ? commença-t-il après s'être éclairci la voix.

— Dans leur loge, répliqua-t-elle en changeant de position.

Elle ne ressemblait ni à un suspect ni à un témoin qu'on interroge, mais à une jeune fille de bonne famille discutant avec un prétendant !

— Je le sais bien, mais où est-elle ?

— Je te rappelle qu'ils m'avaient bandé les yeux à moi aussi. Je n'en sais pas plus que toi.

— Mais tu savais où les trouver ! Tu leur as envoyé un message. Ils savaient que je voulais les rencontrer.

Elle reprit, un peu impatiente :

— Je savais qu'en me promenant dans le quartier du Louvre en compagnie du policier chargé de l'enquête sur l'assassinat de Tavannes, ils comprendraient le message. C'est ainsi que je procède d'habitude.

— Tu les vois souvent ?

— Je ne les vois pas, rectifia-t-elle. Mais je les entends, comme ce soir.

Il se leva et marcha de long en large :

— Je ne te crois pas, ils savaient que j'allais venir. D'ailleurs, tu devais négocier une entrevue et tu n'as pas eu le temps matériel de le faire. À moins que…

Il se retourna vers elle et la fixa droit dans les yeux :

— À moins que ces factieux n'aient des contacts jusqu'au cœur de la Petite Force. Tu les as prévenus, ils se sont empressés d'aviser leur ci-devant vénérable maître. Une fois cette affaire résolue, j'enquêterai dans cette prison, sois-en sûre !

Elle ne désarma pas :

— Fais ce que bon te semble, citoyen, mais cela ne t'apportera pas grand-chose. Si tu veux un conseil, occupe-toi de l'affaire qui te tracasse avant de vouloir assainir vos prisons révolutionnaires qui sont de véritables nids à corruption et à intrigues.

Il se mordit les lèvres : elle avait raison. Il lui fallait avoir des précisions sur les paroles prononcées ce soir à l'intérieur du temple maçonnique. Il aurait voulu lui poser bien des questions sur les rituels, sur la hiérarchie de ces loges, sur leurs mystères, mais il n'en saurait sans doute rien. Par contre, elle pourrait sûrement répondre à cela :

— Parle-moi du comte de Saint-Germain. Je veux tout savoir de lui.

Elle sembla réfléchir un instant et il s'émerveilla de nouveau du sérieux que pouvait manifester cette toute jeune femme et de ses brusques changements d'attitude.

Puis, elle se mit à raconter d'une voix sourde. Rapidement, il ferma les yeux : c'était comme si le tableau vivant des aventures du célèbre comte s'illuminait devant lui.

« Louis XV est à Versailles. Il s'ennuie. Les Anglais sont maîtres des mers et rendent difficile le commerce. Le déficit du budget de l'État se creuse et atteint des profondeurs abyssales : deux cent quarante-sept millions de livres ! Voilà les sujets dont l'accable l'ennuyeux Choiseul. Dans ces moments-là, plus rien ne l'intéresse. Au moins, du temps du cardinal de Fleury, il n'avait pas de décision à prendre, ni d'ordre à donner. Le vieil ecclésiastique était certes assommant et moralisateur mais il lui avait toujours présenté les choses avec beaucoup de tact, à tel point que, dans son entourage, on pouvait croire que c'était bien le roi et non son fidèle ministre qui régnait sur le pays. Mais Fleury était mort. Choiseul, qui l'a remplacé, n'a pas la finesse du vieux cardinal. La cour l'ennuie, même les jeunes et affriolantes maîtresses que lui procure la bonne Mme de Pompadour au parc aux Cerfs ne parviennent plus à le dérider.

« Le roi s'ennuie et c'est toute la cour qui languit en attendant qu'enfin ce grand libertin qui occupe le trône de France depuis trente-huit ans retrouve quelque goût à la vie. Ce soir-là, il s'est installé sur la terrasse dominant les vastes jardins édifiés du temps de son aïeul. Il n'aime pas ces allées trop rectilignes, ces formes géométriques trop bien tracées. Cet asservissement de la nature au profit d'une esthétique qu'il juge vieillotte. Fort heureusement, il se souvient à peine de son trisaïeul. Comme le règne du vieux Louis XIV a dû être lassant ! Il sirote un verre de muscat. Autour de lui, les courtisans compassés, debout comme l'exige l'étiquette, attendent que le monarque daigne leur adresser la parole, décrète une distraction, un jeu ou simplement une chasse, mais Louis XV reste plongé dans ses pensées maussades.

« Les grandes portes s'ouvrent soudain à la volée. Mme de Pompadour s'avance, accompagnée de deux hommes. Il connaît le premier, le marquis de Marigny, mais le deuxième lui est inconnu. De prime abord, il ne semble pas bien extraordinaire, mais le roi, qui aime bien les bijoux, remarque que l'homme en est presque couvert : bagues, sautoirs, médaillons et même boucle d'oreille ! Pas suffisamment pour qu'on juge sa tenue vulgaire mais assez pour qu'on s'intéresse à son originalité. Et surtout, il porte à la main gauche un diamant magnifique, d'une grosseur que le monarque n'a jamais vue, même au milieu des plus belles pierres rapportées des Indes.

— Majesté, commence la marquise, enjoué. Il faut absolument que je vous présente un homme extraordinaire. Figurez-vous que voici notre ami le comte de Saint-Germain. Il a quitté pour nous la cour du shah de Perse et rend visite à votre cour. Vous le trouverez très intéressant : c'est un virtuose du violon, un excellent peintre et surtout un grand chimiste.

« L'homme s'incline profondément devant le roi. Ils ont à peu près le même âge, mais le dénommé Saint-Germain possède dans ses traits et dans sa mise une noblesse et une profondeur qui impressionnent le monarque.

« Il s'étonne un peu que le nouveau venu se présente sous le nom de Saint-Germain – Saint-Germain ne fait-il pas partie du domaine royal ? –, mais décide de ne pas s'inquiéter outre mesure. Après tout, si l'individu est capable de le distraire, il lui sera pardonné d'avoir usurpé un titre.

— Enchanté, monsieur. Vous avez là un fort beau diamant.

« Le comte s'incline de nouveau, un demi-sourire sur les lèvres :

— Votre Majesté est trop bonne. C'est là en vérité simple babiole que Sa Majesté le roi de Perse m'a remise lorsque j'ai quitté sa cour pour vous rejoindre. S'il y a bijou admirable à contempler et parfait en tout point, c'est celui-là.

« Et il ôte la main du pommeau de sa canne, dévoilant une pierre comme le roi n'en a jamais vu. Il écarquille les yeux devant une telle grosseur, une couleur à nulle autre comparable.

— Me permettez-vous, monsieur.

— Mais comment donc, Majesté.

« Le roi contemple avec attention le diamant qui forme le pommeau de la canne. L'eau en est d'une pureté parfaite.

— C'est une pierre magnifique, monsieur. Inimitable, je dirais. S'agit-il là aussi d'un cadeau du shah de Perse car alors, je me montrerais jaloux des soins que ce lointain monarque a eus pour vous.

« Mais l'homme sourit en secouant la tête.

— Cette pierre, Majesté, est beaucoup plus ancienne. Comme vous le savez, le roi Salomon possédait en Afrique des mines d'où il tirait d'extraordinaires trésors. Cette pierre-ci a été extraite spécialement pour lui et a servi de cadeau pour la très belle Balkis, reine de Saba.

— Voilà une histoire bien extraordinaire ! Mais comment pouvez-vous le savoir ?

« L'homme continue avec le plus parfait aplomb :

— Le roi Salomon était un monarque sage et raisonnable mais il trouva en Balkis une adversaire qu'il ne put vaincre. Elle possédait une intelligence bien supérieure à celle de son sexe et ne partageait pas les sentiments de son royal amant. C'est presque désespéré, se jetant à ses genoux, qu'il lui fit cadeau d'une pierre aussi magnifique. Elle la repoussa avec dédain du bout du pied.

« Et il ajoute sur un ton mystérieux en contemplant le diamant :

— Il me sied de porter l'arme inutile d'un roi vaincu par la beauté et par l'amour qui sont les seuls vrais souverains tout-puissants sur cette Terre. »

« La remarque est osée et le groupe des courtisans frémit mais Louis XV ne s'en formalise pas. Il est fasciné par le diamant.

— Quelle beauté, je ne crois pas en avoir déjà vu de si magnifique. Excepté le Bleu de France, bien entendu. Le Régent n'a pas cette couleur. Il y a bien sûr cette pierre que l'on m'a offerte, mais malheureusement elle est tachée.

— Si Votre Majesté voulait bien me la confier, je me ferais une joie de la lui rapporter pure et intacte.

« Ainsi Louis XV confie-t-il un magnifique diamant de sa collection à Saint-Germain. Il n'a rien à craindre car, sur les ordres de Marigny, on le tient au château de Chambord pour qu'il y poursuive ses recherches d'un très grand intérêt selon les dires de son ministre. Et puis l'homme l'intrigue.

« Pendant ces quelques jours, il se renseigne, interroge ses courtisans. Il veut en savoir plus sur le comte de Saint-Germain. Le roi a désormais une distraction. Il est heureux. D'un côté, il se dit que si l'homme est un filou, il aura du plaisir à le démasquer, de l'autre, tous les bruits qu'il entend sur lui ravivent sa curiosité. Ce comte-là, s'il ment, ne manque pas d'audace !

« Plusieurs jours plus tard, Saint-Germain revient à la cour et présente le diamant pur de toute trace, absolument parfait. Le roi est assis dans le salon des Chiens. Sur le bureau sculpté par l'ébéniste Joubert, il contemple le joyau.

— Magnifique, cher comte. Décidément, vous n'usurpez pas votre réputation.

— Votre Majesté me fait trop d'honneur. Ma réputation n'a rien d'exceptionnel.

« Le roi se renverse dans son fauteuil.

— Taratata, comte. Je me suis renseigné, savez-vous. Par exemple vous ne dites jamais votre âge et vous ne semblez guère plus vieux que moi, mais la comtesse de Gergy qui était, il y a cinquante ans je crois, ambassadrice à Venise, dit vous y avoir connu tel que vous êtes aujourd'hui.

— Il est vrai, Votre Majesté, que j'ai bien connu, il y a longtemps, Mme de Gergy.

— Mais d'après ce qu'elle dit, vous auriez plus de cent ans à présent ?

— Cela n'est pas impossible, répond-il en riant, mais je conviens qu'il est encore plus possible que cette dame, que je respecte, radote.

— Vous lui avez donné, dit-elle, un élixir surprenant par ses effets, elle prétend qu'elle a longtemps paru n'avoir que vingt-cinq ans. Pourquoi ne m'en donneriez-vous pas à moi aussi ?

— Ah ! Votre Majesté, s'exclame-t-il, que je m'avise de donner au roi une drogue inconnue, il faudrait que je fusse fou !

« Louis XV rit.

— Ce n'est pas tout, même notre vieux Rameau est de la partie. Savez-vous que cet excellent quoique verbeux musicien affirme vous avoir connu sous le nom de comte de Montferrat en 1710. Il ajoute même que vous êtes capable de vous rendre invisible et d'hypnotiser les personnes alentour.

— Votre Majesté, je ne saurais contredire un si excellent musicien et merveilleux théoricien. J'ai moi-même un peu composé et admire beaucoup l'œuvre de ce grand maître.

— Partout où vous passez, vous contez mille anecdotes plaisantes sur les temps anciens. D'une manière tellement convaincante que d'aucuns affirment que vous ne pourriez les décrire de la sorte sans les avoir vécues vous-même.

— Les voyages et l'étude m'ont beaucoup formé.

« Le roi change d'attitude. Il se rapproche du comte et l'empoigne par le col :

— Ne jouez pas avec moi ! Je sais très bien que vous n'êtes pas celui que vous prétendez être, "comte de Saint-Germain" ! Mais Saint-Germain fait partie de mon héritage direct. Je saurais bien s'il existait un comte de ce nom. Alors, parlez !

« L'homme a gardé son sang-froid et les menaces du roi ne semblent pas l'émouvoir. Il se contente de défroisser son col en dentelle.

— Et qu'est-ce que Sa Majesté voudrait bien vouloir de moi ?

— Votre secret, Saint-Germain, votre secret ! On vous dit immortel. Savez-vous ce que raconte, Sébastien-Roch Nicolas ? Qu'il a interrogé votre domestique sur le fait que vous auriez deux mille ans.

« Saint-Germain éclate de rire.

— Et le bonhomme a répondu : “Je ne sais pas, monsieur, il n'y a que trois cents ans que je suis à son service.” C'est un trait d'esprit que je lui ai moi-même soufflé. Votre Majesté, j'espère que vous ne croyez pas cet amas de ragots. Votre ministre Choiseul, qui ne m'aime point, les sème à tous vents.

« Louis XV n'en démord pas :

— D'accord, Choiseul avec ses idioties a contribué à vous rendre célèbre. Mais il y a autre chose, Saint-Germain. Autre chose, et je veux savoir quoi.

« Le comte redevient immédiatement plus sérieux.

— Votre Majesté, l'objet de ma quête, le récit des différents degrés que j'ai franchi, au cours de ma vie et, enfin, le résultat de mes recherches incessantes ne doivent pas être énoncés devant des oreilles vulgaires et profanes.

— Oubliez-vous que je suis votre roi ?

« L'homme s'incline :

— Puisqu'il en est ainsi, vous saurez tout, Votre Majesté.

« Alors, dans le salon des Chiens, devant le roi enfoncé dans son fauteuil, l'alchimiste commence son long récit :

« *Vous allez pénétrer, Votre Majesté, dans le sanctuaire des sciences sublimes, ma main va lever pour vous le voile impénétrable qui dérobe aux yeux du vulgaire le tabernacle, le sanctuaire où l'Éternel déposa les secrets de la nature. Secrets qu'il réserve à quelques êtres privilégiés. Pour les élus que sa toute-puissance créa pour voir, pour planer à sa suite dans l'immensité de sa gloire et détourner sur l'espèce humaine un des rayons qui brillent autour de son trône d'or. Écoutez, Sire, écoutez mon témoignage. Il faisait nuit. La lune cachée par des nuages sombres ne jetait qu'une lueur incertaine sur les blocs de lave qui environnent la Solfatara ; la tête couverte du voile de lin, tenant dans mes mains le rameau d'or, je m'avançais sans crainte vers le lieu où j'étais venu passer la nuit. Errant sur un sable brûlant, je le sentais à chaque instant s'affaisser sous mes pas. Les nuages s'amoncelaient sur ma tête, l'éclair sillonnait la nue et donnait une teinte sanglante aux flammes du volcan. Enfin j'arrive, je trouve un autel de fer. J'y place le rameau mystérieux. Je prononce les mots redoutables. À l'instant, la terre tremble sous mes pieds ; les mugissements du Vésuve répondent à ces coups redoublés ; ses feux se joignent aux feux de la foudre. Les chœurs des génies s'élèvent dans les airs, y font répéter aux échos les louanges du Créateur... La branche consacrée que j'ai placée sur l'autel triangulaire s'enflamme tout à coup ; une épaisse fumée m'environne, je cesse de voir. Plongé dans les ténèbres, je crois descendre dans un abîme. J'ignore combien de temps je reste dans cette situation mais, en ouvrant les yeux, je cherche vainement les objets qui m'entouraient quelque temps auparavant. L'autel du Vésuve, la campagne de Naples ont fui loin de mes yeux. Je suis dans un vaste souterrain, seul, éloigné du monde...* »

« Il se tait. Le roi, subjugué par le récit, qui lui a fait un bref instant oublier l'ennui qui le taraude depuis des années qu'il règne, l'interroge avec fébrilité.

— Alors ? Que s'est-il passé par la suite ?

« Saint-Germain pendant tout ce discours avait gardé un visage marmoréen et le regard fixé vers quelque monde lointain. Plongeant ses yeux dans ceux de son interlocuteur, il lui sourit :

— Cela, Votre Majesté, vous l'apprendrez en temps et en heure. Il est des secrets qui ne peuvent être délivrés directement et sans préparation à une âme profane.

« Mais Louis XV veut en savoir plus :

— Vous êtes impitoyable, comte. J'attends avec impatience la suite de ce récit. Quand reviendrez-vous me rendre visite ?

« Cette fois-ci, l'alchimiste répond par un geste évasif :

— Encore faut-il que votre ministre Choiseul me laisse tranquille. Je n'aspire qu'à travailler à votre gloire dans les antiques murs du château de Chambord que votre bonté a cru bon de mettre à ma disposition. Peut-être vous rapporterai-je des joyaux bien plus beaux que celui que vous m'avez confié. Peut-être saurez-vous à la fin des secrets tels que peu de mortels ont eu connaissance sur Terre. Des secrets qui ne peuvent être connus que des génies… ou des rois ! »

Marie-Adélaïde se tut. Sénart se frotta les yeux.

« Est-ce que je rêve ou m'a-t-elle jeté un sort ? »

Pendant tout le temps du récit, il a vu la silhouette mystérieuse du comte de Saint-Germain devant lui. Son visage calme et énigmatique. Ses riches vêtements couverts de bijoux. Son sourire. Il a vu aussi le roi : le libertin descendu de sa superbe buvait les paroles du mage.

Il dut recouvrer son calme. Il était fatigué et la journée, riche en événements mystérieux, avait exacerbé sa réceptivité. « Il a suffi qu'elle déploie son grand talent de comédienne pour ainsi me plonger dans quelque torpeur suspecte. »

— Que s'est-il passé par la suite ? demanda-t-il sur un ton qu'il voulait indifférent.

— Choiseul a fini par avoir gain de cause auprès du roi, conclut-elle. Saint-Germain a été chassé de la cour de France. Il a donc continué son grand œuvre ailleurs. En Allemagne, en Angleterre. Néanmoins, avant de quitter Paris, il a fait parvenir à Louis XV le poème que voici :

Curieux scrutateur de la nature entière,
J'ai connu du Grand Tout le principe et la fin,
J'ai vu l'or en puissance au fond de sa minière,
J'ai saisi sa matière et surpris son levain.

J'expliquai par quel art l'âme aux flancs d'une mère,
Fait sa maison, l'emporte, et comment un pépin
Mis contre un grain de blé, sous l'humide poussière,
L'un plante et l'autre cep, sont le pain et le vin.

Rien n'était, Dieu voulut, rien devient quelque chose,
J'en doutais, je cherchai sur quoi l'univers pose,
Rien gardait l'équilibre et servait de soutien.

Enfin, avec le poids de l'éloge et du blâme,
Je pesai l'éternel, il appela mon âme,
Je mourus, j'adorai, je ne savais plus rien.

Sénart secoua la tête :

— Je n'entends rien à ce verbiage. Mais tu m'as dit que cet homme était mort.

— En 1784, en Allemagne où il s'était retiré. Selon la version officielle, il mourut à la cour du margrave de Schleswig-Holstein en 1784, il y a donc dix ans de cela.

— Nous allons donc chasser un fantôme !

Il s'impatienta de nouveau. « C'est la fatigue, se dit-il. Mais elle est vraiment trop irritante avec ses mystères absurdes ! »

La jeune femme gardait le plus grand sérieux :

— J'ai donné la version officielle. Quelques jours après le 14 juillet 1789, la reine reçut un mystérieux billet qui la prévenait de la mort de Polignac et de celle du comte d'Artois. Sa suivante, Mme d'Adhémar, reconnut formellement l'écriture de l'expéditeur. D'ailleurs, cette dernière reçut quelques mois plus tard un nouveau billet qui la prévenait d'autres malheurs et l'invitait à le rejoindre aux Récollets. Elle s'y rendit et le reconnut formellement car il n'avait absolument pas changé depuis leur dernière rencontre quelque vingt-neuf ans plus tôt. Il prédit alors la ruine des Bourbons, la lâcheté du comte d'Estaing, la vantardise de M. de La Fayette et enfin la chute du roi. La comtesse d'Adhémar le revit encore une fois peu après la mort de Marie-Antoinette. Mais il y a d'autres témoignages : on l'aurait vu, en 1792, lors de la comparution de la princesse de Lamballe devant le Tribunal révolutionnaire. Un Anglais nommé Grosley l'a signalé l'année dernière dans une prison. Il n'y a donc rien d'étonnant qu'il ait été vu récemment. Je crois même savoir où…

— Dis !

Elle reprit soudain son expression espiègle et enfantine. Puis se mit à bâiller avec ostentation.

— J'ai vraiment trop sommeil ce soir. On dort si mal dans tes prisons révolutionnaires. Demain, tu sauras. Dis-moi, citoyen, où est-ce que l'on s'allonge ici ?

Sénart allait protester, il aurait voulu avoir le renseignement sur l'heure, mais il se ravisa. Elle avait le droit de dormir, elle aussi, et la nuit était bien avancée. Par contre, un nouvel embarras l'envahit aussitôt. Il n'y avait pas de chambre à l'Hôtel de Brionne et son propre appartement était bien loin d'ici. Pas moyen d'y aller à cette heure de la nuit.

Que faire ?

Elle vit son air gêné et lui lança :

— Allons, il y a bien un endroit pour dormir. Même les représentants du peuple doivent se reposer quelquefois.

Sénart réfléchit. Marie-Adélaïde suivit son regard. Dans un coin de la pièce, on trouvait un mauvais lit de camp. Le jeune secrétaire rédacteur y soulageait souvent sa fatigue au cours d'une longue nuit de travail.

— Je pense que ce sera parfait.

Il écarquilla les yeux.

— Tu peux dormir ici, mais…

Elle se leva avec vivacité.

— Allons, nous ferons à la guerre comme à la guerre. Détourne les yeux, citoyen.

— Détourner les yeux ?

Elle se pencha sur lui et lui prit le menton avec une familiarité qui le troubla.

— Citoyen Sénart, je vais me déshabiller car je n'ai pas l'habitude de dormir vêtue. Aussi, si tu es un homme droit et un fidèle serviteur de la République, comme je le crois, tu ne regarderas pas. À moins, bien entendu, que tu n'insistes, auquel cas je devrai me soumettre car je ne suis qu'une faible femme et toi un homme important nanti de nombreux pouvoirs révolutionnaires. Mais, ajouta-t-elle avec un clin d'œil, pourquoi prendre de force ce que tu pourrais peut-être avoir de bon gré ?

Il se sentit rougir. D'autant que, avant même de vérifier s'il tournait la tête, elle se mit à défaire sa robe pour apparaître très vite en corset. Il s'empressa de regarder de l'autre côté.

« Mais que fait-elle ? Elle va me rendre fou. »

Les yeux fixés sur les étagères surchargées de dossiers, il ne put s'empêcher d'entendre le tissu crisser et tomber mollement sur le parquet du bureau.

« Ce n'est pas possible ! Est-elle nue maintenant ? »

À sa grande honte, il mourait d'envie de vérifier ce dernier point. Après tout, ne venait-elle pas de lui suggérer qu'il pourrait disposer de ses faveurs ? « Non, je ne peux pas faire ça. »

— As-tu une couverture ?

— Euh, oui.

Il fit quelques pas vers un meuble d'ordonnance et en tira une étoffe de laine.

— Tiens.

Pour lui tendre le tissu, il s'était retourné. Elle était devant lui. Son corps brillait faiblement dans la semi-obscurité de la pièce mal éclairée par la bougie posée sur le bureau.

Merveilleuse, stupéfiante, toute de courbes gracieuses et fines, cette vision lui coupa le souffle. Il resta un instant dans un état de complète stupéfaction. Elle gardait ses yeux plongés dans les siens. Une expression mystérieuse sur le visage.

— Donne.

Il sursauta :

— Quoi ?

— La couverture, voyons. J'ai froid.

— Ah oui, bien sûr.

D'une main mal assurée, il lui tendit le drap. Elle s'en enveloppa d'un geste d'une grâce toute féminine.

— Merci, citoyen.

L'atmosphère dans le bureau sembla s'épaissir, se charger d'électricité. Il hésita : « Il faut que je fasse quelque chose… » Mais quoi ? La prendre dans ses bras, jouir d'elle. Ici ? Il baissa la tête. À cet instant, il aurait voulu enlever l'étoffe dont elle venait de se couvrir et… Son regard croisa de nouveau le sien.

« Elle sait. C'est comme si elle lisait dans mon esprit. »

Ils restèrent un instant ainsi, debout l'un en face de l'autre.

— Eh bien, puisque me voilà couverte, je vais pouvoir dormir.

Aussitôt, le charme fut rompu.

— Oui, passe une bonne nuit.

— Et toi, citoyen, que vas-tu faire ? Si je comprends bien, c'est ton lit que je vais occuper.

Et elle ajouta, avec un soupçon de malice :

— Il est d'ailleurs trop exigu pour que je t'y accueille confortablement.

— Oui, il n'est fait que pour une seule personne, continua-t-il sur un ton qu'il trouva lui même forcé. Je crois que je vais travailler. Vadier sera là au matin et il voudra un rapport. Autant le rédiger maintenant.

— Tu as raison, citoyen. Bon courage.

Et elle se retourna pour se glisser dans le lit. Il la suivit du regard avec mélancolie puis se ressaisit. Lui-même alla s'asseoir à son bureau, sortit une nouvelle feuille vierge et commença à rédiger :

« Rapport destiné au Comité de sûreté générale suite au meurtre commis rue des Ménétriers. Ce jour-là, je me suis rendu à la prison de la Petite Force où j'ai demandé à voir la ci-devant Marie-Adélaïde Lenormand, susceptible de nous apporter des éclaircissements sur cette affaire… »

Il leva la tête : la respiration de la jeune femme était devenue régulière. Elle dormait maintenant. Il regarda longuement la silhouette obscure sur le lit de camp. N'était-ce pas un sein qu'on distinguait là ? Son imagination ne lui jouait-elle pas des tours ?

Il se sentait abattu. Jamais il n'avait vu de fille aussi belle. Elle possédait un visage d'enfant mais son corps était bien celui d'une femme. Et elle s'était presque donnée à lui. Il aurait suffi d'un mot, d'un simple geste peut-être.

Dans un mouvement de découragement, Sénart se replongea dans son rapport.

Couchée sur le lit de camp, Marie-Adélaïde faisait semblant de dormir tout en examinant avec attention le jeune homme penché sur sa table de travail. Comme il l'avait regardée tout à l'heure ! Il était vraiment mignon.

« Vraiment très mignon, se dit-elle une fois de plus. Et tellement maladroit. »

Un instant, elle eut l'espoir que tout ne se déroule pas comme elle l'avait prévu. Mais, elle le savait bien, aucune force dans l'univers n'était capable de modifier l'avenir.

À la fin, c'est presque les larmes aux yeux et une boule au fond de la gorge qu'elle se retourna dans son lit pour essayer de dormir.

Les prophéties de la Sibylle

2e prédiction

Le sommeil me fuit cette nuit-là. Au loin, un tonnerre grondant vient rappeler aux mortels que la nature et le Créateur sont tout-puissants et que nous autres, mortels dérisoires, ne sommes que des jouets entre les mains agissantes des éléments. La foudre s'abat parfois sur quelque campagne lointaine et il se produit un grand craquement. Comme si, là-bas, au loin, des forêts entières se brisaient sous l'action d'un géant. Le roulement qui suit l'éclair est comme le souffle d'un démon. Si loin mais aussi si proche. Il fait chaud, je suis terrifiée dans mon lit.

Au milieu de cette nuit de cauchemar, une silhouette éthérée apparaît. Parfois, un éclair l'illumine. Je reconnais ces deux immenses ailes, ce visage marmoréen. Ces yeux qui me contemplent fixement à travers la nuit. C'est lui, c'est Idraël.

Il revient, fidèle messager des cieux. Mais, au milieu de l'orage, il ressemble à quelque démon. Les présages qu'il m'apporte sont certainement bien mauvais et je ne peux m'empêcher de me recroqueviller sous mes draps, comme si une action aussi enfantine avait le pouvoir de me protéger des monstruosités dont il vient me faire part.

Pourquoi est-ce moi qu'il vient visiter ? Pourquoi moi seule sais ce qui va advenir ? Pourquoi, parmi tous ses enfants, le créateur m'a-t-il choisie, moi, et m'a-t-il fait don de ce pouvoir maudit ?

« Sibylle, ne te cache plus et écoute-moi. Ce que je vais dire ne peut être entendu que par toi. »

Je réponds en sanglotant :

« Va-t'en, Ange de la Terre. Va tourmenter une autre mortelle. Je t'en supplie, ne me dis rien. Je ne veux pas savoir ce qui va arriver. »

Il est tout proche maintenant, juste au-dessus de mon lit. Même cachée, même les mains sur la figure, je ne peux m'empêcher de le voir.

« Tu dois m'entendre, pourtant. Je suis retourné voir le Créateur. J'ai de nouveau pour toi parcouru éons et éons, univers et univers. De nouveau je me suis prosterné à ses pieds. De nouveau, j'ai supplié. De vous épargner vous, les Français, mais Celui qui Parle est toujours en grande fureur. Voilà ce qu'il m'a dit.

— Non, je ne t'écouterai pas !

Il y a de la commisération dans la voix d'essence divine, dans ce timbre fait pour chanter les louanges du Très-Haut et répéter ses terrifiants arrêts.

« Ta souffrance n'est pas encore terminée, Sibylle. Il a d'autres vues sur toi. Voilà ce qu'il a dit : “L'iniquité et le blasphème règnent dans le doux pays de France. Cette région qui m'était autrefois si fidèle est devenue le repaire de l'antéchrist. En vérité, je sais qu'il est là, qu'il défie ma puissance. Je sais aussi que les rebuts humains qui adorent le démon vont de pair avec lui. Il y aura une fête, une grande fête. Une immonde bacchanale, un sabbat en plein jour où il apparaîtra, lui l'antéchrist, aux yeux de tous. Il se fera poser sur le front une couronne d'iniquité et il régnera sur la France. Mais cette engeance ne pourra pas durer. Mon ange vengeur, celui qui a détruit autrefois Sodome et Gomorrhe, s'abattra sur ce pays et le réduira à feu et à sang. Le père tuera le fils, le fils insultera sa mère qui couchera avec sa propre progéniture. Alors, mon ange dira le mot sacré. Les trompettes sonneront, les sceaux seront brisés et enfin ce sera le combat terrifiant. Celui de la bête contre l'archange. Des centaines de milliers de mortels seront précipités jusqu'aux enfers. Jeunes, vieux, innocents ou coupables. Tous seront voués aux flammes éternelles. Peuple de France, qu'as-tu donc fait ? »

Idraël m'a transmis le message du Grand Architecte et je me réveille, tremblante, en sueur, les draps de mon lit collés à mon corps douloureux. C'est le matin, il fait chaud, mais j'ai vu ce qui allait se produire. J'ai contemplé un spectacle qui ne devrait pas être vu par des yeux humains. Je grince des dents et me contorsionne en poussant des cris de bête blessée.

Pourtant, je sais ce qu'il va advenir.

En pénétrant dans l'enceinte du couvent, accompagnée par le prêtre, Marie-Adélaïde comprit immédiatement que l'endroit ne respirait ni la paix ni l'amour de Dieu. Aussitôt, des silhouettes, invisibles aux yeux des autres, l'entourèrent en silence tout en la fixant de leurs yeux vitreux.

Beaucoup de gens étaient morts en ces lieux. Des femmes, surtout. Des enfants aussi. Car, dans les anciens temps, la règle était impitoyable, toute femme qui avait eu le front de pécher était débarrassée du fruit de sa fornication et condamnée à finir ses jours dans quelque cul-de-basse-fosse.

La fillette baissa la tête et tenta de se concentrer sur une vision joyeuse. Hélas ! c'est l'image de son père qui lui vint aussitôt à l'esprit. Son sourire, ses yeux illuminés… et sa chute brutale dans le puits, son cri terrifié auquel répondait le sien.

Le bon curé mit le geste de recul de son ouaille sur le compte de la fatigue et de la timidité.

— Allons, ma fille, avance. Tu verras, la mère supérieure est une sainte et bonne personne qui prendra bien soin de toi.

Elle se souvint longtemps de sa première entrevue avec celle qui allait devenir son bourreau. Une grande pièce froide et voûtée. En quelques mots que la fillette ne comprit pas, le guide expliqua à la mère supérieure l'histoire qu'elle avait vécue, le grand trouble à la mort de son père et les propos incohérents qu'elle tenait. Pour finir, il sortit de sa robe une bourse bien garnie qui avait été fournie par la mère de la fillette. Marie-Adélaïde surprit dans le regard de la religieuse une fugace expression de convoitise. Enfin, le brave homme s'en fut, après une dernière parole d'encouragement à Marie-Adélaïde.

Elles étaient toutes deux face à face.

— Il n'est pas d'usage que notre saint ordre accueille des filles de basse extraction, commença-t-elle sur un ton cassant. Je ne l'ai fait que pour plaire à ce saint homme. Sache néanmoins qu'il n'y a ici que des demoiselles de bonne famille. Tu leur devras respect et obéissance. Apprends à garder ta place, obéis-leur en tout point et peut-être pourras-tu trouver la tranquillité ici. Mais sache que tout écart sera cruellement châtié. N'attends de notre part aucune pitié, aucune indulgence. Si tu fautes, il ne te restera comme ressource que de t'en remettre au Créateur.

Et pendant qu'elle parlait, Marie-Adélaïde vit : beaucoup de filles inconnues, des tourments quotidiens. On lui tirait les cheveux, on souillait ses vêtements. Elle était condamnée à rester debout ou, pire, couchée de longues heures sur les froides dalles de la chapelle.

Elle le comprit tout de suite, sa vie au couvent ne serait que douleur et chagrin.

Pourtant, Marie-Adélaïde se rendit compte très vite des avantages que lui procurait son don dans de telles circonstances. Certes, elle ne pouvait pas changer l'avenir qu'elle voyait s'écouler devant elle en de furtives visions, mais elle pouvait en jouer.

Les premiers mois, jetée dans un dortoir à moitié désaffecté, placée sous la coupe de ces demoiselles, elle en subit mille avanies. On la battait et, dès qu'elle tentait de se défendre, les apparences se retournaient contre elle. Les sœurs ne la croyaient pas, même lorsque l'évidence était de son côté.

— Mais goûtez ma sœur, ce n'est tout de même pas moi qui ai salé mon propre dessert.

Une gifle lui répondait.

— Tais-toi, petite propre-à-rien !

La mère supérieure intervenait parfois et les châtiments étaient encore plus durs. Elle était condamnée à rester dehors en plein froid, à peine vêtue d'une chemise humide. Elle devait demeurer toute une nuit en génuflexion devant la statue de la Vierge Marie qu'elle prit dès lors en horreur, et, pire que tout, elle se trouva placée au service de ces demoiselles et obligée de subir leurs moindres caprices.

Néanmoins, petit à petit, la situation changea.

Grâce à sa faculté de voir l'avenir, elle savait très bien laquelle de ces chipies inventerait à son profit une nouvelle torture. Et si elle n'avait pas la possibilité de l'éviter, au moins était-elle assurée de se venger.

Olympe et Donatienne en firent les frais les premières. Les deux demoiselles, filles de pairs de France, avaient imaginé de l'envoyer pour quelque course imaginaire dans le cimetière du couvent.

« Il y a là-bas le plus merveilleux arbre du monde qui produit les fruits les plus exquis qui soient. Les sœurs se les réservent pour elles. Marie-Adélaïde, va nous en chercher un panier. Si nous sommes satisfaites, nous daignerons peut-être t'en faire goûter un, bien que ton palais grossier ne soit certainement pas à même d'en apprécier les finesses. »

Bien entendu, l'endroit était interdit aux pensionnaires. Comme elle l'avait prévu, elle fut surprise par la sœur tourière, emmenée auprès de la mère supérieure qui ordonna qu'on la fouette. C'est alors qu'elle put exercer sa vengeance. Bien loin de se plaindre, elle dissimula aux yeux de toutes le châtiment qu'elle avait subi. Recouvra ses épaules ensanglantées d'un linge et passa sa robe par-dessus. Enfin, elle prit un panier dans lequel elle disposa trois figues volées en cuisine, car les jeunes filles étaient fort gourmandes.

« Olympe, Donatienne, regardez. »

Et les filles, surprises, virent revenir Marie-Adélaïde comme si de rien n'était. Rose, pimpante, avec sur le visage son habituelle expression de candeur enfantine.

Bientôt les fruits furent avalés.

— Hum, délicieux, où as-tu trouvé cela ?

— Là où vous m'avez dit d'aller. Il y en avait plein.

— Et tu ne nous en as rapporté que trois ?

La fillette prit un air confus.

— Je suis désolée. Je ne pensais pas que vous en voudriez plus.

— Petite sotte ! C'est bon, nous allons y aller nous-mêmes.

Les deux pensionnaires retournèrent discrètement dans le cimetière mais, comme Marie-Adélaïde, se firent prendre et punir. On ne les fouetta pas, car elles étaient demoiselles de la noblesse, mais l'interdiction de sortir pendant trois jours et les repas maigres qu'on leur apporta leur furent une grande humiliation.

Marie-Adélaïde se réjouit secrètement de leur déconfiture. Elle avait au moins appris une chose au couvent : que le mensonge judicieusement utilisé pouvait s'avérer une arme redoutable.

Ce fut aussi à cette époque qu'elle fit pour la première fois ce rêve qui allait dorénavant la hanter toute sa vie. Au début, elle ne comprit pas vraiment de quoi il s'agissait, sinon que c'était quelque chose de terrible.

Elle était couchée sur un lit. Il lui était absolument impossible de bouger et elle respirait de plus en plus difficilement. Plusieurs personnes venaient la voir. Elle n'en connaissait aucune. Comme elles étaient bizarrement vêtues ! La pièce elle-même était curieusement meublée. Le docteur qui venait la visiter ne portait ni perruque ni culotte mais une sorte de costume noir et étriqué. Il utilisait des instruments dont elle n'avait jamais entendu parler.

— Comment vous portez-vous ce matin, mademoiselle Lenormand ?

Défilaient aussi un notaire, sa femme de chambre, d'autres messieurs ou dames qui semblaient faire preuve de la plus grande déférence. Pourtant, parfois, elle les entendait murmurer :

— Elle n'en a pas pour longtemps.

— Elle n'avait pas prévu cela, cette vieille garce.

Et elle se réveillait en sueur, la poitrine oppressée.

C'est au moins deux ans plus tard qu'elle comprit la signification de son rêve : elle assistait à sa propre mort.

Il ne pouvait en être autrement. Le déroulement en était presque toujours semblable. Elle se sentait dépérir chaque fois et il y avait aussi les commentaires de tous ces gens sur sa mort prochaine :

— Elle ne passera pas la nuit.

— Regardez comme elle se défait.

— Elle respire comme un soufflet de forge.

Bientôt, lorsque ce fut une évidence pour elle, une question lancinante vint la hanter :

« Quand est-ce que je mourrai ? »

Il n'y avait aucun indice dans la pièce où elle se trouvait, hormis que la scène se passait dans un futur assez lointain. Elle entendit parler d'un roi nommé Louis-Philippe. Du mariage d'une princesse Clémentine d'Orléans avec le prince de Saxe-Cobourg. Un visiteur rapporta un fait de guerre qui avait produit une forte impression à Paris : la victoire d'un des fils du roi, le duc d'Aumale, sur un dénommé Abd el-Kader. Mais rien qui lui donne une idée de la date de sa mort.

Elle tenta au cours de ses rêves de parler, d'interroger sa femme de chambre, ses visiteurs ou son médecin.

« Je vous en prie, dites-moi quel jour nous sommes. En quelle année sommes-nous ? »

Mais personne ne lui répondait. Personne n'écoutait ce qu'elle disait. On lui prodiguait toujours les meilleurs soins, mais sans faire aucunement attention à ce qu'elle pouvait dire.

Parfois, quelqu'un laissait une gazette sur sa table de nuit et elle tentait de s'en emparer pour y lire la date, mais en vain. Ses mains restaient inertes, lourdes comme du plomb et ne lui obéissaient pas.

« Je sais que je vais mourir mais j'ignore quand. »

Ce qui était sûr c'est qu'elle serait sans doute fort âgée le jour où cela arriverait. Lorsqu'elle eut compris cette évidence, une autre lui apparut avec la même acuité : « Puisque je mourrai vieille, dans mon lit, tant que je suis jeune je ne risque rien et je peux faire ce que je veux de ma vie. Si j'en crois mes rêves, je serai fort riche et ils seront nombreux à me visiter sur mon lit mortuaire. »

Alors, elle sut que de nombreuses perspectives s'ouvraient à elle.

D'abord celle de profiter pleinement de son don. Elle mourrait dans bien des années et dans son lit, qui donc n'aurait pas donné son âme pour savoir cela ? Ensuite, elle savait prévoir et cibler de plus en plus précisément ce qui allait advenir, si bien que, après une expérience comme celle des fruits du jardin, les autres pensionnaires commencèrent à la considérer avec un peu plus de respect.

— Olympe, tu ne devrais pas aller te promener dans le jardin aujourd'hui.

— Et pourquoi cela, mademoiselle la raisonneuse.

— Parce que j'y ai aperçu beaucoup d'abeilles.

— Et alors, c'est la saison justement et j'ai envie de voir les fleurs et de m'en faire un bouquet.

Et la pauvre Olympe se rendit dans le jardin où elle se fit piquer par un énorme frelon. Elle mourut peu de temps après, étouffée par le venin de l'insecte. Son visage bouffi était presque méconnaissable. Elle agonisa plus d'une nuit alors que les médecins, impuissants, tentaient de soulager sa douleur.

Les pensionnaires qui avaient assisté à la conversation avant l'accident commencèrent à avoir peur. Le bruit courut que la petite Lenormand savait lire l'avenir. D'autres incidents certes moins graves mais tout aussi révélateurs se reproduisirent, et bientôt ces étranges rumeurs parvinrent à l'oreille de la mère supérieure.

La religieuse convoqua Marie-Adélaïde.

— Mademoiselle Lenormand, il semblerait que vous ayez la langue trop longue. Beaucoup de vos condisciples m'ont rapporté que vous faisiez circuler les rumeurs les plus folles.

— Ma mère, tout de ce que j'ai dit était le reflet de la plus stricte vérité.

La femme plissa les yeux. Depuis qu'elle était entrée, deux ans plus tôt, dans l'institution, la fillette semblait avoir pris une étrange assurance. De famille modeste, elle possédait un incontestable ascendant sur ses consœurs, parfois de haute noblesse.

— Pourtant, certaines prétendent que vous avez le don de voir l'avenir et que vous auriez par exemple averti la pauvre Olympe de ne pas se rendre au jardin peu de temps avant sa mort si atroce.

— Il est exact que, si elle avait suivi mon avertissement, cette petite sotte serait encore vivante aujourd'hui.

La mère supérieur se leva, folle de rage. Comment une simple roturière admise ici par charité osait-elle lui parler de la sorte ?

Mais la fillette reprit sans cesser de fixer son interlocutrice droit dans les yeux :

— S'il m'arrive d'avoir la prescience de ce qui va advenir, il m'arrive aussi de deviner les sombres arcanes du passé. Vous-même, ma mère, n'avez-vous pas connu une certaine Élisabeth, chassée de ce couvent pour sa conduite immorale ?

À ces mots, la femme poussa un cri et tomba à la renverse.

— Comment, mais vous ne pouvez pas savoir que…

Marie-Adélaïde se leva à son tour et avança, un sourire sur les lèvres.

— Je sais parfaitement, ma mère ; je sais comment vous avez fait accuser la malheureuse de vos propres turpitudes, comment vous avez caché le fruit de vos péchés. Je connais même l'endroit où nous pourrions en retrouver les restes. Voudriez-vous que je vous montre ?

La religieuse fut prise d'un violent sanglot. Un véritable étau lui enserrait la poitrine et elle pouvait à peine parler :

— Vous êtes le diable ! Personne ne peut savoir cela.

— Il est facile d'accuser le diable. Mais ce n'est pas moi qui ai péché. Je vous souhaite bonne nuit, ma mère.

Et elle se retira. Désormais, au cours de son séjour, jamais plus la mère supérieure n'adressa la parole à cette étrange pensionnaire. Elle s'arrangea même pour ne plus la voir qu'en public, en présence de nombreux témoins.

Puis Marie-Adélaïde en eut assez de la vie au couvent. Elle décida de partir mais, auparavant, il lui fallait faire un dernier éclat. La vision qu'elle avait eue lui avait laissé une impression étrange : de l'horreur mêlée à une joie intense et sauvage. Elle hésita à peine : « De toute manière, cela arrivera… »

Olympe était morte, mais Donatienne jouait toujours sa petite princesse au milieu de ses camarades. Néanmoins, elle était, sous sa carapace d'orgueil, très naïve et aussi très pieuse. Marie-Adélaïde commença à faire courir une étrange histoire dans tout le couvent. C'était la nuit, dans le dortoir. La sœur surveillante venait de passer faire sa ronde. Les demoiselles de la noblesse dormaient dans des chambres séparées, mais elles venaient volontiers rejoindre leurs consœurs roturières, surtout lorsqu'on racontait des histoires à faire frémir. Et celles de Marie-Adélaïde étaient de loin les meilleures…

Cette nuit-là, une dizaine de jeunes filles étaient assemblées autour du lit de la jeune voyante. Elle alluma une bougie et chuchota d'un air inquiétant.

— Je vais vous dire un secret. Un secret que vous ne devrez répéter à personne. Si jamais l'une de vous en répète un seul mot, elle passera plus de cinq cents ans au purgatoire. Le jurez-vous ?

Les autres se regardèrent avec terreur. Comment ne pas jurer alors qu'on risquait tant d'années de purgatoire. Marie-Adélaïde répéta la question à chacune d'entre elles et, lorsqu'elles eurent promis, dessina sur leur front un signe mystérieux à l'aide de la bougie. Enfin, elle reposa le lumignon au milieu de son lit et, son seul visage éclairé par la flamme tremblante, elle commença son récit :

— C'est une histoire que je tiens de ma grand-tante qui s'appelait Adélaïde comme moi. Elle vivait au temps de Louis le quatorzième, vous savez qu'à cette époque-là on brûlait encore les sorcières. Eh bien, l'une d'elles vivait dans les bois, non loin de la maison où ma grand-tante habitait. C'était une gentille fille qui ne voulait de mal à personne, aussi quand elle apprit que les soldats du roi venaient arrêter la vieille femme, elle courut pour la prévenir. La sorcière l'accueillit avec un sourire triste : « Ma pauvre petite Adélaïde, tous tes efforts n'y pourront rien. La justice du roi est trop puissante pour une vieille comme moi et mes pauvres dons magiques ne m'aideront guère. Néanmoins, comme tu as été bonne et courageuse, avant de mourir, je veux te faire partager mon plus grand secret. Je ne regrette pas de mourir puisque je sais qu'aussitôt mon âme montée au ciel elle rejoindra la Vierge Marie. Sais-tu pourquoi je le sais de manière aussi certaine ? — Non, grand-mère, je ne le sais pas, répondit ma grand-tante qui était alors toute jeune. — Je le sais parce que je l'ai déjà vue. C'est un don qui est donné aux seules filles innocentes et pures qui la prient de tout leur cœur. Il y a aussi une manière de faire que j'ai apprise de ma propre mère qui était très bonne et pieuse, comme toi, ma pauvre petite. Veux-tu le savoir ? — J'aimerais tant voir la Sainte Vierge moi aussi, grand-mère ! — Alors voilà, écoute bien, il te suffit de te tenir juste au-dessus de l'autel au moment de l'offertoire, là, un court instant, ton âme s'échappera de ton corps et s'élèvera jusqu'au paradis. Tu y apercevras le visage de la Sainte Vierge. — Comment cela est-il possible, grand-mère ? — Il te suffira de prendre ton élan et tu t'envoleras, parce qu'à ce moment-là se produit la transsubstantiation, c'est-à-dire que, par leur consécration, le vin devient le sang du Christ et le pain sa chair. L'âme du fils de Dieu s'élève et s'en va bien entendu jusqu'au ciel, où il est reçu par sa mère : il emmènera un instant la tienne avec lui. Voilà mon secret. Fais-en bon usage, ma fille, et prie pour moi. »

Marie-Adélaïde fit silence, les autres la fixaient avec stupéfaction.

— Voir le visage de la Sainte Vierge ? Mais, ce n'est pas possible ! s'exclama l'une d'elles.

— Ce serait magnifique, renchérit l'autre. Tu imagines ? Notre âme s'élèverait au-dessus du couvent jusqu'au paradis.

Elles étaient à la fois émerveillées et incrédules. Donatienne, la petite aristocrate, prit la main de son souffre-douleur habituel :

— Marie, n'est-ce pas un conte que tu nous dis là ?

L'intéressée secoua la tête avec énergie.

— Je te répète l'histoire comme ma grand-tante me l'a racontée. Lorsque je lui ai demandé si elle l'avait fait, voici ce qu'elle m'a répondu : « Je ne l'ai fait qu'une fois, ma chère Marie-Adélaïde, et j'ai eu devant moi la plus touchante et bouleversante vision de ma vie. Vraiment, je ne comprends pas pourquoi les hommes se montrent tant attachés à leur misérable existence sur Terre. Moi, je n'attends que le moment où je rejoindrai l'ointe de Notre-Seigneur ! »

Le récit de la jeune fille impressionna durablement les pensionnaires et bientôt le bruit s'en répandit dans tout le couvent.

Marie-Adélaïde n'en dit pas plus. Elle attendait ce qui devait fatalement se produire. Donatienne, un soir, vint la trouver :

— Marie, j'ai beaucoup réfléchi à ce que tu nous as raconté. D'abord, je ne comprends pas comment cela peut être possible. Comment se trouver au-dessus du prêtre quand il célèbre l'eucharistie ? Jamais il ne nous permettrait de monter sur l'autel ! Ta tante, comment a-t-elle procédé ?

— Je ne sais pas car, comme je te l'ai dit, je n'ai jamais tenté l'expérience moi-même. Ma grand-tante ne s'est pas ouverte à moi de ces détails. Par contre, j'ai une idée…

Elle avait pris un ton mystérieux. Aussitôt, Donatienne voulut en savoir plus :

— Quoi donc, dis-moi !

— Au-dessus de la voûte de la chapelle, il y a une sorte de grenier. Il suffirait de se tenir juste à l'aplomb de l'autel. En vérité, ce serait chose simple.

— Mais oui, bien sûr, comment n'y ai-je pas pensé moi-même ?

Toutes deux se glissèrent nuitamment dans les étages supérieurs de la chapelle. Elles y trouvèrent effectivement un large grenier au plancher assez délabré. Une mince couche de plâtre, en dessous, constituait le plafond de la chapelle. Marie-Adélaïde enleva plusieurs lattes, puis creusa un petit trou dans la voûte à l'aide d'un couteau de cuisine dérobé au réfectoire.

— Attends, le plâtre va tomber !

— Bah, ils croiront que c'est de la poussière. Ah ! L'autel est un peu plus loin.

Ainsi, en tâtonnant, elles trouvèrent l'endroit idéal.

— Ce sera là.

— Mais comment se trouver ici au moment de l'office. Nous sommes tenues d'y assister !

— Nous nous déclarerons malades. Moi seule, je n'aurais aucune chance de tromper les sœurs, mais toi, Donatienne, elles font tes quatre volontés.

La semaine suivante était justement la fête de l'Assomption. Tout le couvent et la population des environs s'étaient rassemblées pour célébrer la Vierge Marie. La chapelle avait été pour l'occasion ornée de mille fleurs blanches. De nombreuses draperies immaculées avaient été accrochées sur les colonnes. Les chants d'actions de grâces pour Marie la bienheureuse résonnaient sous la voûte. Là-haut, par un petit trou, les deux fillettes contemplaient le spectacle. La messe dura longtemps, en fait, jamais elle ne leur avait paru aussi longue. Enfin, le prêtre s'inclina devant l'autel, tournant le dos aux fidèles pour célébrer l'eucharistie.

— *Ipse enim in qua nocte tradebatur accepit panem et tibi gratias agens benedixit, fregit, deditque disci-*

pulis suis, dicens : hoc est enim corpus meum, quod pro vobis tradetur.

— C'est le moment, souffla Marie-Adélaïde.

Donatienne s'avança et se plaça juste au-dessus de l'autel à la fois exaltée et tremblante. Elle allait voir la Vierge Marie. Après avoir sanctifié et transformé le pain, le prêtre prit le calice rempli de vin :

— *Simili modo, postquam cenatum est, accipiens calicem, et tibi gratias agens benedixit, deditque discipulis suis, dicens : accipite et bite ex eo omnes, hic est enim calix sanguinis mei novi et aeterni testamenti, qui pro vobis et pro multis effundetur in remissionem peccatorum. hoc facite in meam commemorationem.*

À ce moment, emportée par une exaltation toute religieuse, Donatienne prit son élan, comme Adélaïde lui avait expliqué, et s'éleva. Il ne lui fallut qu'un minuscule effort. Déjà, elle levait les yeux au ciel, cherchant du regard le visage de la Vierge Marie.

Malheureusement pour elle, toute sa foi enfantine ne parvint pas à vaincre l'abominable gravité de M. Newton, cet anglican hérétique et blasphémateur. Elle chuta aussitôt et, alors que l'enfant de chœur faisait résonner la clochette invitant tous les fidèles à s'incliner devant le mystère de la transsubstantiation, elle retomba lourdement sur les planches du grenier. Celles-ci, bien vermoulues, s'effondrèrent sous son poids. Il n'y avait en dessous qu'une mince couche de plâtre qui céda aussitôt. La petite Donatienne se sentit tomber, tomber vers les abîmes, elle qui avait tant espéré voir le paradis.

Dans la chapelle archicomble, il y eut un grand craquement dans les hauteurs. Aussitôt, des centaines d'yeux s'arrachèrent à leur contemplation religieuse et se dirigèrent vers le ciel. Ce fut une grande stupéfaction pour toute l'assistance de découvrir cette silhouette vêtue de blanc sortie d'un récit biblique chuter telle une pierre. Un instant, on aurait pu croire qu'elle volait, puis un bruit sec d'os brisés se fit entendre lorsqu'elle atteignit l'autel. Alors, un immense cri s'éleva. Ce fut une panique générale dans le lieu saint et, lorsque les premiers spectateurs incrédules vinrent dégager le prêtre à moitié assommé lui-même, ils trouvèrent le cadavre pantelant d'une toute jeune fille. Le visage d'une pâleur extrême, une expression comme stupéfaite sur le visage. Elle s'était empalée sur le lourd crucifix de fer qui trônait sur le maître-autel. La violence du choc avait été si grande que le corps de la pauvre Donatienne avait été traversé de part en part. On n'imagine pas toute la quantité de sang que peut contenir un corps humain, surtout aussi frêle et délicat que celui-là. Presque tout le chœur de la chapelle était maculé de rouge, jusqu'aux tentures blanches qu'on avait disposées sur les colonnes. Les lys de la Vierge dégoulinaient du liquide vital de la malheureuse.

Au couvent, le scandale fut énorme. Personne ne se rappela laquelle avait la première raconté cette histoire absurde d'élévation lors de la consécration du pain et du vin. Par contre, on accusa la mère supérieure de négligence. Par quelque hasard, on trouva l'explication d'un ancien secret qui avait secoué le couvent une vingtaine d'années auparavant. Il apparut que la mère supérieure avait fait accuser une malheureuse à sa place. On trouva même l'endroit où elle avait enterré le fruit de ses péchés.

Marie-Adélaïde avait douze ans. Toutes ces scènes, elle les avait vécues de façon anticipée et s'était par avance réjouie de leur dénouement. Peu après, elle écrivit à sa mère pour qu'elle la fasse sortir de cet endroit où régnait le scandale. Elle lui demandait l'autorisation de rejoindre son beau-père qui tenait la boutique située à Paris afin d'y devenir couturière.

C'est ainsi que Marie-Adélaïde enterra son enfance dans les miasmes du couvent des bénédictines et qu'elle apprit à user de ses dons.

7

« J'assure le Comité qu'il ne m'a pas été possible de distinguer l'endroit où je me suis trouvé ni l'identité des conspirateurs qu'il m'a été donné de rencontrer au cours de cette nuit-là… »

Sénart ouvrit les yeux et considéra d'un regard embrumé les dernières lignes du rapport qu'il avait écrit. Vadier en serait-il satisfait ? Pour l'instant, il s'en moquait éperdument, ayant quelque peine à reprendre pied avec la réalité.

Il se redressa avec difficulté. Quelque chose bougea à l'extrémité de son champ de vision. Il tourna brusquement la tête et resta un instant immobile devant le spectacle qui s'offrait à lui.

Marie-Adélaïde était couchée sur son lit de camp, la couverture avait glissé, laissant apparaître une bonne partie de sa nudité. La lumière du jour naissant s'attardait sur ses courbes. Pourtant, il n'éprouva nul désir. Juste une sorte de trouble devant la fragilité de la jeune femme. Et puis il distingua l'expression de son visage.

Elle rêvait et s'agitait dans son sommeil. Sa figure exprimait une grande souffrance. Il resta longtemps à la contempler ainsi, ne sachant que faire. Puis quelqu'un frappa à la porte, rompant le charme. Elle ouvrit les yeux.

— Quelle date sommes-nous ? Je t'en prie, dis-moi la date !

Elle avait parlé d'une voix rauque, comme une vieille femme.

Il ne put que bredouiller :

— Je crois que nous sommes le 15 prairial…

— Quelle année ?

Elle avait presque crié cette dernière question.

— Euh, an II.

Mais aussitôt, elle se reprit et ouvrit de grands yeux étonnés comme surprise par sa propre question.

« Elle devait encore rêver », se dit-il.

On frappa à nouveau :

— Citoyen Sénart.

« Vadier ! Il ne doit pas la voir là. »

Il se leva précipitamment et courut vers la jeune femme.

— Dissimule-toi sous ces couvertures et ne bouge pas ! lui chuchota-t-il.

Puis il se dépêcha d'aller ouvrir. On ne faisait pas attendre Vadier.

La porte s'ouvrit et le conventionnel apparut, encadré de Duglas et de Lepoulet qui l'accueillirent avec un regard mauvais.

— Alors, citoyen, tu dormais ?

Le maître du Comité de sûreté générale ne semblait pas de très bonne humeur.

— J'aurais aimé avoir de tes nouvelles hier soir !

Le jeune homme tenta de reprendre ses esprits : chercher à s'excuser n'aurait fait que compromettre encore sa position.

— Désolé citoyen, mais je suis rentré fort tard cette nuit. En revanche – il désigna le volumineux cahier sur le bureau –, j'ai pu consigner tout ce à quoi j'ai assisté.

Le Grand Inquisiteur changea immédiatement d'expression.

— Ah ! je retrouve bien là mon fidèle secrétaire rapporteur. Toujours prêt à noircir du papier. Voyons un peu cela.

Il s'installa à la place que le jeune homme occupait un instant plus tôt et entreprit de lire le cahier avec la plus grande attention.

Duglas et Lepoulet qui tenaient leurs piques bien en évidence s'étaient postés de chaque côté de la porte, empêchant toute sortie. Sénart se sentait mal à l'aise, jetant de temps à autre un regard inquiet sur le lit de camp. La jeune fille ne bougeait pas d'un pouce et retenait vraisemblablement sa respiration. Mais qui sait si l'une des deux brutes n'aurait pas la mauvaise idée d'aller s'y asseoir. Soudain, son cœur s'arrêta de battre. Sur une chaise au fond, à côté de la fenêtre, la jeune femme avait disposé ses vêtements. Le bureau les cachait aux yeux des deux séides, mais si Vadier se retournait...

Pour l'instant, l'homme semblait passionné par le rapport.

— Hum, remarquable... Voilà qui est très intéressant... Ça par exemple, je ne l'aurais jamais imaginé...

Et il ponctuait sa lecture de nombreux commentaires de la sorte.

Pour finir, il fit le geste de fermer le registre puis se ravisa et en arracha les pages écrites par Sénart.

— Voilà qui ne doit pas tomber entre toutes les mains, notamment dans celles du Comité de salut public. Vous deux, laissez-nous !

Duglas et Lepoulet se retirèrent de mauvaise grâce avec un regard noir à destination du secrétaire rédacteur. Sans doute avaient-ils largement rapporté sa conduite étrange de la veille et avaient-ils espéré le voir déchu, voire condamné.

Sitôt la porte fermée, Vadier se leva et parla à voix haute.

— Jeune femme, veux-tu te lever, ce n'est vraiment pas une position digne de la Sibylle de la Révolution ! Ne crains rien, le citoyen Sénart et moi-même regarderons ailleurs tant que tu ne seras pas décemment vêtue !

Le jeune homme rougit. Le Grand Inquisiteur avait remarqué les vêtements en entrant. Il ne pouvait en être autrement. D'ailleurs, l'autre lui jeta un regard goguenard tandis que derrière eux ils entendaient quelques pas mal assurés ainsi que des bruits d'étoffe qu'on froissait.

— Voilà, je suis prête.

— Parfait.

Vadier se retourna et alla saluer la demoiselle, maintenant rhabillée, avec une parfaite révérence. Ensuite, il se rassit devant le bureau et s'adressa à eux deux.

— Je dois vous dire tout d'abord, cher Sénart, et toi mon estimée Sibylle que je suis tout à fait satisfait des débuts de votre enquête. Vraiment, dès le premier jour, lever un nid de contre-révolutionnaires, me trouver le nom d'un suspect et me rapporter toutes ces précieuses informations avec un tel luxe de détails, voilà qui est tout à fait remarquable.

— Je m'excuse, citoyen, mais en vérité je serais incapable de te guider jusqu'au lieu où ces gens m'ont mené. Mes yeux étaient sous le bandeau. D'autre part, si nous avons le nom de Saint-Germain, cette information semble peu crédible tellement le personnage paraît fantasque et insaisissable. Enfin, nous ne savons même pas où il se trouve présentement.

Vadier fit un geste d'apaisement dans sa direction.

— Allons, tout cela n'a pas beaucoup d'importance. Cette loge, nous la trouverons, et vite. Le champ de nos recherches se trouve, grâce à vous deux, considérablement réduit. Quant à Saint-Germain, je pense avoir une idée de l'endroit où le trouver. Qu'en penses-tu, chère Sibylle ?

Pour la première fois, la jeune femme parla. Elle avait retrouvé toute son assurance :

— Sans doute la même chose que toi, citoyen. Il est des lieux où il se produit des choses étranges.

Vadier approuva :

— Exact. Le Comité a appris que certains soirs, autour de la tombe du grand Jean-Jacques, se réunissaient d'étranges assemblées. On parle de pierre philosophale, de diamants à profusion, d'immortalité. Rien de vraiment sérieux, il faut bien que les esprits faibles et contre-révolutionnaires oublient un instant la mort inévitable qui les attend en ces temps de purification républicaine. Vous vous y rendrez le plus rapidement possible.

Il parlait de la tombe de Jean-Jacques Rousseau. Robespierre avait récemment décidé de transporter ses restes au Panthéon et la Convention avait approuvé ce projet. Où était-il enterré déjà ? Mais oui ! Ce jardin extraordinaire conçu à partir des visions du grand philosophe. Il était à Ermenonville, soit à douze lieues de Paris.

Vadier leva la tête :

— Tu m'as compris, citoyen. Tu te rendras là-bas dès ce soir avec ta charmante et si judicieusement perspicace compagne. En toute discrétion, bien entendu. Il est hors de question qu'on repère en toi le secrétaire rédacteur. Tu changeras d'habit. Prends quelque chose d'élégant, les gueux ne fréquentent pas ces jardins.

Et il ajouta en pouffant, comme s'il s'agissait d'une bonne plaisanterie :

— Tes deux fidèles gardes du corps t'accompagneront, mais en retrait. Ils n'interviendront qu'au moment judicieux. Ne t'inquiète pas pour cela.

Ainsi, Vadier ne lui faisait confiance que jusqu'à un certain point. D'ailleurs, en se relevant, le conventionnel lui jeta un regard perçant.

— Ne me déçois pas, citoyen, j'ai placé beaucoup d'espoirs en toi et je déteste me sentir lésé. Tu sais combien il est facile d'être dénoncé et de se retrouver devant ses bourreaux. Va, maintenant, et tiens-moi étroitement informé des suites.

La voiture menée par quatre chevaux avait voyagé la plus grande partie de l'après-midi sur la route d'Ermenonville. L'équipage ne possédait aucun signe distinctif car il fallait agir discrètement. Même Lepoulet et Duglas avaient dû renoncer à leurs bonnets rouges et à leurs piques. Ils avaient revêtu des tenues de cocher avec la plus mauvaise grâce.

À l'intérieur, alors qu'ils longeaient le bois de Saint-Laurent, Sénart contemplait avec inquiétude la campagne picarde. À ses côtés, au contraire, Marie-Adélaïde manifestait un enthousiasme et une joie de vivre qui lui paraissaient tout à fait déplacés. Tous deux aussi avaient dû se déguiser ; la jeune femme les avait menés jusqu'à son petit appartement au 5 de la rue de Tournon. Là, au rez-de-chaussée, au fond de la cour, il avait découvert un panneau « Bureau d'écrivain public », avec sur une plaque inscrit : « Cabinet de correspondance ». Une affiche avait été placardée pardessus avec un drapeau bleu blanc rouge : « Fermé jusqu'à nouvel ordre. Par ordre du Tribunal révolutionnaire. » Elle se contenta de soulever délicatement le cachet de cire sur la porte et d'entrer.

— Ce n'est donc pas un cabinet de voyante que tu tiens.

Elle haussa les épaules.

— Ce genre d'activités est interdit. Il faut donc trouver des subterfuges. Viens.

Il obéit. L'intérieur de l'échoppe était modeste mais aménagé pour recevoir sa clientèle de crédules. Teinture rouge sombre, symboles mystérieux dessinés sur les murs ou sur le plancher, vieux grimoires prétendument ésotériques, simple tabouret à trois pieds pour la maîtresse des lieux, amples fauteuils de style oriental pour recevoir, table recouverte de cartes de tarots, d'un crâne de mort, d'un sablier et de nombreux objets funestes : rien n'était laissé au hasard pour plonger le visiteur dans la crainte révérencielle de la Sibylle. Elle avait traversé la pièce avec vivacité pour ouvrir une grande malle posée tout au fond.

— Il faut t'habiller en conséquence, citoyen, si tu veux passer inaperçu. Nous ne fréquenterons pas n'importe quelle compagnie ce soir. Voyons ce que j'ai là.

Elle tira du coffre une tenue masculine assez extravagante : pourpoint doré, cuirasse argentée, culotte blanche brodée de lettres grecques. Une ample cape de velours rouge et une perruque à triple rouleaux comme on en portait à l'époque de son grand-père complétèrent cette étrange garde-robe.

— Je ne peux tout de même pas m'habiller ainsi. Ce serait vraiment trop… contre-révolutionnaire !

Elle rit :

— Tu passeras complètement inaperçu de la sorte. Tu n'imagines pas l'effet que produirait ton uniforme révolutionnaire. Va t'habiller derrière ce paravent, je vais moi-même me préparer.

Elle le planta là avec ces frusques qui devaient sortir de l'atelier de costumier de quelque théâtre. Sénart se déshabilla et s'en vêtit avec répugnance. Une glace trônait sur le mur d'en face. Lorsqu'il eut posé la perruque, il s'y regarda et peina à se reconnaître. Il lui semblait être revenu trente ans en arrière, à l'époque où le vieux roi Louis XV recevait Saint-Germain, le charlatan, dans les salons versaillais.

— Mais tu portes très bien l'habit dis-moi, citoyen !

Elle était revenue : vêtue d'une robe bleu nuit à l'antique, prise sous la poitrine, sans justaucorps ni corset, qui moulait de manière indécente son jeune corps et lui donnait l'allure d'une déesse égyptienne. Son ample chevelure sombre avait été relevée en un chignon monumental qui évoquait les anciens modèles grecs. Pourtant, avec son sourire enjoué, elle ressemblait à une adolescente se rendant à son premier bal masqué.

— Je n'ai pas toujours été au service de la Révolution, bougonna-t-il. N'empêche, je persiste à penser que nous en faisons trop.

— Là où nous allons, le « trop » n'existe pas. Le sobre nous ferait repérer comme une verrue sur la face fardée de ton Robespierre. À propos de fard…

Elle s'empara d'une boîte de poudre et s'approcha de lui.

— Allons, ne bouge pas. Laisse-moi faire. Tu te rappelles ce qu'a ordonné Vadier.

Il eut rapidement le visage d'une blancheur d'albâtre et faillit éternuer lorsqu'elle approcha un peu trop la brosse de ses narines.

— Voyons, le chapeau maintenant.

Elle tira de la malle un tricorne surchargé de franges dorées et de verroteries.

— Tu commences à ressembler à un véritable alchimiste.

Ils étaient prêts tous les deux et, dans la glace, leur reflet formait un couple étrange.

— Une fête n'en est pas une sans masque. Allons !

Et elle lui tendit un grotesque accessoire de comédie italienne qui dissimula le haut de son visage. Affublé ainsi, il était méconnaissable. Elle-même se dissimula le visage derrière un voile de dentelle noire.

Ils restèrent ainsi un instant à se regarder dans la glace.

— Ne sommes-nous pas magnifiques ? soupira-t-elle en s'appuyant sur son épaule.

Il tressaillit à ce contact. Dans quel monde étrange l'entraînait-elle ? Il avait l'impression de perdre pied petit à petit.

— J'emmène néanmoins ce pistolet, finit-il par laisser tomber en tirant son arme de son uniforme et en la glissant sous son encombrante cuirasse. Je n'ai aucune confiance en ces gens.

Elle haussa les épaules.

— Comme tu veux, mais les armes ne peuvent rien contre Saint-Germain. Je te rappelle qu'il est censé être immortel.

— C'est ce que nous verrons.

Puis ils étaient ressortis rue de Tournon, où leur allure causa grand émoi. Les deux porteurs d'ordres qui buvaient à une auberge au coin de la rue ne les reconnurent même pas et se mirent à pousser de grands cris lorsqu'ils entrèrent dans la voiture.

— Bande d'idiots, ne voyez-vous pas que c'est moi !

— Que la Faucheuse m'emporte ! s'exclama Lepoulet. À quel carnaval vous rendez-vous donc ?

— À un sabbat infernal, gronda Duglas. Secrétaire rédacteur, j'ai le regret de te dire que le citoyen Vadier n'appréciera pas ce genre de plaisanterie.

— Le citoyen Vadier m'a laissé toute latitude quant à la manière de mener à bien cette mission. Assez discuté ! À Ermenonville.

La voiture remonta donc vers le faubourg Saint-Martin pour quitter Paris.

Le soir ne tombait que tard en cette saison, aussi le ciel commençait tout juste à prendre une teinte rosée lorsqu'ils parvinrent aux alentours d'Ermenonville.

— Où allons-nous ?

— L'accès au parc se fait par le château. C'est là que le maître de ces lieux nous recevra.

— Saint-Germain ?

Elle eut un petit geste d'impatience.

— Non, le vieux marquis René de Girardin a hérité de la demeure et imaginé ces jardins. Il les a faits dans l'esprit de Jean-Jacques Rousseau, qui les a tellement aimés qu'il a souhaité y être enterré… avant que ta Révolution n'ait décidé de l'en sortir pour le transférer au Panthéon. Ce vieux libertin profite encore quelque temps de la présence de son ami.

— Le ci-devant Girardin est un contre-révolutionnaire ! Un jacobin de la dernière heure. Ses agissements font depuis longtemps l'objet d'une surveillance attentive de la part des Comités.

Elle approuva :

— Il croyait en ta Révolution. Certainement plus que beaucoup de députés qui siègent aux côtés de Robespierre et de ses sbires. Mais il a deux gros défauts : l'amour des femmes et cette fascination pour l'occultisme et le mesmérisme qui l'a fait condamner aux yeux de tes supérieurs. Laisse-moi parler et ne dis rien.

Ils arrivèrent en vue du château. Pour les yeux inexpérimentés de Sénart, la campagne avoisinante semblait abandonnée et en friche.

— Ne te fie pas à ton jugement. Ces lieux ont été aménagés dans le but de rapprocher l'homme de la nature. Ah ! nous arrivons.

Le château dressait ses deux tours et sa haute façade devant leur voiture. Sénat remarqua immédiatement que de nombreux équipages étaient stationnés là. Dans la pénombre naissante, à peine éclairée de torches disposées sur la passerelle qui franchissait les douves, il distingua quelques silhouettes excentriques qui se dirigeaient vers l'entrée.

— Allons-y. Laisse tes gardes à l'extérieur, ils ne feraient que nous trahir et compromettre ta mission.

— Vous ne devez pas dépasser cette enceinte, ordonna-t-il aux deux cochers d'occasion. Le mieux serait que vous restiez là à guetter notre retour. N'intervenez que si vous entendez des coups de feu.

Il lut dans le visage des deux porteurs d'ordres suspicion et rancœur. Sans doute ces deux-là ne manqueraient pas d'aller se soûler dans le premier estaminet venu. Il espérait seulement qu'ils n'auraient pas la langue trop pendue et qu'ils n'attireraient pas trop l'attention sur eux.

Enfin, après avoir franchi les larges douves, ils entrèrent dans le château. Sur le seuil, un domestique, masqué lui aussi, leur posa cette mystérieuse question :

— Quel âge avez-vous ?

— Trois ans, répondit la Sibylle avec assurance.

Et ils passèrent.

— Est-ce un signe de reconnaissance ? lui chuchota-t-il.

— Si l'on veut. Trois ans est l'âge symbolique des apprentis.

— Et que se serait-il passé si j'avais dit mon âge véritable ?

— Dans le meilleur des cas, ils nous auraient jetés dehors. Mais il n'est pas à exclure qu'ils préfèrent ensevelir les importuns dans les marais du parc. Girardin est aux abois et il se méfie de tout le monde.

— Mais alors, pourquoi organiser de pareilles fêtes ? Il attire ainsi tous les soupçons.

— Il cherche à élucider un secret, et tous les moyens sont bons pour y parvenir.

— Quel secret ?

Elle lui jeta un regard espiègle par-dessus son voile de dentelle noire :

— Celui que cherchent tous les hommes. Celui de l'immortalité bien sûr !

— Entrez !

Un majordome leur fit signe d'avancer dans un vestibule. Ils obtempérèrent et se trouvèrent face au marquis.

— Voilà les deux jeunes apprentis que l'on m'a annoncés. Ignorez-vous que seuls les maîtres sont admis à ces travaux ? Les maîtres ou les très jolies femmes, ajouta-t-il avec un clin d'œil à Marie-Adélaïde. Dans ce cas-là, vous n'ignorez pas les obligations auxquelles vous tient votre sexe…

Le marquis était âgé. Près de soixante-dix ans sans doute. Sénart ressentit immédiatement une révulsion pour le personnage. Maquillé, poudré, vêtu d'une ample robe de chambre brodée, il leur parlait couché sur un sofa dans une attitude négligée. Contre toute attente, Marie-Adelaïde éclata de rire :

— Marquis, vous ne voudriez tout de même pas me donner en pâture à vos invités.

L'homme se redressa, interpellé :

— Comment ? Mais je reconnaîtrais cette voix entre mille. Ma chère Sibylle, quel plaisir de vous avoir enfin dans mon humble demeure. Il fallait vous faire reconnaître !

Elle s'assit près de lui après avoir retiré le voile qui dissimulait son visage.

— Je voulais une entrée discrète. Alors, marquis, vais-je subir le sort commun de vos invitées ?

Il rit.

— Ça, vous le savez, ma très chère amie, ce n'est pas moi qui décide. Peut-être vous désignera-t-il ce soir, mais peut-être pas. Et votre ami, est-il aussi intéressant que vous ?

Le vieux débauché avait jeté un coup d'œil non dénué de lubricité au jeune homme. Celui-ci détourna les yeux, gêné.

Elle prit la main de leur hôte :

— Vous pouvez avoir toute confiance en lui. Simplement, il ne possède pas toutes les connaissances requises pour rejoindre votre saint ordre. Du moins pas encore…

— Hum, un apprenti… Votre apprenti ! Voilà qui risque de surprendre notre maître. Sibylle, reine des nuits, déesse de la magie, vous ne nous aviez pas habitués à venir accompagnée mais soit, je l'accepte lui aussi. J'espère simplement qu'il saura se tenir… Principalement si notre maître à tous jette son dévolu sur votre charmante personne.

— Je l'ai prévenu. Pouvons-nous maintenant nous rendre jusqu'à l'autel des cérémonies ?

— Certainement, je vous y rejoindrai très prochainement. Je dois encore accueillir quelques frères et sœurs. Vous connaissez le chemin.

Elle se releva et, après une génuflexion ingénue à l'attention de leur hôte, elle fit signe à Sénart de la suivre. Ils sortirent et se retrouvèrent rapidement de l'autre côté du château.

— Que voulait-il dire ?

— À quel propos ?

— Sur les obligations liées à ton sexe.

Elle dissimula de nouveau son visage sous le voile.

— Rien de très important. Ici, lors de ces cérémonies, les représentantes du sexe féminin sont vouées à l'étreinte commune. C'est-à-dire que chaque invité a le droit de les solliciter et d'en jouir comme il l'entend.

Il s'arrêta, stupéfait.

— Mais, c'est monstrueux !

Elle haussa les épaules :

— Ne viennent ici que des femmes dûment prévenues de cette clause.

— Ce qui veut dire que toi-même…

— Je bénéficie d'un statut un peu spécial. Personne n'exigera que je sacrifie à cette obligation tant que le maître des lieux n'aura pas rendu publiques ses intentions à mon égard.

La vérité lui apparut en face :

— Saint-Germain ! Et donc à chacune de ces bacchanales…

— Il choisit une femme qu'il nomme la Vierge, et de lui seul elle subira les ardeurs. Compte tenu de ma réputation, il est possible qu'il me choisisse.

— Tu parles de cela comme s'il allait t'inviter à danser, remarqua-t-il, acerbe.

— Ce serait le meilleur moyen d'entrer en contact, tu ne trouves pas ? Oh, regarde comme c'est beau !

Ils étaient sortis à l'arrière du château, la lune éclairait maintenant le parc. À leur gauche, ils aperçurent une petite maison qui ressemblait à des communs.

— C'est là que mourut le grand Jean-Jacques, lui expliqua-t-elle.

Devant eux se trouvait un étang. Plusieurs ponts le franchissaient. De l'autre côté, des cascades construites à l'imitation de la nature produisaient un bruit sourd et hypnotique.

— Allons par là.

Le chemin les conduisit jusqu'à une large digue qui menait à un deuxième étang beaucoup plus considérable que le premier. Là, de nombreux visiteurs, pareillement masqués et costumés, discutaient avec animation. Sénart remarqua de nombreuses femmes. Le chant des cascades couvrait le bruit des conversations mais il put tout de même en surprendre quelques-unes.

Un des hommes masqués, vêtu en Poséidon, vitupérait devant l'assemblée :

— J'ai prouvé moi-même de quelle manière il fallait s'y prendre pour trouver la pierre philosophale et conquérir l'immortalité. Si j'avais pu poursuivre mon expérience, sans nul doute serais-je parvenu à mes fins.

— Votre procédé, cher Duchanteau, manquait un tant soit peu d'élégance, intervint la Sibylle.

Et, devant les autres masques réunis là, elle expliqua :

— Figurez-vous que notre ami a professé la théorie suivante : qu'on le fasse entrer nu dans une chambre, qu'on l'y enferme, qu'on l'y surveille sans lui donner la moindre chose à boire ou à manger pendant quarante jours et il en ressortirait avec la pierre philosophale.

— Et quel était donc ce secret mystérieux ? intervint une femme déguisée en vestale romaine, bien que son apparence n'évoque en aucun cas la chasteté.

Malgré les réticences visibles de l'intéressé, la Sibylle expliqua :

— Selon cet éminent alchimiste, il lui suffirait pendant tout ce temps de n'absorber que son urine et de boire ainsi sans cesse ce qu'il rendait.

— Mon urine est la matière, mon corps est le vase, et la chaleur est le feu, tenta de se justifier l'homme. C'est ainsi que ces trois choses principales se trouvent dans le même sujet, comme il est dit dans les plus secrets principes alchimiques.

La vestale, dédaignant l'exalté, se tourna vers Marie-Adélaïde :

— Et qu'a donné cette expérience ?

— Pas grand-chose. Au bout du vingt-sixième jour, les frères des Amis réunis, loge à laquelle appartient le sieur Duchanteau, décidèrent d'arrêter l'expérience car ils craignaient pour la vie de leur frère et le tirèrent plutôt mort que vif de sa cellule. Il restitua à peu près une demi-tasse d'une substance gluante, rougeâtre et d'une odeur – je vous laisse imaginer – fortement balsamique. On dit qu'elle constituerait une excellente médecine !

Et ils continuèrent leur promenade dans le parc, laissant les masques s'esclaffer.

Plus loin, deux femmes discutaient avec animation. Sénart put entendre une partie de leur conversation :

— Je l'ai lu récemment, te dis-je, c'est un Suisse qui a vendu la recette à la loge des Amis réunis : prends un jeune homme et une jeune fille tous deux vierges, unis-les par le mariage sous une constellation marquée. Ensuite, que leur premier enfant soit mâle et, dès la naissance, fais-le entrer dans un récipient de verre que tu fermeras à chaud. Enfin, tu le mettras au feu pour qu'il devienne le bienheureux sauveur du monde, médecine universelle et pierre philosophale…

— Ils sacrifient des enfants ici ? gronda-t-il à l'intention de sa compagne.

— Ne t'inquiète pas, rit-elle. Elles n'ont pas assez d'argent pour entreprendre un tel procédé. Ce ne sont que songes creux et calembredaines.

Ils franchirent ensuite un pont nommé « pont de la brasserie » et continuèrent à longer l'étang. La foule des masques les suivait, admirant le naturel de ce parc, les dolmens, le « banc des vieillards », sortes de ruines artificielles très bien implantées dans le décor. La lune s'était levée, ajoutant encore à l'étrangeté de l'atmosphère.

Sur un bloc de pierre, une femme était couchée, comme une victime expiatoire. Elle paraissait fort vieille sous son masque et sa tenue de naïade. Un homme, masqué lui aussi et tout de noir vêtu, s'approcha et passa au-dessus d'elle un objet mystérieux, long et contondant, que Sénart ne put identifier. Aussitôt, la femme se mit à trembler de tous ses membres, puis ce furent de véritables convulsions, suivies de cris perçants. Elle se tordait comme sous l'effet d'une force supérieure et prononçait les mots les plus incohérents. Les passants applaudirent l'homme en noir et poursuivirent leur chemin sans plus se soucier du sort de la malheureuse.

— Que fait-il là ? demanda, surpris, le jeune homme.

— Chut, c'est un disciple de Mesmer, à moins d'ailleurs que ce ne soit Mesmer lui-même ou Bergasse, un monarchiste qui bénéficie de la protection de Barère et qui a travaillé avec le maître avant la Révolution. Tu assistes à une expérience de magnétisme animal.

— Mais cette femme ne souffre-t-elle pas ?

— Nul ne le sait, expliqua la jeune femme. Elle-même lorsqu'elle retrouvera son état normal ne s'en souviendra pas. Selon Mesmer, un fluide magnétique subtil emplit tout l'univers, il occupe l'espace entre toutes choses, entre l'homme, la terre, les plantes, les étoiles, les planètes, et que sais-je encore. Si ce fluide se répartit mal dans le corps humain, des maladies peuvent naître. L'homme que tu as vu a emmagasiné une grande quantité de fluide grâce à une baguette métallique et tente de le transmettre à sa patiente, d'où cette crise.

Il maugréa :

— Encore des théories fumeuses et invraisemblables. Qu'est-il advenu de ce Mesmer ?

— Il a quitté Paris bien avant la Révolution, sa méthode ayant été jugée dangereuse et immorale par une commission royale. Mais, comme tu le vois, on ne s'embarrasse guère de tels détails !

Sénart se sentait de plus en plus impatient. Il n'avait rien à faire ici. Tous ces gens méritaient de croupir en prison, c'était certain, et se glisser au milieu d'eux pour les abuser le gênait prodigieusement.

— Ne t'impatiente pas, lui glissa-t-elle, nous arrivons.

Ils avaient continué à longer l'étang et se dirigeaient vers une sorte de temple circulaire en ruine. Quelques colonnes élégantes s'élevaient vers le ciel car le toit en avait disparu, à moins qu'il n'ait jamais été construit. Sénart commençait à s'en rendre compte, tout ici, même la sauvagerie de la nature, était artificiel. Une foule s'était rassemblée. Plusieurs flambeaux, tenus par des serviteurs masqués, éclairaient la scène. Sur les marches, il reconnut le marquis. À côté de lui se tenait un homme d'âge mûr, au visage impénétrable, vêtu comme un marabout arabe mais qui portait néanmoins une perruque à la dernière mode. En se rapprochant, il aperçut de nombreux bijoux sur ses vêtements.

Girardin pérorait :

— Je vous l'avais promis, mes chers amis, il est là et ses précieux enseignements vous seront bientôt communiqués. Mais vous le savez, aucune oreille profane ne doit les entendre. Mesdames, vous connaissez la condition de votre présence. Le maître ici présent va choisir sa Vierge : celle qui sera à la fois la reine de ces lieux, sa muse et sa maîtresse. Les autres, vous le savez, s'acquitteront des devoirs de leur sexe auprès de chaque élu de cette assemblée. Alignez-vous maintenant.

Il y eut un petit frisson parmi les femmes de l'assistance. Sénart se rendit compte avec stupéfaction qu'elles obéissaient à cet ordre contre nature sans aucune répugnance. Marie-Adélaïde elle-même les rejoignit après un petit signe de la main à son chevalier servant.

— Ne t'inquiète pas pour moi, je serai de retour dans un instant.

Le dénommé Saint-Germain prit alors la parole :

— Mes chers amis, vous tous réunis ici en ces temps difficiles : vous le sentez tous, alors que, jour après jour, un gouvernement inique massacre vos frères, vos pères, vos femmes, vos sœurs, il y a besoin dans ce monde d'un nouvel ordre. D'une nouvelle foi. Je ne viens pas vous encourager à renouer avec la vieille doctrine catholique qui a fait tant de mal par le passé. L'enseignement du grand Jean-Jacques dont nous honorons ici la mémoire doit nous conduire : Dieu étant dans tout, l'humain ne peut pécher que s'il s'isole de la nature. Toutes les impulsions naturelles sont l'œuvre de Dieu, le devoir est donc de les suivre. La société idéale verra toutes choses mises en commun, y compris ce lien qui est le plus sacré et le plus noble : l'amour. Les amants devront suivre leurs instincts et s'aimer librement. Les femmes qui sont notre bien le plus précieux, l'ornement du genre humain, devront s'offrir à tous. Renoncez à toute religion positive, car il n'y a ni Dieu ni Diable, tous les livres sont inutiles, la loi étant gravée dans le cœur des fidèles. Notre idéal sera atteint lorsque tous les biens seront en commun. Lorsque, tous, nous marcherons nus après avoir recouvré l'innocence du paradis terrestre.

Après avoir entendu ce discours scandaleux, le secrétaire rédacteur, méconnaissable sous son déguisement, assista à un spectacle étonnant. Un laquais s'avança en tenant un flambeau allumé. Il précédait le mystérieux personnage et éclairait successivement chacune des femmes présentes qui le saluait alors avec une profonde révérence. À toutes, il présentait ses hommages d'une voix douce et pénétrante, puis continuait son inspection.

Finalement, il parvint devant Marie-Adélaïde et s'arrêta, manifestement intéressé.

— Mais que vois-je, Nût, déesse de la nuit. Protectrice de ceux qui rêvent. Elle qui recouvre le monde entier de son corps étoilé. Vous êtes vraiment magnifique.

— Je suis la nuit qui protège, maître, mais aussi la nuit qui séduit.

Sénart faillit intervenir : sous les compliments de cet imposteur, elle ronronnait et minaudait comme une chatte.

— Il en sera donc ainsi, ma chère. Vous voici nommée Vierge. Soyez à moi et l'immortalité vous attend pour cette faveur insigne.

— Vous m'en voyez particulièrement honorée, maître. Vous ne serez déçue ni par mes charmes ni par mes talents.

— Je n'en doute pas.

Il lui prit le bras et s'en retourna en sa compagnie vers le temple.

Sénart voulut réagir mais, autour de lui, la scène changeait du tout au tout.

Sur un signal silencieux, les laquais avaient éteint toutes les torches. Aussitôt la bacchanale commença. Une musique joyeuse retentit à quelques dizaines de pieds de lui. Il y eut des rires, des gloussements. Tout bougeait autour de lui. Froissement d'étoffe, bousculade. Dans la quasi-obscurité, il distinguait à peine les corps qui s'entremêlaient, c'était un véritable sabbat. Il fut bousculé à plusieurs reprises jusqu'à tomber à terre.

Tenté de tirer son arme et d'en faire usage, il arracha son masque mais ce fut à ce moment-là qu'une autre silhouette s'affala juste à côté de lui.

— Bonjour, monseigneur. Je t'ai aperçu tout à l'heure, tu m'as semblé beau et avenant. Pas comme certain. C'est de toi dont j'ai envie, sans nul doute.

Il écarquilla les yeux : devant lui une toute jeune fille avait enlevé son masque elle aussi. À la lumière incertaine de la lune, il distinguait son regard rieur, sa chevelure claire.

— Que... que se passe-t-il ?

Elle ne portait qu'une robe arachnéenne et lui renvoya un clin d'œil :

— Mais voyons, c'est le clou de la soirée. Le moment où tous jouissent de la liberté que nous offre notre maître. Ne m'emmènes-tu pas jusqu'à un de ces buissons. Il fait bon ce soir et je me sens prête pour l'amour.

— Pour la débauche, oui ! Relève-toi !

— Si les buissons ne te conviennent pas, je connais d'autres endroits tout à fait douillets non loin. Allons jusqu'à l'autel de la rêverie et je me donnerai à toi. Ou alors, si tu préfères, réfugions-nous dans les grottes préhistoriques et dissimulons nos désirs aux yeux des autres.

— Tu n'es qu'une créature dénaturée ! Je veux retrouver Marie-Adélaïde !

Un voile de tristesse passa sur le visage angélique de la jeune fille.

— Alors, c'est vrai que monseigneur ne veut pas de moi. Mais sais-tu que tu enfreins là une règle absolue ?

Elle prenait un ton menaçant. Si elle appelait les autres, il risquait d'être pris à partie et repéré. Il tira son pistolet de dessous sa cuirasse et le brandit sous son nez.

— Tu vas te taire et m'obéir, sinon je te tue !

Elle se redressa, plus intriguée qu'en colère.

— Tes fantaisies dépassent le sens commun, monseigneur, mais soit, commande et je t'obéirai.

— Le maître, Saint-Germain, où a-t-il emmené la fille qu'il a choisie ?

Elle haussa les épaules :

— Alors, c'est cela, tu refuses de partager. Sais-tu que c'est grand péché. Tu ferais mieux de profiter de moi puisque tu en as le temps. Ne suis-je pas belle et désirable ?

Ce disant, elle dégrafa sa robe et apparut nue à côté de lui. Il resta un instant sans réaction.

Et s'il attendait quelques instants pour poursuivre cette mission ?

Mais non ! Il se morigéna d'avoir ne serait-ce qu'un instant envisagé de se mêler à l'orgie. Cette fille était sans doute une de ces prostituées qui grouillaient dans les lieux mal famés de Paris. Une courtisane d'une certaine classe, s'il en croyait sa manière de s'exprimer. On avait dû la payer cher… ou lui promettre gros. Saint-Germain n'était pas avare de bijoux de pacotille, à moins qu'on ne lui ait promis à elle aussi le secret de la pierre philosophale.

— Lève-toi et conduis-moi jusqu'à elle !

Toujours nue, elle obéit avec une expression fataliste.

— Il faut que j'en passe par tes fantaisies, monseigneur. Suis-moi.

Et, guidée par la jeune fille vêtue uniquement de sa longue chevelure, Sénart marcha quelques instants. Les couples étaient partout et se livraient à la débauche. Parfois à même le sol, parfois sur des bancs de style antique.

À la lumière de l'astre lunaire, il nota avec dégoût que beaucoup de femmes ne possédaient pas la jeunesse de la tentatrice. Quelques hommes interpellaient la jeune courtisane, qui leur renvoyait un encouragement joyeux ou repoussait une invite en riant. Les laquais avaient largement pourvu au confort des débauchés puisqu'ils avaient parsemé l'endroit de coussins, d'étoffes épaisses. De nombreuses bouteilles de vin avaient également été disposées un peu partout et, tout en s'aimant sans aucune licence, les amants du parc buvaient et s'enivraient.

— Et range donc ton pistolet. Personne ne te fera aucun mal ici.

Il se contenta de le dissimuler sous sa cape.

Ils contournèrent un bâtiment qu'il reconnut comme le temple de la philosophie moderne. Derrière, invisible lorsqu'on restait du côté de l'étang, une tente était dressée.

Son guide la désigna avec un air mélancolique :

— Voici l'endroit que tu cherches, monseigneur. J'espère que tu trouveras ce que tu veux, mais prends garde, car le maître n'aime pas qu'on transgresse les règles qu'il a lui-même établies. C'est avec grand regret que je te quitte car tu es un jeune homme courageux et charmant.

Tout de suite, elle fit demi-tour et courut en direction de l'étang. Il la suivit des yeux un instant, troublé malgré lui par cette apparition. Elle était belle et désirable comme une nymphe des bois. Mais il reprit aussitôt son sérieux : des paroles venaient de la tente.

— Ma chère Sibylle, c'est toujours un grand plaisir de vous voir. À ma connaissance, c'est la première fois que vous fréquentez mes jardins. Je ne regrette pas du tout mon choix. Venez, ma chère.

— Comte, je ne suis pas venue ici pour être aimée de vous. De plus pressants desseins me guident.

— Est-il un dessein plus urgent que celui de satisfaire nos sens ? Allons venez ! Ici votre talent aux cartes ne vous sera d'aucune utilité.

La voix masculine se faisait insistante. On bougeait là-dedans. N'essayait-il pas de l'étreindre ?

Sénart reprit son pistolet et écarta la toile qui masquait l'entrée.

Marie-Adélaïde était là. Sa robe bleu nuit avait du mal à résister aux assauts du comte. Quelques lampes à huile éclairaient un intérieur luxueux et notamment un lit à l'antique décoré de roses. Le comte se retourna pour faire face au nouveau venu. Il allait crier quelque chose mais se tut devant le canon du pistolet braqué sur lui.

— Ne dis rien, n'appelle pas ou, au nom du Comité de sûreté générale, je t'explose la cervelle !

L'expression de la Sibylle changea. Il y avait du soulagement dans sa voix :

— Ah ! te voilà citoyen. Sais-tu que tu m'as fait attendre ? Que fabriquais-tu donc ? Peut-être profitais-tu toi aussi d'une de ces belles, ajouta-t-elle d'un ton moqueur.

— J'aurais peut-être dû le faire et laisser notre hôte s'amuser un peu, maugréa-t-il. Toi, l'homme, assieds-toi et ne fais aucun geste suspect si tu veux rester en vie.

Le comte obtempéra. Vu d'aussi près, à la lueur des torches, il paraissait moins impressionnant que pendant la cérémonie.

— Vous… vous représentez le comité. J'ai toujours été un bon citoyen et…

— C'est ce que nous verrons. Dis ton nom et ton âge.

— Je suis le comte de Saint-Germain, quant à mon âge, tout dépend si vous comptez mes vies antérieures ou non…

Sénart rapprocha encore son arme.

— Je ne suis pas aussi crédule que ces gens-là ! Dis ton nom, ton vrai nom !

L'autre réfléchit un instant, comme s'il évaluait ses chances de s'en tirer par un coup de force.

— Et n'essaye pas de t'échapper, car je le jure, au nom de l'Être suprême, je t'abats dans l'instant !

Le visage de l'autre se défit tout d'un coup. Il tremblait de peur désormais.

— D'accord, je vais tout vous dire. Je m'appelle Eugène Svendenborg, je suis suédois et chimiste moi aussi. Le comte m'a engagé lorsqu'il occupait le château du landgrave Charles de Hesse en Allemagne. Il m'a confié la plupart de ses secrets. Voyez-vous je devais être son successeur. Hériter de son nom et de sa réputation.

— Alors, ainsi, le comte n'est pas immortel ? railla Sénart.

L'homme enleva sa perruque, il était presque chauve.

— Ses recherches étaient sur le point d'aboutir. Je les poursuis depuis dix ans qu'il a rejoint l'Orient éternel. Je vous assure, il est encore là, parmi nous.

— Allons n'essaye pas de me tromper de nouveau.

— Je ne crois pas que cet homme tente de te tromper, intervint Marie-Adélaïde. Il est seulement témoin d'un étrange phénomène. Est-ce que je me trompe, Eugène Svendenborg ?

— Quel phénomène ? lança le secrétaire rédacteur intrigué malgré lui.

— Petit à petit, notre ami suédois, se sent envahi par d'étranges pensées. Souvent, il accomplit des actions auxquelles jamais il n'aurait pensé avant. Souvent, il se lève dans son sommeil et se réveille au moment d'accomplir quelque tâche mystérieuse. Ai-je raison, Eugène ?

— Oui, Sibylle, vous avez raison. C'est exactement cela. L'âme du comte est en train de revivre en moi. Il m'avait prévenu avant de mourir mais c'est effrayant. Parfois, je voudrais ne jamais l'avoir connu.

— Mais vous ne le pouvez car le pouvoir qu'il vous donne vous permet d'assouvir vos passions les plus folles. N'est-ce pas ?

Il baissa les yeux.

— Oui, en quelque sorte, mais je n'ai rien fait de mal. Il n'y a rien ici de contraire à la loi.

— C'est ce que vous raconterez à Fouquier-Tinville et au Tribunal révolutionnaire, gronda Sénart excédé. Maintenant, parlez, que savez-vous des loges noires ?

— Les loges noires ?

Une expression de stupéfaction mêlée à la peur la plus extrême se lut sur son visage.

Au même moment, il se fit un grand tumulte. Une explosion, une fusillade, des sonneries de trompettes. Tout s'effondrait autour d'eux.

— Au nom de la Nation, rendez-vous !

— Que se passe-t-il ?

Le faux Saint-Germain venait de se jeter sous une des tables chargées de fruits, de sucreries et de bouteilles de vin qui meublaient la tente.

Son arme à la main, Sénart se débarrassa de tout ce que son déguisement avait d'encombrant – chapeau, perruque, cape, cuirasse – et se précipita à l'extérieur de l'abri. Le plus grand désordre régnait dans le parc d'Ermenonville. Partout, on courait, on s'interpellait. On tirait en l'air, on menaçait.

— Au nom de la République, arrêtez-vous !

Il vit passer le long de l'étang un petit groupe mené par un officier vêtu de bleu et coiffé d'un grand bicorne. Ils portaient des lanternes et cherchaient les invités de la fête, hommes et femmes à moitié nus qui s'égaillaient à travers les allées.

La garde nationale ! Qui l'avait donc alertée ?

Un peu plus bas, vers les grottes préhistoriques, il vit une dizaine de silhouettes nues courir en direction d'un hypothétique abri.

— Au nom de la République, halte !

L'officier tira en l'air. Il y eut encore deux autres sommations puis enfin le peloton tira sur les fuyards. Plusieurs silhouettes s'écroulèrent, encore qu'à cette distance et à la seule lueur de la lune on ne distinguât pas bien.

— Rechargez !

Sénart prit une profonde inspiration. Il rentra dans la tente où il surprit son prisonnier en train de se glisser sous un des pans de la toile et l'attrapa par le col.

— Viens un peu ici, toi.

Puis il fit signe à Marie-Adélaïde, qui sirotait tranquillement un verre de muscat, de la suivre.

— Lieutenant !

C'est avec cet étrange équipage qu'il s'en alla à la rencontre de la garde nationale.

— Halte, baissez votre arme, qui êtes-vous ?

— Je suis Gabriel-Jérôme Sénart, secrétaire rédacteur au service du Comité de sûreté générale. J'ai été mandaté par le citoyen Vadier pour infiltrer ce groupe de contre-révolutionnaires. Vous n'arrivez pas au bon moment.

L'homme incrédule baissa son sabre et, à la lueur des torches, lut les documents que lui tendait le nouveau venu.

— Le Comité de sûreté générale. Oh, alors vous devez connaître ces deux-là.

Il se retourna et désigna deux silhouettes qui attendaient en retrait, derrière les soldats. Évidemment, il les reconnut tout de suite.

— Lepoulet, Duglas ! Je vous avais dit de m'attendre au village ! Pourquoi avez-vous désobéi ?

Le sinistre Duglas fit un pas en avant.

— Il se passait là des choses innommables. Les villageois nous ont raconté. Orgies, sabbats, diableries… Ce sont tous des tyrans, des despotes et des adversaires de la Raison. Nous n'allions tout de même pas les laisser faire ?

— D'autant que nous avons craint pour ta vie, citoyen, ajouta Lepoulet. Il paraît qu'on pratique les sacrifices humains ici et même l'anthrapa…

— L'anthropophagie, compléta Duglas. Vadier n'aurait pas apprécié que son favori fût dévoré par des ennemis de la Révolution !

Sénart eut un geste d'impatience. Il ne tirerait rien de ces deux-là. Et puis sa mission était accomplie, il avait capturé l'homme qu'il recherchait. Restait néanmoins cette impression de gâchis.

Les gardes emmenèrent les prisonniers : pauvres hères, tous à peu près nus, tremblants, la poudre recouvrant encore à moitié leur visage, leurs perruques défaites ajoutaient à leur lamentable aspect.

— Ces individus seront conduits devant le tribunal révolutionnaire, commenta le lieutenant. Grâce à toi, citoyen, la prise a été bonne. Le Comité de salut public sera content.

Et puis ce furent les cadavres des malheureux tués par la mitraille. Pauvres corps entassés sur une charrette qu'il distingua à la lueur tremblotante des torches. Il reconnut la fille qui l'avait guidée jusqu'à la tente. Sa souplesse et sa rapidité ne lui avaient pas permis d'éviter la balle qui lui avait fracassé la moitié du crâne.

Sénart secoua la tête et rencontra le regard impénétrable de Marie-Adélaïde qui le scrutait. Il n'avait qu'une envie : se trouver loin d'ici.

— Vous deux, rendez-vous utiles ! lança-t-il aux porteurs d'ordres. Allez chercher la voiture : nous rentrons à Paris !

Ils roulaient en direction de Paris. Marie-Adélaïde, silencieuse depuis l'attaque du parc par les nationaux, Svendenborg, apeuré, plus mort que vif, et Sénart qui se demandait bien comment continuer l'enquête.

Ils avaient parcouru une lieue à travers la nuit quand il se décida à parler :

— Écoute-moi bien, Svendenborg. Je pourrais dès ce soir te faire traîner en prison et t'envoyer devant le Tribunal révolutionnaire. Tu sais ce qu'il adviendra alors lorsque le citoyen Fouquier-Tinville prononcera ton acte d'accusation ?

— S'il vous plaît, non, pleurnicha le faux comte. Je ferai tout ce que vous me direz. Si vous le souhaitez, je vous montrerai comment changer du plomb en…

— Assez de ces sottises ! Je sais que tu appartiens à une loge maçonnique.

L'autre se redressa :

— Des loges maçonniques ? Mais oui, j'en connais beaucoup, des dizaines, de toutes sortes. Si vous voulez des renseignements, je vous les donnerai, citoyen. Tout de suite. Vous voulez être initié, vous voulez savoir comment devenir maître, chevalier du saint-sépulcre, vous voulez connaître le secret perdu des templiers ? vous voulez savoir où se cache la descendance de Jésus qui est un secret que l'Église catholique, maudite soit-elle (il cracha à trois reprises par la fenêtre), garde jalousement depuis des siècles ? Vous voulez…

— Je veux savoir qui sont les frères de l'ombre.

À ces mots, le Suédois changea d'expression.

— Les frères de l'ombre, mais… je ne les connais pas, ceux-là.

Sénart se pencha vers lui et le prit par le col :

— Tu mens. Je sais que tu t'es vanté de les connaître. Peut-être même que tu fais partie de leur criminelle organisation. Parle !

— Je ne peux pas, pleurnicha-t-il. Ce sont des fous. Des déments. Et ils possèdent un pouvoir qui dépasse l'imagination. Oubliez qu'ils existent, ne les cherchez pas. Ce sera le conseil que je vous donnerai et vous seriez bien avisé de le suivre.

— Ils ont donc plus de pouvoir que le légendaire Saint-Germain ? ironisa-t-il.

— Bien plus en vérité, continua l'homme. Saint-Germain à sa manière était un homme sage. Il ne faisait de mal à personne. Tout au plus profitait-il des richesses des puissants, mais jamais il ne se livra à des actes répréhensibles. Je ne l'aurais pas suivi, sinon. Sa magie consistait à chercher l'immortalité et il y est parvenu puisque moi-même je suis son successeur, comme lui fut le successeur d'un autre et ainsi depuis la nuit des temps. Mais eux… Au nom de Dieu et de tous les saints… J'ai entendu parler d'eux et j'ai voulu les connaître. Je me croyais au-dessus d'eux, fou que j'étais ! J'étais persuadé que mes pouvoirs me mettraient à l'abri de leur puissance, mais je ne savais pas à l'époque. Avide de richesses, pensant que, comme les autres, je parviendrais à les tromper, je me suis présenté à eux. J'ai subi leur maudite initiation. Non, ne m'en demandez pas plus ! Je ne puis rien dire en vérité, car s'ils apprennent quoi que ce soit à ce sujet, et ils l'apprendront, il n'y a aucun doute là-dessus, je figurerai sur leur liste de sang.

Le jeune homme lança un regard interrogateur à Marie-Adélaïde qui répondit avec détachement :

— La liste de sang est une liste de noms dont je t'ai parlé, que le membre d'une Loge Noire se voit remettre lors de son admission. Il doit les tuer les uns après les autres. Lorsque l'on figure sur une telle liste, la Loge Noire n'a de cesse de vous envoyer toujours plus d'assassins pour vous éliminer. En dernier recours, elle peut faire appel à son démon.

Sénart hocha la tête : voilà qui devenait de plus en plus intéressant. Svendenborg était un escroc comme on en voyait beaucoup à Paris, mais sa peur ne semblait pas feinte. Le filou, l'affabulateur, avait rencontré plus habile que lui.

— Tu dis que tu as été initié, mais en quoi consiste cette initiation ?

Le Suédois secoua la tête.

— N'essayez pas d'en savoir plus. Ce serait de la folie. Lorsque je suis entré, ils m'ont donné une liste à moi aussi. Pour être admis, il me fallait tuer un homme.

Le secrétaire rédacteur fronça les sourcils :

— Et tu l'as fait ?

Svendenborg fit un signe mystérieux, comme pour conjurer quelque mauvais sort.

— Ce ne fut pas difficile, l'homme en question était un aristocrate, un immigré qui, revenu en France sous un faux nom, trafiquait avec les Anglais. Il m'a suffi de le dénoncer et votre Tribunal révolutionnaire a fait le reste. À l'époque, je ne pensais pas à mal. Après tout, un proscrit de plus ou de moins qu'est-ce que cela pouvait bien changer ? Et puis, ils m'ont donné de l'or, beaucoup d'or. Mais il y a eu d'autres hommes à tuer. Toujours plus. Parfois c'était aussi facile mais parfois non. Une des victimes était un proche du Comité. Comment aurais-je pu le tuer, moi, simple alchimiste. Alors, ils m'ont donné un avertissement : pour cette fois, ils m'aideraient. Ils enverraient leur démon faire le travail à ma place, mais la prochaine fois si je n'exécutais pas moi-même la sentence, je prendrais la place de la victime. Et c'est alors que j'ai assisté à son assassinat. Une abomination. Son corps a été jeté à la Seine sous mes yeux, et j'ai vu le démon. Il existe, soyez-en sûr. Il broie les os, comme un enfant s'amuse à casser ses jouets. Il est immortel, il ne sent pas la douleur. Nulle arme ne peut le tuer. J'ai vu une balle de pistolet s'écraser sur sa poitrine. Il a continué comme si de rien n'était et a arraché la tête de sa victime telle une vulgaire poupée de chiffon. Citoyen, si tu veux vivre, éloigne-toi d'eux. Depuis, je vis dans la hantise de les revoir. Je sais qu'un jour ils reviendront et me demanderont leur dû. Vous voyez, Girardin m'a proposé cet abri à Ermenonville. Lorsque je vous ai vu tout d'abord, j'ai cru que vous étiez l'un de leurs envoyés. Je vous en prie, laissez-moi partir !

Sénart réfléchit un instant à ces propos : la Loge Noire savait impressionner ses victimes, cela était certain. Ses membres employaient sans doute des méthodes similaires à celles qui étaient utilisées par la loge souterraine, mais plus perverses, plus sanglantes. Rien de tel pour impressionner des esprits faibles comme celui de ce pauvre charlatan.

— Svendenborg, conclut-il. Tu as le choix entre deux possibilités. Soit je t'arrête et tu es traduit devant le Tribunal révolutionnaire. Tu sais ce qui t'attend dans ce cas-là ?

L'autre se contenta de hocher la tête d'un air morne.

— L'autre possibilité sous-entend que tu travailles pour nous.

Dans la petite voiture, agité par les cahots de la route, le faux Saint-Germain se jeta aux pieds de l'officier :

— Dites-moi et je ferai tout ce que vous demanderez. Pitié, seigneur officier. J'ai toujours profondément admiré la Révolution. Vive Robespierre ! Vive la Convention !

— Tu retourneras les voir. Tu leur parleras d'une de tes connaissances. D'un homme fort riche et estimable qui souhaiterait rejoindre leurs rangs.

Un instant le visage de Svendenborg fut pris d'une pâleur mortelle. Il ouvrit la bouche, puis la referma. Une expression rusée avait remplacé la terreur qu'on lisait sur sa figure.

— Vous voulez dire que vous risqueriez votre vie pour…

Sénart eut un geste impatient :

— Tu ne m'intéresses pas, Svendenborg, tu n'es qu'un simple filou de bas étage, un escroc, un moins-que-rien. Je t'écraserais volontiers comme l'insecte parasite que tu es mais tu peux éventuellement m'être utile. Obtiens-moi une entrevue avec l'un de leurs dirigeants. Mieux, fais-moi rejoindre leur ordre et tu auras la vie sauve.

Nouveau coup d'œil par en dessous :

— Et s'il me prenait la fantaisie de disparaître ?

Sénart se rapprocha de lui. Il le prit par le col et le tira vers lui jusqu'à ce que leurs visages se touchent presque.

— Tu n'irais pas loin. Je donnerais ton signalement à toutes les portes de Paris. Personne ne te viendrait en aide, à part moi. Si je meurs, on te pourchassera, même s'il faut pour cela retourner toute la capitale. Ta tête finira au bout d'une pique et ce sera encore une mort trop douce pour un scélérat tel que toi. Est-ce bien compris ?

L'autre roulait de grands yeux effarés. Il finit par approuver du menton. Sénart relâcha son étreinte.

— Sois-moi fidèle et tu auras une chance de vivre. Si je parviens à m'introduire dans cette organisation criminelle, je pourrai la réduire, alors tu n'auras plus rien à craindre d'eux. Ta vie contre ton aide. Voilà mon offre et je te suggère de l'accepter.

L'homme sembla peser le pour et le contre. Puis brusquement, sa figure s'épanouit en un sourire de mauvais augure.

— D'accord, citoyen. Vous les rencontrerez, je vous en donne ma parole. Il me suffit d'un peu de temps. Oh, pas grand-chose. Une journée, deux peut-être, et ils prendront contact avec vous, j'en suis persuadé. Mais quel nom devrai-je donner ?

Il allait répondre, mais Marie-Adélaïde fut plus rapide :

— Dis-leur simplement qu'un gentilhomme aux belles manières très influent à Paris souhaite les rejoindre. Pour l'instant, ils n'ont rien à savoir de plus.

Svendenborg s'inclina :

— Il en sera ainsi, monseigneur, c'est un grand plaisir de traiter avec un homme d'honneur tel que vous.

Il se pencha par la fenêtre.

— Hum, nous approchons du faubourg Saint-Martin. Il est temps que je vous laisse. À très bientôt, monseigneur. Madame, je n'ai que le regret de ne pas vous avoir connue un peu plus longtemps.

— Hé ! Où vas-tu ?

L'homme s'apprêtait à partir et posait déjà la main sur la poignée de la porte. Sénart se précipita pour l'en empêcher mais l'autre fit un geste. Le jeune homme ne vit pas ce dont il s'agissait. D'ailleurs, il n'en eut pas le temps. Une explosion l'aveugla un bref instant pendant qu'une odeur pestilentielle de soufre se répandait dans la voiture. La fumée l'empêchait de respirer, néanmoins, il se précipita à l'extérieur.

Rien. La rue était vide, pas même un bruit de pas. À peu de distance, on apercevait le poste de garde de la porte Saint-Martin, absolument paisible.

— Co… comment a-t-il fait ? s'exclama-t-il. Ce n'est pas possible, cet homme est un magicien !

À ces mots, Marie-Adélaïde se mit à rire :

— Tu es tellement naïf, citoyen. Il a utilisé contre toi un truc vieux comme le monde. Tu n'es jamais allé au théâtre, peut-être ? Un petit feu d'artifice et wouf ! Le diable disparaît. Et toi, tu te fais avoir. Tu es tellement mignon…

Sénart se rassit dans la voiture, horriblement vexé. Il n'en savait d'ailleurs pas la principale raison. La fuite du faux Saint-Germain ou l'attendrissement de sa prisonnière.

8

Sénart dormit dans la salle de consultation de la voyante, rue de Tournon. Il s'étendit sur le sofa après s'être débarrassé de son déguisement et avoir retrouvé avec bonheur son uniforme révolutionnaire. La Sibylle l'avait quitté avec ces mots :

— Je crois que tu aspires au repos, citoyen. Profite de mon hospitalité.

— Mais je dois avertir Vadier, avait-il protesté d'urgence.

Elle s'était penchée vers lui jusqu'à le toucher. Malgré les périls de la nuit, elle était divinement belle dans sa robe de déesse.

— Le citoyen Vadier se repose sans doute à cette heure-ci, ou alors il goûte des plaisirs de la Bande noire, la maison de plaisance que possède son ami Barère à Clichy.

Le jeune homme sursauta :

— Comment es-tu au courant de cela ?

Elle rit.

— Tes patrons jouent double jeu avec les Anglais, c'est bien connu. Dans le cas d'un brusque retournement de situation… Ça commence à se savoir entre Paris et Londres. Mais dors en paix, j'ai d'autres chats à fouetter qu'aller révéler ce genre de secrets.

— Crois-tu que ce Suédois nous recontactera ou bien s'est-il enfui en profitant de notre naïveté ?

— De *ta* naïveté ! Rassure-toi, il ne nous laissera pas dans l'ignorance. Et sais-tu pourquoi ?

— Il a plus peur du gouvernement révolutionnaire que de cette Loge Noire.

Tout de suite, elle reprit un ton sérieux :

— Détrompe-toi, il a bien plus peur de la Loge que de la Révolution et de tous les Comités réunis. Il reviendra parce qu'il pense obtenir de nous une protection. Peut-être pas celle que tu crois d'ailleurs. Il est persuadé que la loge se rira de tous nos efforts contre elle ; par contre, s'il amène un nouvel adepte, sans doute gagnera-t-il du temps.

Tout en parlant, Marie-Adélaïde l'avait regardé droit dans les yeux, sans ciller. Il secoua la tête.

— Ces gens ne peuvent pas avoir un tel pouvoir. Ce n'est pas possible.

Le visage de la jeune femme s'attendrit :

— Tu es un bon petit soldat au service de la Révolution, Gabriel-Jérôme Sénart. C'est pour cela que tu réussiras peut-être. Il vaut mieux que tu ne saches pas trop à qui nous avons affaire. Maintenant dors, ici rien ne peut t'arriver.

Alors, elle s'était penchée un peu plus et, là, elle l'avait embrassé.

Oh, ce n'était qu'un baiser furtif, léger. Les lèvres de la voyante avaient effleuré ses joues, mais il avait éprouvé un véritable choc électrique à ce contact. Elle ne lui avait pas laissé le temps de répondre car, tout de suite, elle avait fait demi-tour et était sortie de la pièce. Elle s'était retournée avant de fermer la porte et il avait entraperçu son regard brillant et le sourire qu'elle lui adressait. Il eut, malgré sa fatigue, beaucoup de peine à s'endormir.

Le jour pénétrait à travers les persiennes dans la petite pièce tendue de velours rouge. Le regard ensommeillé de Sénart se posa sur une statuette éclairée par un rayon de soleil, et il faillit sauter hors de son lit. L'objet représentait une nymphe des bois et semblait avoir été sculpté à la ressemblance de la jeune fille qui l'avait abordé au cours de cette soirée orgiaque. Il la revit un bref instant, silhouette gracieuse et nue courant dans la nuit d'Ermenonville. Puis l'image de son cadavre mutilé lui revint à l'esprit. Sénart avait un goût amer dans la bouche. Cette mission ne lui plaisait pas du tout. Peut-être moins encore que ses visites d'inspection dans les départements de l'Ouest. Au moins, là-bas, il n'avait qu'à noter tout ce qu'il voyait sans commentaire ni appréciation. On ne lui demandait rien d'autre que de répéter, transmettre, communiquer.

Mais, depuis deux jours, il vivait dans l'angoisse permanente.

Incapable de se lever du sofa où il avait passé la nuit, il tenta de se remémorer tous ses sujets de crainte : d'abord la peur de déplaire à Vadier, ensuite celle de se retrouver dans une cellule comme suspect, traduit devant le Tribunal révolutionnaire, etc. Il avait vu trop d'exécutions pour se faire la moindre illusion sur la sécurité que pouvait lui donner son poste ou l'amitié du Grand Inquisiteur. Et puis il y avait la peur de laisser la Sibylle s'échapper : elle avait entrepris une première tentative. Qui sait si elle ne préparait pas la seconde ? Il y avait également cette Loge Noire à laquelle se superposait la vision du cadavre déchiqueté de la rue des Ménétriers. Un monstre, une loge vendue au diable, les frères de l'ombre.

Découragé, Sénart s'assit et entreprit de remettre de l'ordre dans ses vêtements afin de retrouver le peu de dignité que lui conférait l'uniforme révolutionnaire. La poudre étalée généreusement par la Sibylle lui recouvrait encore une partie du visage. Il se frotta comme il put devant la glace.

— Allons, paresseux, debout !

Marie-Adélaïde l'interpella joyeusement. Elle venait avec un broc rempli d'eau et une bassine.

— Lave-toi un peu, citoyen, car tu as piteuse allure ce matin. Enfin, ce matin, je devrais plutôt dire cet après-midi. Il est presque une heure !

Il sursauta :

— Une heure, mais j'ai donc dormi tout ce temps !

Elle s'assit près de lui après avoir posé ses accessoires sur la table.

— Tu avais l'air tellement bien que je n'ai pas osé te réveiller. Ah oui, et j'ai aussi pensé que tu avais faim.

Une bonne odeur commençait à se répandre dans la pièce.

— La cuisine est à côté, tu y trouveras de quoi manger.

— Où vas-tu ?

— Une petite course, même les Sibylles doivent pourvoir aux choses ordinaires de la vie. Au fait, ne t'inquiète pas, je reviendrai. J'aurais pu m'enfuir toute la matinée tellement tu ronflais de bon cœur. Ah, tu fais un drôle de petit geôlier, tu sais ?

Elle se leva et sortit de la pièce avec un signe de la main. Il se sentit rempli de mélancolie. Elle avait revêtu une robe plus ordinaire mais qui ne parvenait pas à l'enlaidir. Pourquoi restait-elle si mystérieuse ? Parfois, elle lui jetait des regards d'une tendresse qui le faisait rougir. Une minute plus tard, elle paraissait au bord des larmes et l'instant d'après elle riait aux éclats comme pour se moquer de lui. Il la sentait vulnérable et invincible à la fois. Comme si rien ne pouvait l'atteindre malgré sa fragilité. Si seulement il n'était pas secrétaire rédacteur, si seulement elle n'était pas prisonnière, si elle n'était pas compromise dans cette affaire, si Vadier n'était pas après eux…

« Alors, je ne l'aurais sans doute jamais connue », se dit-il finalement avec regret. Il décida donc de faire honneur à son hôtesse. D'abord la toilette, voilà au moins deux jours qu'il n'avait pas eu le temps de se laver. Un peu d'eau sur le corps ne lui ferait pas de mal. Et puis la nourriture. La pièce mitoyenne du cabinet de la voyante renfermait une minuscule cuisine. Il eut la surprise d'y trouver au moins deux livres de pain, du beurre. Des légumes cuisaient dans une marmite. Elle avait rajouté du bois il y avait peu. Comment pouvait-elle se procurer tant de nourriture alors que tout était rationné à Paris : le pain, la viande. Il fallait des cartes chichement distribuées par les Comités pour se nourrir. Seul le vin ne manquait pas. Il mangea de bon appétit et c'est revigoré qu'il remit son bicorne de secrétaire rédacteur.

— Bon, tu as retrouvé figure humaine !

Elle était là, de nouveau. Curieusement, son humeur avait changé. Une nouvelle préoccupation se lisait sur son visage.

— Qu'y a-t-il ? Il y a un problème ?

Elle secoua la tête :

— Rien, enfin pour l'instant. Tiens, ton Svendenborg ne s'est pas fait attendre. Vois comme il s'est montré plein de promptitude, il t'a déjà écrit.

Elle lui jeta la missive qu'elle tenait contre elle. Elle semblait contrariée, presque en colère. Il haussa les épaules devant cette nouvelle preuve de sa bizarrerie et ouvrit l'enveloppe fermée par un sceau aux armes fantaisistes.

Cher Commissaire,

Vous noterez j'espère avec avantage le zèle que j'ai déployé pour vous servir et servir par vous la Révolution ! Si vous ambitionnez toujours d'entrer dans cet ordre dont nous avons évoqué l'existence hier au soir, je vous suggère de vous rendre à la tombée de la nuit sur le parvis de Notre-Dame. Là, un homme vous contactera. Au fait, je vous conseille très vivement de ne pas arborer d'uniforme ni aucun signe, arme ou

document par lequel une personne mal intentionnée pourrait identifier l'envoyé du Comité de sûreté générale. Sachez par ailleurs que je considère avoir par là rempli ma mission et que, même si je le souhaitais ardemment, il ne me serait pas possible de vous venir en aide si quelque malheur devait vous arriver. Dernière chose, demandez à votre compagne, qui est une personne de ressource, de vous tuiler dûment avant cette rencontre, sinon, je ne donne pas cher de votre vie. Signé Eugène Svendenborg, comte de Saint-Germain
A∴L∴G∴E∴S∴L∴A∴D∴G∴A∴D∴L∴U∴

Il reposa la missive, perplexe.

— Que signifient ces lettres à la fin ?

Elle jeta un coup d'œil distrait par-dessus son épaule :

— À la gloire et sous les auspices du Grand Architecte de l'Univers.

— Hum… et que signifie « tuiler » [1] ?

— Ton interlocuteur te mettra à l'épreuve.

— Et en quoi consistent ces épreuves ?

Il commençait à s'impatienter : il fallait lui arracher la moindre réponse, comme si elle boudait. Il en ignorait la raison.

— Rien, il te faudra dire les mots suivants : « Blasphème, puissance, bête, combattre, guerre, ciel, nation, immolé, entende, saint dragon, guérie, homme, vivante, bête, front, nom, six cent soixante-six… »

Rien à faire, elle restait désespérément fermée !

— Cela ne veut rien dire ! s'emporta-t-il.

— Peut-être, mais c'est ce qu'il te faudra dire. L'homme te dira : connais-tu le chiffre et voilà ce que tu répondras.

— Le chiffre ? Six cent soixante-six ?

Elle se leva avec brusquerie :

1. Terme maçonnique. Action par laquelle le frère couvreur et le frère grand expert s'assurent qu'un visiteur est bien franc-maçon.

— Je t'ai dit tout ce que tu devais savoir. Maintenant, je vais me reposer, à moins que tu ne comptes me remettre à la Petite Force. Ne t'inquiète pas, je resterai bien sagement ici.

Il voulut lui demander les raisons de son apparente colère puis changea d'avis. Elle avait raison : c'était elle la prisonnière et lui son gardien. Cette complicité qui existait entre eux depuis la veille n'était pas un état normal.

— Comme tu veux, laissa-t-il tomber en reprenant son ton officiel. Redis-moi les mots que je les copie.

Elle s'exécuta puis le laissa seul. Il n'avait pas grand-chose à faire de son après-midi que de tenter de les mémoriser, ce à quoi il parvint sans grande difficulté. Il y avait une certaine impression de familiarité dans ces mots assemblés de manière étrange. Formaient-ils une sorte de rébus, étaient-ils extraits d'un texte ? Ce chiffre, 666, lui disait quelque chose, mais quoi ?

Irrité, il fourra le papier dans sa poche et tenta de penser à autre chose. Il rédigea un billet à l'intention de Vadier. Il n'était pas bon de laisser le Grand Inquisiteur sans nouvelles :

Citoyen Vadier,

C'est avec le plus grand zèle que je me suis acquitté de la mission que tu m'as confiée. Sache que j'ai pris contact avec ce Saint-Germain qui n'est qu'un imposteur mais semble connaître les gens que nous cherchons. Il m'a arrangé un rendez-vous pour ce soir. Je dois m'y rendre avec la plus grande discrétion, aussi je ne te remets pas mon rapport en main propre et, pour des raisons évidentes de sécurité, je resterai peu disert dans ce courrier. Sache néanmoins que notre enquête avance aussi bien qu'elle le peut et que je pourrai prochainement t'apporter des résultats qui te satisferont pleinement. Signé : Gabriel-Jérôme Sénart, secrétaire rédacteur auprès du Comité de sûreté générale.

Il sortit rue de Tournon et remit un peu de pain à un gosse des rues en lui promettant la même chose s'il revenait avant la fin du jour porteur d'une réponse.

La journée passa, morne. Sénart regardait par la fenêtre les passants s'affairer rue de Tournon. Il y avait des échauffourées, des querelles de voisinage, des enfants qui couraient un peu partout, des petits métiers qui tentaient de subsister tant bien que mal. La Révolution avait-elle changé tout cela ? Maintenant, on se battait pour un peu de nourriture et on dénonçait aux Comités celui qui semblait manger à sa faim car il fallait être accapareur ou agioteur pour avoir l'estomac rempli. Pour un oui ou pour un non on prévenait la milice du secteur, voire la garde nationale, on agitait les piques, on se coiffait du bonnet rouge, on arborait fièrement les trois couleurs de la France. Pas tellement par patriotisme mais plutôt par peur. Depuis deux ans déjà, seuls les plus ultras avaient droit à la parole, eux seuls avaient survécu, les modérés s'étaient vus dénoncés, accusés de pactiser avec l'ennemi. Il semblait que la Révolution n'était plus qu'une monstrueuse machine, emballée, sans maître, et qui ne pouvait survivre que dans toujours plus d'extrémisme, toujours plus de positions radicales, de mesures désespérées et au final toujours plus de morts. Jusqu'où iraient Robespierre et ses complices du Comité de salut public ? Qui pouvait se dresser contre lui, maintenant ? Vadier ? Il tenait trop à sa propre vie et l'intérêt du peuple l'indifférait. Il profiterait des circonstances tant qu'il le pourrait et s'éclipserait au premier retournement de situation.

Sénart voyait l'avenir bien sombre et il se demanda un instant si la Sibylle n'avait pas eu les mêmes intuitions que lui. Voilà qui expliquerait peut-être son accès de mauvaise humeur. Impossible de savoir ce qui se passait dans la tête de la jeune femme.

Il rumina ainsi de nombreuses heures. Fouilla dans les livres disposés sur les étagères du cabinet de voyance et eut la surprise d'y trouver une monographie écrite par un Anglais et adressée à la Convention. L'homme, un certain Bentham, exposait les plans d'une prison où chaque prisonnier serait surveillé nuit et jour sans même qu'il puisse voir ses geôliers. L'image lui donna la chair de poule et, malgré les dangers de sa mission, c'est presque avec soulagement qu'il vit le jour décroître.

Le gamin revint, avide de pain. Il lui apportait la réponse de Vadier :

Mon cher Sénart, je n'en attendais pas moins de toi. Continue ta mission et n'oublie pas de m'en rapporter régulièrement les résultats. Tu veilleras aussi à conserver la Sibylle sous ta coupe. Méfie-toi d'elle comme d'un serpent – qui est sa représentation au tarot si je ne me trompe –, car elle a plus d'un tour dans son sac. Tu abordes une partie délicate de ta mission car c'est vraiment dans l'antre de ces criminels que tu vas être admis. Conserve une discrétion sans faille et, surtout, n'oublie pas une chose : si monstrueuses soient leurs méthodes, ces gens-là nous sont beaucoup plus utiles vivants que morts. J'attends de tes nouvelles très vite. Signé : Vadier.

« Plus utiles vivants que morts » ? Il se demanda ce que le Grand Inquisiteur avait bien voulu dire par là, puis renonça. La Sibylle n'était toujours pas reparue. Il décida donc de partir.

Notre-Dame sonnait neuf heures du soir lorsqu'il atteignit l'île de la Cité. Auparavant, il avait pris soin de se rendre chez un fripier juif proche de la place du Châtelet pour y changer ses vêtements. Il réquisitionna l'aide du commerçant et lui abandonna en dépôt son précieux uniforme. Il avait laissé chez la Sibylle tous les documents, missives et signes distinctifs qu'il portait sur lui, ne gardant que son pistolet. Sans aucun papier, les ennemis de la Révolution seraient incapables de le reconnaître, même s'il succombait au cours de sa mission. D'ailleurs, il avait choisi un costume discret. On aurait pu le prendre pour un de ces nombreux avocats mis au chômage par l'instauration du Tribunal révolutionnaire, institution aux mœurs expéditives et qui se passait bien volontiers de leur pratique. À moins qu'il ne fût un des nombreux curieux venus assister à l'une des séances où, invariablement, l'accusé était conspué par la foule et condamné par le jury qui n'avait qu'à mettre le nom de l'accusé sur le jugement de condamnation à mort pré-imprimé, fourni gracieusement par Fouquier-Tinville.

La nuit était tombée lorsqu'il atteignit Notre-Dame.

Le monument, ancienne gloire gothique de Paris, n'était plus que l'ombre de lui-même. Aucune réparation d'importance n'avait été entreprise depuis des siècles, sauf pour détruire les traces splendides du passé moyenâgeux de la cathédrale. N'avait-on pas remplacé une partie des précieux vitraux par du verre blanc uniquement pour améliorer l'éclairage intérieur ? N'avait-on pas détruit une partie du tympan central et le magnifique bas-relief représentant le Jugement dernier pour laisser passer plus sûrement le dais des processions ?

La Révolution avait encore précipité la chute de ce grand squelette de pierre : toutes les statues avaient été martelées, décapitées. Même celles des rois de Judée, que le petit peuple avait pris, à tort, pour les rois de France. Et, injure suprême, le maître-autel avait été transformé en autel de la déesse Raison.

L'endroit n'avait plus guère de vocation religieuse. Ce n'était plus qu'une ruine, un souvenir d'une époque révolue qu'on n'abattait pas par manque d'argent et qu'on laissait s'écrouler petit à petit. Sénart ne croyait pas en Dieu, du moins pas au dieu des Romains. Néanmoins, il n'éprouvait pas cette répugnance commune à la plupart de ses contemporains pour les constructions gothiques et il ne pouvait s'empêcher de voir dans la lente descente aux enfers de l'édifice sacré comme un immense gâchis, qui n'était pas sans lui rappeler l'état de la France tout entière.

Le parvis n'était pas éclairé, aussi s'y livrait-on à différentes sortes de trafics : prostitution, marché noir. On venait aussi y échanger des nouvelles de la journée, le nombre de condamnés au Tribunal révolutionnaire, les nouvelles des provinces de l'Ouest qui n'en finissaient pas de se révolter malgré la brutalité inouïe de la répression jacobine.

Sénart ignora les badauds, les trafiquants et les prostituées et se posta sous le tympan central. Derrière lui, la porte entrouverte laissait parfois passer quelque fidèle qui se pressait là, une peur sans nom marquée sur le visage. Il n'était pas trop bon de laisser transparaître sa foi dans l'ancien Dieu des ci-devant sous le règne des Comités.

— Vous êtes l'ami de Saint-Germain ?

L'intéressé se retourna : il avait en face de lui un petit homme vêtu de gris, coiffé d'un chapeau de même couleur. Sa perruque blanche d'un modèle ancien lui donnait l'apparence d'un ecclésiastique.

— C'est moi-même en effet.

— On m'a dit que vous vouliez rejoindre notre ordre.

— C'est un fait.

L'homme ne le regardait pas en face et parlait sur un ton détaché. Sénart hésita, il aurait pu s'emparer de lui avec la plus grande facilité et le traîner jusqu'au Comité. Néanmoins, par pure curiosité, il décida de n'en rien faire.

— Nous sommes d'une particulière exigence vis-à-vis des nouveaux venus. Votre ignorance n'est pas une excuse à nos yeux. À partir de ce moment, votre vie est entre nos mains. Faites un seul geste suspect, dites un seul mot qui ne soit pas celui que nous attendons et vous mourrez sur l'heure sans que votre volonté ou votre courage y puissent quoi que ce soit. Est-ce clair ?

Sénart hocha la tête, un peu surpris par les propos du petit homme gris. En une autre occasion il en aurait ri mais, bizarrement, il prit ces menaces très au sérieux. Il était possible que des complices armés soient dissimulés à seulement quelques pas. Soit à l'intérieur de la cathédrale, soit même aux alentours, parmi les badauds et les prostituées.

— Bien, nous attendons de vous un caractère ferme, une stricte obéissance et des intentions noires. Aussi noires que la loge dans laquelle vous aspirez à entrer. Nous pouvons vous apporter la richesse et une jouissance telles que vous ne les avez jamais imaginées. Les épreuves pour accéder à un tel honneur sont périlleuses et mettront votre vie en danger. Les acceptez-vous ?

Gabriel-Jérôme haussa les épaules :

— Je suppose que je n'ai pas le choix. De toute manière, quoi que je fasse je mourrai.

Pour la première fois, le petit homme sourit :

— Il est plusieurs manières de mourir. Certaines sont rapides et miséricordieuses. D'autres tellement lentes que les victimes appellent la fin de tous leurs vœux. Quel âge avez-vous ?

Il se souvint du mot de reconnaissance au jardin d'Ermenonville.

— Trois ans.

— Connaissez-vous les versets ?

« Les versets » ? Marie-Adélaïde lui avait appris des suites de mots, mais pas de phrases.

— Je ne connais que les mots, répondit-il prudemment.

La réponse devait être la bonne puisque l'homme approuva.

— Vous êtes encore dans l'ignorance mais nous vous apprendrons à utiliser ces mots pour en faire des phrases. Ces phrases feront des versets, et les prononcer réjouira notre maître à tous. Je vais vous en dire le début et vous prononcerez le mot sacré.

Et puis, après avoir regardé par-dessus son épaule si quelqu'un écoutait, il murmura :

— « Je vis ensuite s'élever de la mer une bête qui avait sept têtes et dix cornes, et sur ses cornes dix diadèmes, et sur ses têtes des noms… »

Un silence, Sénart entendit les paroles familières. « Mais oui, comment n'ai-je pas fait le rapprochement ? »

— Et des noms de blasphème, compléta-t-il.

Aucune expression ne se lut sur le visage de son interlocuteur qui continua simplement :

— Cette bête que je vis, était semblable à un léopard ; ses pieds étaient comme des pieds d'ours ; sa gueule, comme la gueule d'un lion ; et le dragon lui donna sa force… »

— Et sa puissance.

Comment n'avait-il pas reconnu l'Apocalypse de saint Jean, même avec ces quelques mots qui finissaient les versets ? L'épreuve continua et il poussa un soupir intérieur de soulagement : au moins la franchirait-il avec facilité.

— « Et il lui fut donné une bouche qui se glorifiait insolemment, et qui blasphémait ; et le pouvoir lui fut donné durant quarante-deux mois de faire… »

— De faire la guerre.

— « Elle ouvrit donc la bouche pour blasphémer contre Dieu, en blasphémant son nom, son tabernacle, et ceux qui habitent… »

— Dans le ciel.

Tous les mots furent ainsi énumérés jusqu'aux deux derniers versets :

— « Et que personne ne puisse ni acheter, ni vendre, que celui qui aura le caractère ou le nom de la bête, ou le nombre… »

— De son nom.

— « C'est ici la sagesse : Que celui qui a de l'intelligence compte le nombre de la bête : car son nombre est le nombre du nom d'un homme ; et son nombre est… »

— Six cent soixante-six, finit Sénart en un soupir.

Tous les mots sacrés y étaient passés. Il avait réussi. Un long silence suivit. Finalement, l'homme se dirigea vers l'entrée de la cathédrale et lui fit signe de le suivre. Ils marchèrent côte à côte dans le sombre bâtiment. Au milieu du chœur trônait l'autel consacré à la déesse Raison. Il n'était éclairé que de quelques cierges ; cette pauvre lumière tremblait et avait bien du mal à repousser les ombres qui s'élevaient un peu partout et faisaient mine d'absorber toute chose.

— Que ce premier succès ne vous fasse pas relâcher vos efforts, continua l'homme. D'autres épreuves vous attendent bien plus terribles encore. Et votre connaissance des textes sacrés ne vous sera plus d'aucune utilité.

— J'ai du courage et de la volonté ! déclara fièrement Gabriel-Jérôme.

Il ne pouvait plus distinguer l'expression du visage de son interlocuteur mais il y avait dans sa voix une ironie de mauvais augure.

— L'un et l'autre se verront sollicités. Que vous apprend l'Apocalypse ?

Une nouvelle question. Et cette fois-ci la Sibylle ne lui avait donné aucune indication.

— Qu'un nouveau règne va arriver. Celui de la bête, hasarda-t-il.

— La bête est la vision que les dévots ont de cet ordre nouveau. Le règne de la République naturelle va bientôt survenir. Celui que les prophètes prévoient depuis tant d'années. Celui qui va bouleverser l'ordre du monde. C'est notre maître à tous qui l'envoie. Le fils de Satan en personne va descendre parmi nous et rétablir l'ordre et la justice.

— C'est donc le diable lui-même qui régira la République ? s'étonna le jeune homme.

L'ecclésiastique lui renvoya un regard sévère :

— Le diable... Ce n'est là qu'une invention de cagots. Satan est le seul et vrai Dieu. Son fils viendra nous sauver et sa venue est proche. Adorez-vous le dieu des chrétiens ? demanda-t-il sur un ton sévère.

— Voilà bien des années que je ne suis pas allé à la messe, répondit-il.

— Parfait ! Néanmoins, si vous rejetez les postulats stupides, les dogmes abrutissants du dieu d'Abraham et de Jacob, ne ressentez-vous pas ce besoin d'invoquer un être qui vous soit infiniment supérieur.

— Je suppose que c'est humain.

— Parfait, alors apprenez qu'avant de nous envoyer son fils, Satan, ou devrais-je plutôt dire Dieu, car Satan est le seul et vrai Dieu, nous a envoyé quatre-vingt-dix-neuf démons. Ces démons se sont répandus à la surface de la Terre.

— N'aurai-je pas le privilège d'en contempler un prochainement ?

Il avait parlé sur un ton léger, amusé par le discours du faux prêtre. Mais le ton ironique qui lui répondit le déstabilisa :

— Si fait, monsieur Sénart. Vous le verrez. Ce sera peut-être même la dernière chose qu'il vous sera donné de voir. Vos épreuves ne sont pas finies, je vous l'ai déjà dit.

Il connaissait son nom. Svendenborg avait-il parlé ?

— Quand aura lieu la suite de mon admission ?

— Ne soyez pas trop pressé. Toute chose vient à son heure. Nous vous recontacterons. J'ai eu beaucoup de plaisir à échanger avec vous, monsieur Sénart. Il est possible que vous fassiez un excellent frère de l'ombre mais c'est notre centième frère, celui qui nous a été envoyé par Satan, qui en décidera. Et, croyez-moi, il sait reconnaître l'imposteur du compagnon sincère. Vous attendrez notre signal. Bien entendu, je n'ose même pas vous rappeler de garder le silence le plus complet sur ce que vous avez vu et entendu.

— Vous ne me demandez même pas une promesse.

Cette fois-ci, le petit homme s'esclaffa :

— Une promesse ! Mais à quoi cela servirait-il ? Si vous parlez, nous le saurons et si nous le savons, vous mourrez ainsi que ceux à qui vous aurez dévoilé nos secrets. Et ce n'est pas d'une mort douce dont je vous parle. Adieu, monsieur Sénart.

Le petit homme renfonça son chapeau sur son crâne emperruqué et s'éloigna à vive allure vers le maître-autel.

« Au diable la prudence ! se dit Sénart en le voyant s'éloigner. Je n'aurai sans doute jamais une occasion comme celle-là ! »

Et il se précipita à sa suite. Il n'avait pas de pistolet mais l'homme lui rendait au moins un pied en taille et il était notablement plus âgé que lui. Il atteignit un grand pilier lorsqu'il eut l'impression d'être plongé dans les ténèbres les plus absolues.

« Que se passe-t-il ? »

Mais il n'eut pas l'occasion de réfléchir plus avant à ce phénomène. Une silhouette se dressait devant lui. Grande, puissante, tordue comme si les flammes de l'enfer lui avaient léché la peau de tout le corps. Comme si quelque bourreau dément lui avait arraché l'épiderme. Et la chose le regardait. Un bref instant, il aperçut deux yeux injectés de sang, une mâchoire énorme, presque à nu, un cou épais et aux muscles tendus telles les cordes d'un piano.

Cela grondait. Il se demanda pourquoi jusqu'à ce qu'il s'aperçoive que c'était contre lui que la créature en avait. Elle fit un pas, puis deux.

Sénart recula avec précipitation. Il heurta une rangée de bancs qui s'effondra sous son poids. Lorsqu'il put enfin se redresser, la chose avait disparu, ainsi que l'ecclésiastique. Il frissonna. Cette vision n'avait duré que quelques instants. Une fraction de seconde. Toutefois, il en eut la certitude : ce qu'il avait vu ce soir dans Notre-Dame n'était indubitablement pas humain.

9

Citoyen Vadier,

Il faut que je te rencontre afin de te communiquer les derniers résultats de mon enquête ; néanmoins, je dois absolument, et je t'expliquerai pourquoi, conserver une parfaite discrétion. Je puis en effet être surveillé, suivi. Tu pourras me voir ce soir devant la maison du Temple. J'y serai vers onze heures. L'idéal serait que personne ne te reconnaisse. Je te conjure de respecter ces quelques conseils. Il y va de la réussite de notre enquête et accessoirement de ma vie. Signé : Gabriel-Jérôme Sénart.

Témoignage du citoyen Duglas devant le Tribunal révolutionnaire réorganisé par la loi du 8 nivôse an III :

Le citoyen Vadier vint nous mander vers neuf heures, Lepoulet et moi. Il nous ordonna : « Laissez vos bonnets et vos piques, mettez une veste de bourgeois et suivez-moi sans poser de questions. » Lui-même avait revêtu une tenue discrète qui ne lui ressemblait pas. Depuis plusieurs jours nous étions mêlés aux errances du ci-devant Sénart et contraints de nous prêter à ses caprices, aussi cette dernière péripétie ne nous surprit qu'à moitié. Il nous ordonna de dissimuler chacun sur nous deux pistolets mais de ne nous en servir qu'en cas d'absolue nécessité. Il ne s'agissait pas d'une procédure ordinaire, néanmoins, il n'y avait là rien de particulièrement illégal. J'ai estimé que le citoyen Vadier, contraint de se déplacer pour quelque affaire secrète, souhaitait que des hommes sûrs et de bons républicains assurent sa protection.

Nous nous sommes rendus à la nuit tombée devant la prison du Temple et avons attendu. Il nous a demandé de nous poster devant l'entrée de l'hôtel du Grand Prieur et de ne pas le perdre de vue une seule seconde. Nous ne devions intervenir qu'à son signal ou si sa vie paraissait menacée. C'est vers dix heures que nous avons aperçu Sénart qui se dirigeait dans notre direction. Lui aussi avait délaissé son uniforme pour revêtir un habit plus discret, mais je suis persuadé de l'avoir reconnu, même si je n'ai pas de preuve à vous en apporter. Je me suis approché pour écouter leur conversation, car je pressentais, à cause du caractère très nettement suspect du ci-devant Sénart et de ses activités contre-révolutionnaires, qu'elle présenterait un grand intérêt. Je n'ai pas été déçu, citoyens, puisque le dialogue qui suit a eu lieu. J'ai tenté de le reconstituer de mémoire et il se peut que telle ou telle expression n'ait pas été employée ou qu'un mot ou deux ne figurent pas à leur place exacte, mais, au nom de l'Être suprême, je vous garantis que tout cela est vrai.

Vadier : Eh bien Sénart, que signifient tous ces mystères ?

Sénart (qui semble effrayé et regarde souvent pardessus son épaule) : Citoyen, ma mission avance bien. En fait, mes recherches remplissent toutes mes espérances. Je suis maintenant prêt à m'introduire dans cette organisation criminelle.

V : Voilà qui est parfait, mais avais-tu besoin de me faire mander en ces sombres lieux si tard le soir ? Et pourquoi n'es-tu pas venu au Comité me faire ton rapport ?

S : Citoyen, les choses ne sont pas exactement comme nous le pensions au départ. Je crains que ceux que nous recherchons ne soient beaucoup plus redoutables que nous ne l'imaginions. J'ai eu l'occasion de rencontrer l'un d'eux…

V : Tu l'as vu à visage découvert ?

S : Oui, il ressemble à un prêtre. Il est âgé d'à peu près cinquante ans.

V : Pas très grand, un peu gros et coiffé d'une perruque blanche ?

S : Oui, c'est cela.

V : Je pense que tu as eu affaire à Antoine-Christophe Gerle, que l'on connaît en général sous le nom de dom Gerle. C'est un homme étrange et dangereux. Il a été compromis dans plusieurs affaires de mysticisme. Il a présenté à l'Assemblée constituante une prophétesse du nom de Suzanne Labrousse, mais les députés ne l'ont même pas écoutée. Depuis, il a conservé une grande rancune envers la plupart des révolutionnaires.

S : Si nous le connaissons, nous pouvons le faire arrêter !

V : C'est une très mauvaise idée, citoyen. Tout d'abord, s'il est un des meneurs de cette organisation, il n'en est sûrement pas le seul maillon. En outre, et c'est beaucoup plus grave, il est un ami personnel de Robespierre qui lui a délivré un certificat de citoyenneté. Autant dire qu'il est à peu près intouchable en l'état actuel du pouvoir. Tu dois continuer ta mission et t'introduire plus avant dans cet ordre. Pourquoi as-tu peur ainsi ? Selon ce que j'en sais, dom Gerle n'est pas un assassin, plutôt un mystificateur.

S : Un mystificateur. Peut-être pas autant que nous le pensons. J'ai vu quelqu'un d'autre avec lui lorsque nous nous sommes séparés…

V : Quelqu'un d'autre ? L'as-tu reconnu ?

S (il hésite) : Non, c'était juste une silhouette, une ombre entraperçue dans les allées de la cathédrale. J'ai eu la nette impression que ce n'était pas un être humain.

V : Qu'est-ce qui te fait penser cela ?

S : Sa taille d'abord, il était gigantesque.

V : Il existe des hommes grands, cela ne les rend pas plus dangereux pour autant. Notre rasoir républicain est là pour les ramener à de plus justes proportions !

S : Ce n'est pas que la taille. Ce que j'ai vu n'avait pas l'air… humain. C'était comme un démon échappé de l'enfer. Je n'ai jamais vu quelque chose de la sorte.

V : Un démon ?

S : Oui. Selon Saint-Germain, cette loge qui réunit des frères de l'ombre aurait quatre-vingt-dix-neuf membres. Le centième serait envoyé par Satan.

V : Momeries que tout cela ! Tu l'as cru ?

S : Je me suis rappelé Tavannes et sa mort hideuse. Je crois que, s'il est une créature au monde capable d'accomplir un tel crime, d'escalader le mur jusqu'à la fenêtre du cabinet de réflexion et d'arracher les membres du malheureux comme s'il s'agissait de vulgaires ailes de mouche, c'est bien celui que j'ai vu. Citoyen, j'ai peur qu'ils ne me suivent, j'ai peur que le moindre mot, le moindre comportement suspect n'attirent leur attention. Et alors, je pense que tu retrouverais mon corps victime de quelque odieuse mutilation. Ils ne plaisantent pas. Saint-Germain, qui est un imposteur, et qui les a rejoints parce qu'il ne les prenait pas au sérieux, en a une peur bleue, or, cet homme ne craint ni Dieu ni Diable. Par contre, une mort comme celle de la rue des Ménétriers…

V : Et que veux-tu donc ?

S : Je veux une totale liberté de mouvement. Je veux pouvoir mener cette enquête comme je l'entends. C'est moi qui prendrai l'initiative de t'envoyer les rapports. C'est moi qui te contacterai. Ne me recherche pas, ne me fais pas surveiller. Et surtout que personne ne soit au courant de cette affaire. Il en va de ma vie.

V (après un instant de réflexion) : Ta vie n'a guère d'importance, citoyen. Des intérêts supérieurs sont en jeu. D'accord, je te laisserai le champ libre. Mais ils ont peut-être des oreilles aux Comités puisqu'ils sont si terribles et rusés que cela. À partir d'aujourd'hui, tu seras un proscrit. Un transfuge recherché pour activité contre-révolutionnaire. Ta tête sera mise à prix.

S : Quoi ? Tu ne peux pas faire cela, ce n'est pas possible !

V : Si, dans ton propre intérêt. En même temps, cela me donne une hypothèque bien utile sur ta fidélité. Ainsi, tu n'auras pas la tentation de quitter la capitale et d'abandonner ta mission. Continue tes recherches mais fais attention à la garde nationale, ils te chercheront activement. Tout au plus je ne leur révèlerai pas que je t'ai vu aujourd'hui. La chose est dite. Tu n'as plus qu'une heure devant toi. Le temps de rentrer à l'Hôtel de Brionne et ton signalement sera envoyé à tous les postes de garde et à tous les bons citoyens. Une dernière chose, où est donc notre amie, la Sibylle ?

S (très affecté) : Je l'ignore, citoyen. Elle a quitté son domicile et je ne l'ai plus revue.

V : Tu avais cette femme sous ta garde. Tu as commis une faute très grave, citoyen, et tu me déçois beaucoup. Aider une condamnée à s'évader est passible de la mort !

S : Mais alors que m'arrivera-t-il, même si je réussis à découvrir la loge des frères de l'ombre ?

V : Si tu y parviens et si tu me rapportes la Sibylle tu auras la vie sauve. Ne discute pas, citoyen, c'est mon dernier mot.

Dès qu'il eut prononcé ces paroles, le citoyen Vadier a tourné les talons et planté là Sénart. Je l'ai examiné un instant : malgré la quasi-obscurité, il paraissait très pâle, le visage défait. Et, surtout, il avait peur. J'ai vu beaucoup de ci-devant monter les marches de l'échafaud. Beaucoup de prisonniers au moment d'être passés par les armes. Il avait la même expression. Voilà, citoyens, les faits qui se sont déroulés ce soir-là, à seulement quelques pas de la maison du Temple. Mon collègue Lepoulet, qui ne possède pas les mêmes facultés d'expression que moi, pourra également en témoigner.

Gabriel-Jérôme regarda s'éloigner le conventionnel suivi de ses deux acolytes. Il avait un goût de cendre dans la bouche. Lui, condamné, recherché, en fuite. Un sentiment d'injustice l'envahit. Jamais il n'avait trahi la Révolution, il en avait même été un de ses plus fidèles serviteurs et voilà quelle était sa récompense. Tout cela parce qu'il avait attiré l'attention sur lui. Il ne savait même pas pourquoi ni comment.

Marie-Adélaïde sortit de sa cachette dans un renfoncement de la rue du Temple et lui posa la main sur l'épaule.

— Je suis désolée.

— Tu l'avais prévu peut-être, lui lança-t-il d'une voix sèche.

Elle ne se formalisa pas de la colère de son compagnon :

— Oui, je savais que Vadier allait te trahir, je savais qu'il allait te faire rechercher.

— Pourquoi ne m'as-tu pas prévenu ?

— Parce que cela aurait été inutile. Ce que je prédis, je ne puis pas le changer. T'en informer n'aurait rien changé, sauf peut-être à t'effrayer et à accélérer encore ta fin. Vadier est redoutable, il te tient mais il te reste encore une chance.

Cette fois-ci, il se mit en colère et arpenta la rue en faisant de grands gestes :

— Une chance ? Le fait que je sois poursuivi par tout ce que Paris compte de gardes nationaux, de gendarmes, de miliciens et de bons patriotes, que ma tête soit mise à prix ? Que les deux Comités et les secteurs soient contre moi ? Tout mes états de service, mon dévouement à l'égard de la nation, mon travail, rien n'aura servi à me sauver. Tout cela à cause d'une bohémienne, d'une diseuse de bonne aventure, d'une ci-devant condamnée à mort et que j'ai contribué à faire évader. Et tu penses qu'il me reste une chance ? Je devrais te ramener à ta prison, au moins aurais-je accompli un des ordres de Vadier.

Elle le rattrapa et lui fit signe de se taire :

— Attends, ne crie pas, tu vas attirer l'attention. Il te reste une chance : celle de confondre dom Gerle et de le mettre hors d'état de nuire. Mais pour cela, tu as besoin de moi. Je t'ai dit les mots, n'est-ce pas ? Tu as franchi l'épreuve ? Si tu ne les avais pas dits, tu serais mort à l'heure qu'il est. Fais-moi confiance.

Il s'arrêta enfin et la regarda droit dans les yeux : elle semblait sincère. Mais que savait-il vraiment d'elle ? Tout ce qu'elle avait dit jusqu'à présent s'était réalisé, mais jusqu'où pouvait-il lui faire confiance ? Dans quelle mesure pouvait-il lui confier sa vie ?

« Je suis déjà entre ses mains », songea-t-il avec amertume.

— C'est bon, laissa-t-il tomber. Rentrons.

Silencieusement, ils regagnèrent la rue de Tournon. Il évita les postes de garde et tenta de ne pas se faire remarquer. Que dirait-il s'ils étaient interpellés ? Pour la première fois de sa vie, il avait peur, vraiment peur. Alors, il comprit ce que pouvait ressentir un aristocrate se promenant dans les rues de Paris, risquant à tout moment l'interpellation, la prison, le Tribunal révolutionnaire et les réquisitions de Fouquier-Tinville pour finir sur la place de la Révolution, exécuté sous les yeux d'une foule avide de spectacle sanglant.

C'est profondément abattu qu'il retrouva le cabinet de la voyante. Silencieuse, elle alluma les bougies et s'assit sur le sofa. Elle tira de sous le meuble une bouteille et deux verres qu'elle remplit.

— Tiens, bois. Ça te fera du bien.

Le liquide était fort et lui brûla la gorge, néanmoins, il but son verre d'un trait.

— Tu avais prédit tout cela ?

— Quoi ?

— Saint-Germain, les frères de l'ombre, Vadier…

Elle hocha la tête.

— Dans une certaine mesure, oui.

Un silence ; il se resservit un verre qu'il but tout aussi vite. Rapidement, la tête lui tourna un peu. Dehors, la nuit était tombée. Le petit peuple de Paris s'apprêtait à dormir. Ceux qui possédaient le pouvoir et l'impunité iraient s'encanailler dans quelque établissement douteux. Les riches continueraient leurs trafics, ils spéculeraient sur la cherté des marchandises, ils accumuleraient des stocks toujours plus énormes faisant monter les prix pour s'enrichir toujours plus. Les proscrits souffleraient, soulagés par la fausse impunité que leur donnerait la nuit. Paris ne se reposerait pas. Paris ne se reposait jamais. Paris se contentait de fermer un œil, mais toujours, que ce soit en plein midi ou au milieu de la nuit, la ville continuait à vivre et à bouillonner. Partout ce n'était que complots : pour renverser les Comités, pour s'emparer de nouveaux approvisionnements, pour écarter ou faire tomber quelque conventionnel importun. Il y aurait des crimes crapuleux, des vengeances, des cadavres qu'on retrouverait au petit matin, on accuserait les contre-révolutionnaires qui, dans la plupart des cas, n'y étaient pour rien. Dans les rues de Paris circulaient les émissaires de l'étranger, des envoyés des provinces de l'Ouest, des déserteurs venus du front de l'Est apportant de mauvaises nouvelles, vraies ou fausses, cela n'avait guère d'importance. La Révolution avait créé un mouvement et rien ne l'arrêterait, pas même la nuit.

Il se retourna vers Marie-Adélaïde qui l'observait.

— Tire-moi les cartes !

Elle lui renvoya un regard mystérieux.

— Tu le veux vraiment ?

— Oui.

Elle dégagea la petite table au milieu de la pièce, n'y gardant que le jeu de tarots. Elle déposa la carte représentant un homme.

— Te voici. Maintenant, il nous faut choisir la carte qui représentera quel aspect de l'avenir tu veux connaître.

Après un instant de réflexion, elle choisit les nuages.

— C'est la carte des perturbations, des coups du sort. À tout moment, l'orage peut éclater et la foudre tomber. Nous allons voir comment ta situation actuelle va évoluer. Donne-moi cinq chiffres.

Sénart obtempéra, avec la nette impression de revivre la même scène qu'à la Petite Force.

— Trois, cinq, douze, vingt-quatre et trente.

C'était la même combinaison que l'autre jour. Elle approuva gravement de la tête et sortit les cinq cartes correspondantes.

— Le serpent, les oiseaux, le cercueil, les monts et le cœur. Voilà qui est étrange…

— Explique-toi.

Elle se pencha sur les cartes comme si elle essayait de comprendre leur sens secret :

— Je vois la mort. Elle va arriver par un… par un message. Un message apportera la mort.

— Je vais mourir ?

Elle secoua la tête :

— Pas forcément. Les oiseaux ne sont pas une carte néfaste. Néanmoins, tu croiseras bientôt la mort. Un message t'y conduira. Il te faudra prendre garde à ne pas tomber dans les pièges que te tendra le destin. Ce qui est sûr, c'est qu'il y aura des morts, beaucoup de morts. Voilà ce que je peux lire dans les cartes. Ce n'est pas très précis et tu n'apprends rien que tu ne saches déjà mais c'est tout ce que je puis dire.

Elle allait se lever et ranger les cartes, mais le jeune homme l'arrêta et lui prit le poignet.

— Attends, pourquoi ne m'as-tu pas parlé de celles-ci ?

Il montrait les cartes du serpent et du cœur. Aucune expression ne se lisait sur le visage de la jeune femme. Elle reprit d'une voix atone :

— Le serpent, c'est la femme aux belles paroles, l'enjôleuse que tu as déjà rencontrée. Le cœur, cela se passe de commentaire, c'est l'amour. Associé aux oiseaux, c'est un gage, le début d'une passion, associé au cercueil, seuls restent le chagrin et les regrets.

Il lui tenait toujours le poignet.

— Qu'est-ce que cela veut dire ? Sois plus claire !

Elle le regarda droit dans les yeux, de nouveau, elle avait reprit sa figure de pythonisse mais avec une telle expression de désespoir qu'il en frémit.

— Cela veut dire que la femme serpent va se donner à toi, que tu vas l'aimer et qu'elle va t'aimer.

Il la lâcha, interdit. Pendant un long moment, ils restèrent silencieux, chacun d'un côté de la table. Finalement, c'est elle qui se leva et vint s'agenouiller à ses côtés.

— Gabriel, oublions un instant le cercueil, les orages, les oiseaux. Je suis la femme serpent et je me donne à toi.

Une brusque rougeur lui monta au visage. Elle était jolie, divinement, presque excessivement. Petit à petit, le regard de la Sibylle s'embua de larmes, elle ressemblait à une petite fille maintenant. Avait-elle su que ce moment allait arriver ? Il avait l'impression de se trouver en un autre monde, de ne plus être lui-même. Son cœur battait la chamade.

— Marie-Adélaïde. Je ne sais pas si…

Il aurait voulu lui dire que rien de tout cela n'était prudent ni raisonnable, qu'ils étaient tous les deux recherchés par les Comités, la garde nationale et par les sbires de Vadier, que les frères de l'ombre le tueraient sans doute. Il aurait voulu lui dire aussi que, naguère, lorsqu'il était très jeune, il avait déjà aimé, qu'il s'était marié mais que son implication dans la bureaucratie révolutionnaire avait brisé ce mariage, qu'il n'éprouvait plus depuis qu'indifférence pour les personnes du sexe opposé. Que sa vie ne pouvait être partagée par une femme, qu'il ne pourrait pas la rendre heureuse, que…

Mais il ne dit rien et se contenta de rapprocher ses lèvres de celles de Marie-Adélaïde.

Pour quelques instants, pour un court moment de répit, comme volé au temps, Paris allait enfin cesser sa course incessante, dans la semi-obscurité du cabinet de la voyante, rue de Tournon.

Ils reposaient tous les deux dans la petite alcôve. Elle se blottissait dans ses bras et il avait l'impression d'avoir une enfant contre lui. Cela avait été bref, merveilleux. Jamais avant elle une femme ne s'était ainsi abandonnée sous ses caresses. Pourtant, très vite, après ce court éblouissement, la réalité lui revint à l'esprit.

Dormait-elle ? Sa poitrine se soulevait régulièrement, mais cela ne voulait rien dire.

— Je peux te demander quelque chose ?

Un souffle lui répondit :

— Oui ?

— Cela, tu l'avais prédit ? Je veux dire, avant de m'avoir tiré les cartes.

— Oui, je savais que cela allait arriver.

— Et tu t'es donnée à moi uniquement parce que tu savais que cela allait arriver ?

Elle répondit plus vivement :

— Non, Gabriel. Pas cela, je te l'assure. Je l'ai fait parce que je t'aime et pas pour autre chose.

— Mais tu n'aurais pas pu faire autrement, n'est-ce pas ?

Un sanglot résonna dans le lit à côté de lui :

— Non.

Il la serra plus fort. Une larme avait coulé sur sa poitrine.

— Et cet amour, tu sais combien de temps il durera ? Je suppose que l'amour lié au cercueil ne signifie rien de bon.

Un long silence suivit. Allait-elle parler ? Il s'en voulait de lui poser ces questions mais il devait savoir.

— Je sais combien de temps il durera. Ce sera tant que Robespierre sera au pouvoir. Après, je sais que nous ne nous aimerons plus.

Il ferma les yeux. Pourquoi avait-il cherché à savoir ? Pourquoi n'avait-il pas gardé le silence ? Pourquoi avait-il tout gâché ? C'était tellement mieux de ne pas savoir à l'avance.

— Ce doit être terrible de connaître son propre avenir.

— Oui, murmura-t-elle, c'est terrible. Tu commences à peine à t'en rendre compte. Aime-moi encore, Gabriel, je t'en prie…

10

Ils passèrent la nuit et la journée serrés l'un contre l'autre. Le temps qui passait, les heures qui s'écoulaient, inéluctables, n'avaient pas de prise sur eux. Chaque fois qu'ils se détachaient, d'irrépressibles frissons les prenaient et ils se jetaient dans les bras l'un de l'autre. Jamais Gabriel ne pourrait la quitter, il le savait. Pourtant le moment allait venir où il devrait partir, continuer sa mission. Paris, jaloux de leur tranquillité et de leur amour, allait reprendre ses droits.

— Combien de temps resterons-nous ainsi ? lui demanda-t-il.

— Je n'en sais rien.

— Tu es heureuse ?

— D'une certaine manière oui. C'est une sensation étrange. Effrayante surtout.

— Effrayante ?

— Oui, j'ai peur que cela s'arrête. C'est cela qui m'empêche d'être parfaitement heureuse.

— Parce que tu sais que cela finira un jour ?

— Oui.

Ils s'étaient enveloppés dans la couverture et, debout devant la fenêtre, contemplaient le petit peuple qui circulait rue de Tournon. On était bien loin de la foule qui se pressait autour du Tribunal révolutionnaire, bien loin des patriotes et des gens importants qui parcouraient les couloirs du Palais national. C'était une rue calme. En face, les Hôtels de Montmorency et de Brancas élevaient leurs hautes façades. Mais il ne fallait pas s'y tromper. La section révolutionnaire Mucius-Scaevola, à la tête de ce district du Luxembourg, était active et puissante. On racontait que les repas fraternels organisés dans la rue l'an dernier courant prairial avaient dépassé de loin en munificence ceux des autres sections. Au début de la Révolution, la très zélée Théroigne de Méricourt avait réuni dans sa maison une sorte de club où se côtoyaient Camille Desmoulins, Danton et Fabre d'Églantine. Ces temps étaient bien loin : tous avaient fini sous le coup fatal de la Grande Faucheuse et elle-même, devenue folle, croupissait à la Pitié-Salpêtrière. Il se faisait ces réflexions lorsqu'une silhouette discrète attira son attention. L'homme était vêtu d'un manteau qui lui dissimulait le bas du visage, fait rare en cette saison, et semblait chercher son chemin.

— Voilà Saint-Germain.

— Tu es sûr ?

Elle écarquilla les yeux. Il avait beau dissimuler ses traits, c'était bien lui.

Il se pencha vers elle.

— Reste là, ce que je vais faire, je le ferai seul.

Elle se blottit contre lui.

— Je sais. Je ne pense pas que tu aies besoin de moi pour triompher des épreuves, ce soir. Saint-Germain t'aidera.

Il lui sourit.

— Tu l'as vu ?

Elle approuva :

— Oui, il n'a pas intérêt à te trahir, du moins pas maintenant. Mais il ne faudrait pas qu'il apprenne que tu es recherché.

— Ce n'est pas moi qui vais le lui dire !

Et il s'arracha de ses bras. Elle l'avait vu revenir vainqueur. Il était rassuré. Leur amour ne finirait pas tout de suite. Ils avaient encore un peu de temps, mais combien ?

À l'extérieur, après avoir revêtu son costume civil et une large cape qui dissimulait sa silhouette, Sénart retrouva le Suédois. L'homme l'accueillit avec toutes les marques de la satisfaction.

— Monseigneur, c'est avec une grande joie que j'ai eu connaissance de ta rencontre avec notre maître. Il est très intéressé par toi, vraiment très intéressé. J'y vois de grandes chances de réussite pour ton projet. C'est une très bonne entrée en matière !

— Trêve de paroles. Vais-je rencontrer les frères de l'ombre cette nuit ?

Le faux Saint-Germain changea soudain d'attitude. Gabriel-Jérôme n'aimait pas son regard.

— Disons… qu'avant de connaître les plus profonds mystères de la Loge Noire, tu dois d'abord investir le premier cercle.

Le jeune homme eut un geste d'impatience.

— Tu ne m'avais pas parlé de cela !

L'homme leva les bras au ciel :

— Parce que tu ne me l'as pas demandé ! On n'entre pas comme ça dans la confrérie des frères de l'ombre. Ils doivent d'abord te jauger. D'autre part, ils ont besoin de discrétion, c'est pourquoi ils se dissimulent derrière ce premier cercle. Ne t'inquiète pas : ce n'est pas là que l'on trame les noirs complots ou que l'on commet les crimes dont tu cherches à démasquer les auteurs. Non, c'est un cercle de prophétie, le pendant lumineux de la Loge Noire si tu veux.

Sénart hocha la tête : il commençait à comprendre. Une loge à l'intérieur d'une loge. Des complots à l'intérieur des complots. Une façade spéculative, apparemment inoffensive, qui dissimulait le mal et le vice. Rien que de très classique. Au fil de ses rapports, combien de fois n'avait-il pas déjà décrit ce genre de système !

— Et je pourrai aller plus loin dans l'initiation ?

Son interlocuteur haussa les épaules :

— Cela, monseigneur, ne dépend que de toi. Montre-toi respectueux et attentif. Prends néanmoins une attitude intéressée. Bannis tous les scrupules de ton cœur et peut-être seras-tu remarqué. Allons-y maintenant, la cérémonie va bientôt commencer.

Ils longèrent le jardin du Luxembourg, le Panthéon pour enfin parvenir rue de la Contrescarpe où l'on apercevait encore les anciens vestiges du rempart élevé par Philippe Auguste.

Svendenborg se retourna vers lui :

— Es-tu prêt, monseigneur ?

— Arrête tes simagrées et conduis-moi !

L'autre lui envoya un sourire de mauvais augure et s'en alla frapper à la porte d'une maison que rien ne distinguait des autres.

La porte s'ouvrit. Une femme était là, enveloppée dans un grand châle de laine noire. Elle les examina l'un et l'autre. Aucune expression ne pouvait se lire sur son visage. Saint-Germain fit un signe curieux de la main sur son propre front auquel elle répondit.

— Entrez, frères.

Ils obéirent et montèrent jusqu'au troisième étage pour se retrouver à l'intérieur d'un vestibule. La femme s'éclipsa. Un homme les attendait là. Il portait une longue robe blanche qui lui donnait l'apparence d'un patricien romain. Les signes recommencèrent.

— Frère, assieds-toi.

Il désigna un fauteuil à Gabriel-Jérôme, tandis qu'il faisait signe à Svendenborg de le suivre dans une pièce attenante. L'ameublement y était étrange et exotique. On y découvrait un style oriental qui ne serait vulgarisé en France que bien plus tard, après l'expédition menée par Napoléon en Égypte. Il s'assit donc sur le siège dont le tissus chatoyait de mille couleurs. De nombreux coussins leur assuraient un confort remarquable.

Peu d'ornements au mur, si ce n'est d'étranges signes en bois sculpté. Des lettres, peut-être, mais appartenant à un alphabet fort ancien.

« Si seulement Marie-Adélaïde était là… Elle saurait ! » se dit-il avec regret. Se pouvait-il qu'elle lui manque à ce point, alors qu'il l'avait quittée depuis moins d'une heure ?

Enfin, son mentor, vêtu maintenant de noir, revint avec une autre femme, apprêtée d'une longue robe blanche.

— Viens vers l'immortalité, homme mortel, lui dit-elle. La mère de Dieu te permet d'entrer.

Le visage de Svendenborg ne trahissait aucun sentiment. C'était un habile comédien, Sénart l'avait déjà remarqué à Ermenonville. Le secrétaire rédacteur les suivit donc jusque dans une très vaste pièce aux ornements encore plus excentriques que ceux du vestibule. Le plafond en était peint en bleu marine et on avait dessiné sur ce ciel nocturne de nombreuses petites étoiles dorées. Les murs étaient recouverts de symboles grossièrement badigeonnés. Il y avait là les objets les plus divers : la croix du Christ y côtoyait l'équerre et le compas des francs-maçons. Un crâne humain dominait une république bien mal dessinée. Le mur du fond était fermé par un vaste rideau et de nombreux sièges avaient été disposés dans la pièce. Seules trois minuscules fenêtres grillagées s'ouvraient sur l'extérieur mais on ne voyait rien de ce qui se passait dehors. Juste devant le rideau, une femme vêtue de blanc, elle aussi, allumait les cierges d'un volumineux chandelier à trois branches sans doute acquis lorsqu'on avait dispersé les biens de l'Église aux plus offrants. Elle plaça de part et d'autre de la pièce de bronze une chaise et un fauteuil sur lequel elle déposa un livre.

Pour finir, elle se tourna vers une pendule accrochée au mur et qui semblait bloquée sur minuit.

— L'heure avance, dit-elle, la mère de Dieu va paraître pour recevoir ses enfants.

Puis elle se retira. Sénart commençait à s'impatienter. Que signifiaient toutes ces simagrées ? Rien de tout cela ne ressemblait à la description que lui avaient faite Marie-Adélaïde et Svendenborg de la loge des frères de l'ombre. Ces gens avaient des allures d'illuminés, mais ne présentaient certainement pas le moindre danger. N'étaient leurs longues robes et l'étrangeté de l'environnement, les femmes aperçues auraient pu passer pour des bigotes dans n'importe quelle église. Il allait interroger le Suédois lorsqu'une autre femme apparut. Elle venait de derrière le rideau et portait la sempiternelle robe blanche.

— C'est l'éclaireuse, lui souffla son compagnon.

Il ne répondit rien, se contentant d'attendre. Elle se plaça au milieu, juste devant le chandelier, et se tourna vers lui :

— Enfant de Dieu, prépare-toi à chanter la gloire de l'Être suprême. Dispose-toi en face de nous.

Gabriel-Jérôme se trouva donc placé sur la chaise dominée par le grand chandelier et, à ce moment-là, le rideau s'ouvrit.

Il y avait là une estrade sur laquelle étaient disposés trois fauteuils : un bleu, un blanc, un rouge. Une sonnerie retentit. Une alcôve, située sur les côtés de l'estrade, s'ouvrit et il vit apparaître une vieille femme soutenue par deux autres. Sa tête et ses mains étaient comme en perpétuel mouvement. Le jeune homme l'examina attentivement : grande, sèche, presque diaphane, deux yeux exaltés, une chevelure épaisse et argentée qui formait une auréole autour de son visage. Rien ne la différenciait de ces exaltés mystiques qui encombraient les asiles de fous. Les deux suivantes la placèrent avec d'infinies précautions sur le fauteuil central, le blanc, et baisèrent ses pantoufles.

— Gloire à la mère de Dieu !

Ensuite, elles prirent une aiguière et un linge blanc avec lesquelles elles lavèrent les mains de la mystique.

Il sursauta : une véritable petite foule entrait maintenant dans la salle. C'étaient surtout des femmes. De tous âges et toutes vêtues de blanc ce qui ajoutait encore à l'étrangeté de l'atmosphère.

Alors, la doyenne parla d'une voix tremblante mais passionnée, en articulant soigneusement chaque syllabe :

— Enfants de Dieu, votre mère est au milieu de vous. Je vais purifier le profane.

Sur un signe des deux femmes qui entouraient la mère de Dieu, Sénart s'avança jusqu'au bord de l'estrade, monta et dut lui baiser le front.

Elle lui mit la main sur la tête.

— Ami de mon fils, je te chéris.

Puis il retourna à sa place. Il commençait vraiment à en avoir assez lorsque l'alcôve s'ouvrit de nouveau et là, il tressaillit. L'homme rencontré devant Notre-Dame de Paris, le fameux dom Gerle, parut. Immédiatement, les femmes réunies là s'inclinèrent. Il baisa la joue de la femme, qui lui dit avec solennité :

— Prophète de Dieu, prends séance.

Et il s'assit sur le fauteuil rouge.

L'éclaireuse prit place sur le fauteuil situé en contrebas de l'estrade après avoir saisi le livre qu'elle y avait préalablement posé. Deux autres, une brune et une blonde fort jeunes et fort jolies s'installèrent sur les chaises disposées de part et d'autre du chandelier.

— Ce sont la colombe et la chanteuse, lui chuchota Svendenborg.

Avant que Sénart ait pu comprendre ce que l'autre avait voulu dire, Gerle leva la main droite et parla :

— Frère et sœur, assistez !

Puis se retournant vers le profane, il prononça avec gravité :

— Et vous, profane, disposez-vous à la grâce de Dieu. Levez la main droite et répondez… Jurez-vous, promettez-vous de répandre jusqu'à la dernière goutte de votre sang pour soutenir et défendre, soit l'arme à la main, soit par toutes les morts possibles, la cause et la gloire de l'Être suprême ?

Il fallait répondre, aussi n'hésita-t-il qu'un instant :

— Je le jure !

Ces simagrées le dégoûtaient. De même, il lui répugnait de faire un faux serment, mais, en pleine cérémonie d'initiation, aucune autre solution ne lui vint à l'esprit que ce parjure.

Gerle continua, les yeux plongés dans ceux de Sénart, comme s'il tentait de déchiffrer ses pensées.

— Jurez-vous, promettez-vous obéissance et respect à la mère de Dieu ici présente ?

— Je le jure.

— Promettez-vous soumission aux prophètes de Dieu et à leurs ministres ?

— Je le jure.

À ce moment, l'éclaireuse prit le livre, l'ouvrit et se mit à lire d'une voix monocorde :

Les sept sceaux de Dieu sont mis sur l'Évangile de la vérité. Cinq se sont levés, Dieu a promis de se révéler à notre mère à la levée du sixième. Quand le septième s'élèvera, prenez courage en quelque lieu que vous soyez, quelque chose que vous voyiez, la terre sera purifiée, tous les mortels périront mais les élus de la mère de Dieu ne mourront pas et ceux qui seront frappés d'un accident quelconque renaîtront pour ne jamais mourir. Le premier sceau de l'Évangile fut l'annonce du verbe. Le deuxième fut la séparation de tous les cultes, le troisième fut la Révolution, le quatrième la mort des rois, le cinquième, la réunion des peuples, le sixième, le grand combat de l'ange exterminateur, le septième sera la résurrection de tous les élus de la mère de Dieu au-dessus de tous les peuples de la Terre et le bonheur général surveillé par les prophètes et leurs ministres.

Elle parla encore longtemps ainsi, mais il ne pouvait se permettre d'exprimer, fût-ce par un simple regard, son ennui. Gerle, du haut de l'estrade, l'examinait avec une attention soutenue. Après une nouvelle lecture de l'évangile, on lui expliqua que Dieu avait pour mère Catherine Théos – la femme tremblante et exaltée sur le fauteuil blanc –, que le Verbe de Dieu était son fils, qu'elle répandait la parole de Dieu et qu'elle en recevait des révélations…

Puis ce fut fini. Gerle leva les mains au ciel et les deux femmes, la colombe et la chanteuse, conduisirent Sénart jusqu'à l'estrade. Il dut s'incliner devant la mère de Dieu tandis que Gerle lui imposait les mains :

— Mon fils, prononça-t-elle d'une voix chevrotante, je te reçois au nombre de mes élus, tu seras immortel.

Puis elle lui baisa le front, les oreilles, les joues, les yeux et le menton. Pour finir, elle prononça les mots sacramentels en lui passant la langue sur les lèvres, sensation qui lui arracha un frisson de dégoût :

— *Diffusa est gratia in labiis tuis.*

Il lui fallut répondre par les mêmes signes.

« Marie-Adélaïde, songea-t-il en embrassant à son tour la vieille femme, as-tu vu cela dans les cartes ? »

Alors, la mère de Dieu déclara :

— Fils de Dieu, élu de la mère de Dieu, tu as reçu les sept dons, tu es immortel.

Elle lui fit plusieurs signes en forme d'équerre sur le visage. C'était la fin de la cérémonie. Il redescendit dans la salle tandis que les frères et les sœurs réunis là le congratulaient.

« S'ils savaient qui je suis », se dit-il en répondant tant bien que mal à ces sollicitations.

La chanteuse et la colombe entonnèrent l'air de « Charmante Gabrielle » dont on avait changé les paroles :

Au seul Être suprême
Élevons tous nos cœurs
Pour qu'il daigne lui-même
Dissiper nos malheurs.
Pour son nom, pour sa gloire
Formons des vœux,
Au champ de la victoire
Courons heureux...

Maintenant l'alcool circulait parmi l'assemblée. Les langues se déliaient. Les yeux mystiques, rendus encore plus brillants par le vin, ne voyaient plus les choses de ce monde. Des prophéties incohérentes, des citations approximatives de la Bible, des querelles amicales sur un point de la foi... personne ne faisait attention à lui. Il aurait pu se mêler à ces groupes exaltés mais il avait un autre projet en tête. Au fond de la salle, le faux Saint-Germain pérorait au milieu d'un groupe de jeunes demoiselles qui buvaient ses paroles les yeux avides. Sans doute ne finirait-il pas la nuit seul.

« Voilà pourquoi il a voulu pénétrer dans le cercle des frères de l'ombre, se dit Sénart. Il trouve là de la chair fraîche pour assouvir ses désirs. »

Peut-être ce cercle, réunissant de nombreuses femmes, n'avait-il d'ailleurs été créé que pour fournir aux membres secrets la nourriture charnelle dont leur esprit débauché avait besoin.

Il eut un doute : Marie-Adélaïde n'avait-elle pas elle aussi été conviée à ce genre de sabbat ? Il en conçut de la jalousie et une certaine rage. De la tristesse aussi.

« Je commence à être jaloux. Il ne faut pas, ma mission passe avant tout. » Il se concentra donc sur le maître des lieux et sur la vieille femme.

Gerle, toujours sur l'estrade, aidait la mère de Dieu à marcher. Ensemble ils sortirent par l'alcôve. C'était le moment.

Profitant qu'on ne le regardait pas, il se glissa lui aussi sur l'estrade et suivit leurs pas.

Maintenant, les conversations s'éloignaient. Il entendit les deux filles chanter d'une voix frêle :

Marchons, frappons sans grâce,
Tout profane insolent,
Quiconque avec audace
Serait récalcitrant.
Mère de Dieu, puissante,
Soutenez-nous,
Phalanges combattantes,
Entendons-nous.

L'alcôve menait jusqu'à un couloir obscur. Il le suivit : loin devant, il percevait une lumière. Sans doute dom Gerle avait-il allumé une bougie. Il avançait à tâtons pour ne pas trébucher. Cela dura ainsi un certain temps.

« Mais où vont-ils donc ? Cette maison n'est tout de même pas si grande ? »

Puis le couloir s'arrêta brutalement. D'abord un escalier de service, puis, au rez-de-chaussée, des marches descendaient vers les profondeurs. C'était un escalier ancien et glissant. Une vague lueur en provenait. Gerle et la prophétesse étaient descendus. Il les suivit. Cela dura longtemps. Il y voyait à peine et il était obligé, à défaut de rampe, de se tenir aux pierres disjointes. Il faillit tomber une fois ou deux. Peut-être avaient-ils rejoint les souterrains, nombreux dans ce très ancien quartier de Paris. Finalement, l'escalier s'arrêta. Il se retrouva dans une salle. Aucun ornement, des murs bruts de la même pierre que l'escalier. Au milieu, une petite table-bouillotte avait été disposée, objet bien incongru dans cet environnement moyen-âgeux. Une bougie s'y consumait, donnant une lumière minuscule dans le souterrain. Partout, des ombres entouraient le lumignon projetant d'énormes et obscures silhouettes sur les murs. Sénart avança, inquiet. Cette pièce ne possédait apparemment aucune issue et ni Gerle ni la mère de Dieu n'étaient visibles. Il s'approcha de la table dans l'intention de s'emparer de la bougie et d'explorer la pièce avec plus d'attention. Alors, à l'extrême limite de son champ de vision, une ombre bougea.

C'était une silhouette démesurée, effrayante. Sénart se retourna brutalement et, là, il aperçut une paire d'yeux brillants, rougis, féroces comme ceux d'un animal. Une voix retentit.

— Doucement, Abaddon, ne le tue pas.

Un coup d'une violence inouïe en plein visage l'envoya en arrière. Il se sentit déséquilibré.

« Le mur… » songea-t-il en une fraction de seconde.

Et ce fut le choc. Tout disparut en une explosion d'étincelles.

11

Sénart avait mal. Très mal. En fait, seule la douleur obnubilait son esprit. Et il avait froid, mais cette sensation ne vint qu'après, de même qu'une nausée qui montait très vite. Il eut à peine le temps de se redresser et de se pencher sur le côté qu'il vomissait. Pendant un long moment ce fut insupportable : la douleur de son crâne décuplait au moindre mouvement et son estomac n'en finissait plus de se contracter, rejetant une bile noirâtre à l'odeur fétide.

Ce ne fut qu'une fois les spasmes calmés qu'il put enfin s'asseoir et s'intéresser à son environnement. Il était sur les bords de la Seine et reconnut tout de suite Orsay. Il tenta de se lever et chuta lourdement, comme si son corps ne lui répondait plus.

— Eh bien, citoyen, tu en tiens une sacrée, dis-moi !

Il cligna des yeux : à quelques pas de lui, un gaillard était assis, mal rasé, les yeux rougis, les vêtements bien coupés mais dans un état pitoyable.

Il faisait nuit, ou plus exactement l'aube pointait si l'on en croyait la lumière incertaine qui le forçait à fermer les yeux. Combien de temps était-il resté évanoui ?

Alors, il se souvint : la cérémonie autour de la mère de Dieu, Gerle, Saint-Germain… et cette silhouette obscure aperçue dans les sous-sols de la Contrescarpe.

Un vent frais et humide lui fit claquer des dents.

— Que… qu'est-ce qui s'est passé ?

La question était stupide, l'homme ne savait sans doute rien de ses aventures. D'ailleurs, il s'esclaffa :

— Qu'en sais-je, moi ? J'étais chez cette bonne à rien de Vaudry, au 26. Tu sais bien pourquoi ! Ah, elle m'a proprement rincé cette petite chienne. Et pour cela elle m'a mis dans les pattes une sacrée bon Dieu de petite Hongroise. Une vicieuse comme j'en ai jamais vu. Ah, citoyen, votre Être suprême a du bon s'il permet de tels plaisirs dans la vie, mais le Dieu de mes pères ne doit pas en être très satisfait s'il nous envoie des réveils pareils.

C'était un ivrogne, un bourgeois, un juif sans doute, qui était allé dépenser son argent dans les maisons luxueuses qu'on trouvait là, non loin du quai, survivance de l'Ancien Régime. Le mieux était qu'on le prenne lui aussi pour un fêtard au réveil difficile.

— Peux-tu m'aider ? Il faut que je me mette debout.

— Comme tu veux, citoyen, mais je ne suis guère vaillant moi non plus. Allons, à deux, ça ira peut-être.

L'homme l'aida à se relever puis, en titubant, ils marchèrent côte à côte sur le quai, se soutenant l'un l'autre. Les mariniers qui déchargeaient les maigres cargaisons des péniches amarrées au quai ne firent pas attention à eux. Ils étaient nombreux les richards qu'on retrouvait au petit matin, ivres morts et souvent débarrassés de l'or qu'ils n'avaient pas dépensé dans les maisons. Il apprit que son compagnon, bavard comme une pie, était banquier, qu'il représentait une maison d'Alger bien connue et qu'il dépensait l'argent de ses frères et cousins restés là-bas dans les bouges de la capitale.

— Paris est fou, la France est folle ! D'un jour à l'autre, nous pouvons nous retrouver raccourcis ! Alors, si la providence a mis entre nos mains un peu d'argent, qu'il nous appartienne ou non, autant en profiter.

Pendant qu'il écoutait distraitement le bavardage de l'homme, Sénart réfléchissait.

« Ils ont bien pris soin de me déposer très loin de la Contrescarpe. Il a fallu qu'ils traversent le Quartier latin, en pleine nuit. Ils ont utilisé une voiture. Ou alors… »

Il frissonna. Et si la créature l'avait porté elle-même ? Non, un garde, un vigile, un patriote aurait repéré à coup sûr cet étrange équipage. À moins qu'il ne soit passé par les toits ; après tout, ce monstre quel qu'il fût était capable de tout.

« Je délire ! » se morigéna-t-il.

Ils longèrent ainsi longtemps les quais puis, quand ils furent parvenus rue Guénégaud, Sénart quitta son compagnon d'infortune et obliqua pour s'enfoncer dans le Quartier latin et rejoindre la rue de Tournon. Marie-Adélaïde devait l'y attendre, morte d'inquiétude.

Lorsque, enfin, après une bonne heure de marche, il parvint au cabinet de la voyante, il la trouva dans la chambre minuscule, couchée sur le lit en train de dormir. Il s'assit sur le bord, éreinté par sa nuit, et la contempla. Elle ressemblait à une petite fille lorsqu'elle avait les yeux fermés. Elle souriait.

« À quoi peut-elle bien songer ? »

Et si c'était de lui qu'elle rêvait.

« Je ne peux pas tomber amoureux de cette fille. C'est une contre-révolutionnaire, et puis c'est un témoin capital dans cette affaire. D'ailleurs, sa position n'est peut-être pas aussi limpide qu'il y paraît. Et puis à cause d'elle, je suis recherché et proscrit ! Je devrais la ramener à la Petite Force qu'on en finisse. »

Pourtant, il n'en avait aucune envie. Alors qu'il allait lui caresser doucement le visage, elle ouvrit les yeux. Tout de suite son regard se mit à pétiller et son sourire s'agrandit.

— Tu as une tête de déterré, mon chéri !

— Je suis content de voir que tu t'es inquiétée pour moi, grommela-t-il. Vraiment, il ne fallait pas.

Elle éclata de rire :

— Ne sois pas vexé, voyons. Je savais que tu allais revenir. Pourquoi me serais-je souciée le moins du monde !

— Tu savais donc que la moitié de cette maudite maison de la Contrescarpe me tomberait sur la tête. Je me suis réveillé de l'autre côté du Quartier latin : ils ont dû éventer ma ruse !

Elle le prit dans ses bras avec douceur.

— Si cela avait été le cas, tu serais déjà mort.

— Aïe !

Elle lui avait passé la main dans les cheveux, à l'arrière du crâne.

— Oh ! il y a une grosse bosse là. Il faut que je regarde cela !

— Laisse, grommela-t-il, je dois réfléchir à cette affaire.

— Et puis tu es tout sale ! C'est invraisemblable. Où t'ont-ils donc traîné ?

Elle ajouta avec un clin d'œil :

— Si je ne savais par les cartes ta parfaite fidélité, je pourrais supposer que tu as passé la nuit dans un endroit bien licencieux.

— C'était le cas, si tu veux le savoir, répondit-il, alors qu'elle se levait pour prendre de l'eau et un linge propre.

La silhouette nue de la jeune fille dans la chambre lui fit immédiatement oublier sa mauvaise humeur mais attisa sa mélancolie. Comment avait-il pu tomber amoureux de la sorte ? La réponse était là, devant lui. Marie-Adélaïde possédait une grâce naturelle. Non, ce n'était pas vraiment de la grâce. C'était une sorte d'audace, de liberté dans les mouvements. Même nue, elle ne semblait gênée en rien, mais il n'y avait rien de vulgaire ni de grossièrement aguicheur dans son comportement. Simplement, elle était aussi à l'aise en tenue d'Ève qu'en robe de ville.

Sénart s'efforça de continuer :

— Saint-Germain n'y vient que pour y faire des rencontres. On y voit des dizaines de donzelles en manque d'idoles à adorer et prêtes à se livrer au premier venu pourvu qu'il prenne l'air d'un faux prophète. Ce serait donc là le premier cercle. C'est en essayant de découvrir le second que j'ai hérité de cette bosse. Aïe, tu me fais mal !

— Ne bouge pas, chéri. Ah, ils sont bien douillets les héros de la Révolution ! Tu as donc vu Gerle dans ses deux versants.

— Comment cela ?

Elle continua tout en nettoyant la plaie :

— Tu sais qu'il était prieur chez les chartreux. Il s'est retrouvé propulsé aux états généraux en 1789. Cela lui a tourné la tête, tu imagines. Il s'est pris pour le sauveur de la France et a introduit une autre prophétesse nommée Suzette Labrousse devant l'assemblée. Elle fut encouragée par Robespierre lui-même !

— Robespierre encore ! S'intéresse-t-il vraiment à toutes ces momeries ?

— Il lui aurait déclaré un jour : « Je serai obligé de remettre en place ce que je cherche à détruire aujourd'hui. Vous m'aiderez. » Tu ne connais pas Robespierre, d'ailleurs, qui le connaît ? Je pourrais te raconter quelques anecdotes sur lui qui changeraient sans doute ton regard. Je le ferai un jour… si tu es sage !

— Très intéressant, et qu'est-elle devenue cette prophétesse-là ?

Marie-Adélaïde avait fini de nettoyer la plaie, elle reposa le linge teinté du sang de Gabriel-Jérôme.

— Elle a entrepris une tournée de prédications illustrées par des cures magnétiques. Elle a même eu l'idée de pousser jusqu'à Rome avec l'intention de convertir le pape, « le Dragon infernal », à la Révolution. Il l'a fait enfermer au Château Saint-Ange où elle croupit toujours. Il faut dire que le personnage avait de quoi surprendre : voulant à tout prix s'enlaidir, elle s'appliquait de la chaux sur le visage et se gargarisait à « l'eau de fiel de bœuf ».

Il se sentait un peu mieux maintenant. L'ambiance feutrée et douce de la chambre de Marie-Adélaïde le rassurait et il y avait aussi son parfum, entêtant, plein de souvenirs déjà.

— Et cette Catherine Théos, qui est-elle donc ?

— Domestique dans un couvent avant la Révolution. Elle annonce là qu'elle est l'Ève nouvelle, la réincarnation de la mère de Dieu. Bien sûr, on l'enferme : à la Bastille d'abord, puis, reconnue comme folle, à l'hôpital de la Salpêtrière, chez les aliénés ! Depuis, elle s'est installée rue de la Contrescarpe, là où tu t'es rendu hier soir…

Il commençait à avoir le vertige. Jamais il n'aurait imaginé que dans Paris même on prophétisait, on initiait, on sacrifiait à d'obscures divinités. Le siècle finissant avait, paraît-il, été celui des Lumières.

— Tu sais, la duchesse de Bourbon a été une de ses plus fidèles clientes, ajouta la jeune fille comme si elle lisait dans ses pensées. Avant, c'est Suzanne Labrousse qui avait été sa protégée ! Tu vois, même les grands de ce monde se laissent prendre dans les filets des Sibylles !

Il lui caressa le visage.

— Mais aucune n'a ta beauté.

Un sourire lui répondit.

Un voile de jalousie lui obscurcit le cœur un bref instant. Peut-être, outre son habileté et ses dons incontestables, tenait-elle son succès dans le monde à son incomparable joliesse.

Elle dut d'ailleurs comprendre son changement d'humeur puisqu'elle vint se blottir dans ses bras :

— Aime-moi maintenant. S'il te plaît. Nous avons tellement peu de temps…

Un instant, il faillit se lever. Oui, ils avaient peu de temps, non, il n'existait aucune issue à leur amour. Peut-être finirait-il, comme elle l'avait prédit, à la mort de Robespierre. Plus vraisemblablement, ils finiraient tous deux sur l'échafaud. Il ne fallait plus penser à tout cela, fût-ce un bref instant, et plutôt aimer la Sibylle qui se donnait à lui…

Gabriel-Jérôme avait dormi. Pendant son sommeil, elle avait noué un pansement autour de son crâne. Il était seul dans la chambre. Une part de son être était inquiète : où pouvait-elle être ? S'était-elle enfuie ? Lui était-il arrivé quelque chose ? Mais l'autre part restait sereine, tranquille. Apaisée. En tout état de cause, il se sentait mieux. Il décida de s'habiller. Les vêtements qu'il avait portés la veille étaient en fort mauvais état et dégageaient une forte odeur de cave. Néanmoins, à part fouiller dans la malle à déguisements de son hôtesse, il n'en avait pas d'autre. Il décida de les remettre, et d'aller en acheter de nouveaux dans une boutique de fripier. C'est en voulant faire cette simple course qu'il découvrit le message.

Il était accroché à l'extérieur, sur la porte d'entrée du petit appartement. Un couteau avait été profondément planté dans le bois et il dut l'ôter pour déplier le papier.

Monsieur Sénart. Nous avons fort apprécié votre attitude lors de votre présentation à la Nouvelle Ève, hier soir. Votre curiosité même, qui a bien failli se révéler fatale pour vous, nous a montré que vous ne manquiez pas d'audace et de résolution, deux qualités indispensables pour entrer dans notre ordre. Afin de pénétrer plus avant nos mystères, il vous faut passer l'épreuve de la liste de sang. Vous vous présenterez rue des Cornes, au numéro 1. Vous y tuerez le maître des lieux.

Il n'y avait rien d'autre. Il resta un long moment à lire et à relire le billet. Assassiner un homme ? Ainsi donc Saint-Germain ne plaisantait pas ! À moins qu'il ne s'agisse d'une supercherie.

— Tu es réveillé ?

Il leva les yeux : Marie-Adélaïde avait monté l'escalier qui menait à l'étage. Elle portait un panier sur lequel un torchon avait été soigneusement posé pour en dissimuler le contenu.

— J'ai pu avoir un peu à manger, expliqua-t-elle. Cela devient de plus en plus difficile, d'autant qu'en ma qualité de prisonnière je n'ai plus droit aux tickets de rationnement. Mais on se débrouille, je l'ai toujours fait et quelques pratiques m'ont gardé leur gratitude jusque dans ces jours sombres. Comment va ta tête ?

Le document froissé rejoignit très vite le couteau au fond de sa poche. Sénart n'avait pas envie de lui parler de cela. Il lui aurait été impossible de dire pourquoi, peut-être un pressentiment. La volonté d'échapper aux prédictions de la jeune femme. Tout était écrit et cela ne lui plaisait pas du tout.

— Elle va bien. J'ai moi aussi une course à faire.

Elle posa son panier et se rapprocha de lui, aguicheuse.

— Une course, mon beau révolutionnaire s'en va aux commissions ! Désire-t-il que je l'accompagne ?

Un instant, il fut tenté, mais ne céda pas.

— Non, il faut que j'y aille sans toi.

— C'est dangereux ?

Cette fois-ci, elle semblait un peu surprise.

— Non, mais important. Je te raconterai ce soir.

Le sourire de la jeune femme disparut. Elle se doutait de quelque chose, c'était certain. Il secoua la tête : son amour pour elle ne devait pas interférer dans sa mission.

— Tu ne m'embrasses pas ?

Il allait partir sans même un geste d'affection. C'était grossier de sa part. Confus, il obtempéra.

— À tout à l'heure.

— À tout à l'heure, ne rentre pas trop tard et fais attention. Tu es toujours recherché. Rabats bien ton chapeau sur tes yeux !

En descendant l'escalier, il sentit le regard de la Sibylle qui le suivait.

Un instant plus tard, il se trouvait dans la rue. Le faubourg Saint-Honoré était à l'autre bout de Paris. Il avait le temps de réfléchir. Il y avait Marie-Adélaïde. Elle était fascinante, désirable, toujours étonnante et d'une sensualité qui le désarmait. Mais était-ce vraiment de l'amour ? Jamais auparavant il ne s'était posé ce genre de questions. Lorsqu'il s'était marié, avant la Révolution, il avait aimé sa femme, cela il en était certain. Mais le sentiment qu'il avait éprouvé alors n'avait rien à voir avec celui qu'il ressentait aujourd'hui. Avant, il savait qu'en rentrant chez lui sa femme serait là, d'humeur égale, prête à tout pour le satisfaire. Que ce soit pour la table ou pour la couche, son épouse avait montré la même bonne volonté, la même régularité dans les intentions. Au point que cela en était devenu monotone. Rien de cela avec la Sibylle, toujours prompte à surprendre, à bouleverser, voire à irriter. Mais, de toute évidence, il n'avait pas envie de la quitter. C'est avec de grandes difficultés qu'il retrouverait sa vie d'homme seul, le cas échéant. Et il n'en avait absolument pas envie.

Tout en prenant bien garde de maintenir son chapeau rabattu sur ses yeux, il avançait à travers les rues de Paris, se rapprochant de la Seine qu'il devrait traverser. Quant à savoir ce qu'il allait faire rue des Cornes, il le savait. Il était hors de question de tuer cet homme ; par contre, il pourrait s'assurer de sa collaboration. Ce serait sans doute compliqué, mais il se targuait de convaincre son hypothétique victime que travailler au service de la Révolution valait mieux que finir assassiné.

La rue des Cornes était une de ces nombreuses ruelles dans le quartier populaire et calme de la Salpêtrière. On y trouvait surtout de paisibles pensions, des meublés bon marché où la population pauvre, chassée des quartiers plus centraux de la capitale, venait se réfugier. L'endroit idéal pour se dissimuler. Qu'avait pu faire sa « victime » pour figurer ainsi sur la liste de sang de la loge des frères de l'ombre ? Il essaya d'imaginer plusieurs hypothèses mais n'y parvint pas. Cette promenade solitaire lui faisait du bien. Il se sentait un peu soulagé, loin de Marie-Adélaïde, loin du Comité de sûreté générale, loin des manigances de dom Gerle et de la mère de Dieu. Car il en était certain, il trouverait un arrangement avec sa victime. Il préviendrait l'homme de la menace de mort dont il était l'objet et il lui en serait reconnaissant. Peut-être la situation seraitelle un peu délicate à lui expliquer s'il ignorait tout de l'existence de la loge – après tout, on pouvait être désigné victime et ne rien connaître de ces choses, il suffisait sans doute de s'être volontairement ou involontairement opposé aux volontés de dom Gerle – mais, dans ce cas, il comptait bien arguer de sa position de secrétaire rédacteur auprès du Comité pour le convaincre. Au moins aurait-il fait œuvre utile depuis le début de sa mission : il aurait sauvé une vie !

Les rues devenaient plus étroites, plus désertes aussi. Ici, comme partout dans la capitale, on crevait de faim, mais contrairement à ce qui se passait dans les zones plus centrales et plus agitées, on se résignait. Les femmes regardaient passer ce jeune homme aux habits froissés, avec le regard vide de ceux qui n'attendent plus rien. La Révolution n'avait guère changé leur sort.

Voire, depuis l'an dernier, elle l'avait même fait empirer. Au moins, du temps de la tyrannie monarchiste, le blé parvenait-il jusqu'à la capitale. Et s'il y avait disette c'était à cause d'un hiver rigoureux ou d'un été trop pluvieux… pas à cause d'une guerre civile ou d'une invasion étrangère. Avant, les négociants ne se constituaient pas des fortunes en réinvestissant les biens du clergé achetés pour une bouchée de pain dans des stocks d'approvisionnement sur lesquels ils spéculaient jusqu'à l'absurde, provoquant famine et ruine dans le petit peuple. Avant, on respectait la valeur du louis, pas comme celle de cet assignat qui ne valait même pas le prix du papier sur lequel il était imprimé.

Troublé par ces pensées moroses, Sénart se trouva brusquement à l'entrée de la rue des Cornes. C'était une petite maison qui avait dû autrefois accueillir des hôtes. Aujourd'hui, décrépite, elle présentait tous les signes de l'abandon. Les fenêtres en étaient bouchées par des planches, la porte semblait barricadée. Seul un œil exercé pouvait remarquer que les clous étaient récents, pas encore rouillés, et que le bois qui protégeait les entrées était du chêne solide.

Il hésita un instant. Manifestement, l'occupant des lieux voulait rester le plus discret possible et ne souhaitait pas être dérangé. Peut-être même avait-il voulu protéger sa vie en s'enfermant dans cette masure comme dans une forteresse. Entrer sans y être invité pouvait l'alarmer. Sénart décida donc de frapper à la porte. Néanmoins, comme il existait une chance raisonnable que l'homme ait eu affaire aux loges, il toqua sur le rythme entendu lorsqu'il était descendu dans les profondeurs de Paris pour y rencontrer les francs-maçons. Deux coups brefs un coup long. L'appel résonna sur le bois jusque dans les profondeurs de la maison. Inquiet, il jeta un coup d'œil par-dessus son épaule. Personne en vue, mais on l'examinait certainement de derrière ces fenêtres. Chacun de ces rideaux pouvait dissimuler un espion.

— Partez ! Laissez-moi !

La voix avait vibré de l'intérieur. Rauque, inquiète.

— Monsieur, je suis venu vous prévenir d'un grave danger. Ouvrez-moi, je vous en prie.

— Partez, je vous dis. On va vous voir, vous allez les attirer.

— Raison de plus pour me laisser entrer. Je vous en prie, monsieur, j'ai de graves nouvelles à vous annoncer.

Après un instant de silence, il entendit du bruit, un meuble qu'on poussait. Il soupira de soulagement.

L'huis s'entrebâilla. Un regard de faucon le scruta puis la porte s'ouvrit un peu plus.

— Ne restez pas là, entrez.

Sénart obéit. Ils étaient dans un vestibule. Voilà sans doute bien des années que la maison n'avait pas été occupée. Les murs, recouverts de plâtre brut, suintaient une humidité malsaine. Pas de meuble, les lattes du plancher, défoncées, laissaient entrevoir un sol de terre battue. Quant à son hôte, les yeux clignotants, le profil en lame de couteau, voûté, une perruque informe d'un autre âge, des vêtements élimés et sales, les mains d'une maigreur stupéfiante, toujours en mouvement, il ressemblait à un de ces insectes grouillants qui fuyaient la lumière du jour lorsqu'on soulevait une pierre.

Il tenait maladroitement une arme, un pistolet qui, d'après ce que Gabriel-Jérôme put en juger, remontait au temps de la guerre de Sept Ans.

Le canon tremblait mais restait bien dirigé sur sa poitrine.

— Rassurez-vous, je ne vous veux aucun mal. Au contraire, je suis venu vous prévenir d'un danger.

— D'un danger ?

L'arme toujours braquée sur lui tremblait de plus belle. Sénart sentit un sentiment de pitié l'envahir :

depuis combien de temps le pauvre homme se cloîtrait-il ici ? Comment se nourrissait-il ? Comment parvenait-il à survivre dans une telle misère et dans un tel isolement ?

— Oui. Vous avez des ennemis, de puissants ennemis. Connaissez-vous la loge des frères de l'ombre ? Ce sont eux qui veulent intenter à votre vie. Ils vous ont rajouté à leur liste de sang. La liste de leurs prochaines victimes.

L'autre hocha la tête, désabusé, ses lèvres laissaient s'écouler un filet de bave. Il avait peur, très peur. En fait, la peur ne faisait plus seulement partie de sa vie, elle était *toute* sa vie.

— La liste de sang, je le savais. C'était écrit. Ils me l'avaient dit mais, à l'époque, je pensais à autre chose. J'ai cru au pouvoir, à la puissance et à l'argent qu'ils me faisaient miroiter. J'étais fou. Savez-vous jeune homme que j'ai été un personnage important, considérable ? J'étais maire de Grenoble. Ils m'ont tout donné, tout, mais après il a fallu rendre. Au début, c'est facile, vous prêtez serment et immédiatement l'or et les avantages pleuvent sur vous. Ils sont à votre service, tous. Mais plus vous les solliciterez, plus la note à payer sera lourde. J'en suis la preuve !

— Maire de Grenoble. Mais vous êtes monsieur Prunelle de Lierre ! Tout le monde vous croit passé à l'étranger ou mort…

L'homme posa son arme et s'affala sur un banc qui devait aussi lui servir de lit, si l'on en croyait la misérable couverture, rapiécée de toutes parts posée dessus.

— Passer à l'étranger ? Ils m'y retrouveraient de toute façon, cela ne servirait à rien. Ils sont partout. Savez-vous qu'il existe quatre-vingt-dix-neuf loges de par le monde. Quatre-vingt-dix-neuf loges comprenant chacune quatre-vingt-dix-neuf frères de l'ombre… plus un centième, mais ça vous le savez, n'est-ce pas ?

Sénart se sentit mal à l'aise. Maintenant, Prunelle de Lierre, si c'était bien lui, le regardait d'un air rusé et impitoyable.

« Il n'hésitera pas à me tuer s'il sent le moindre danger », se dit le jeune homme.

— Je n'ai pas pénétré comme vous les mystères des frères de l'ombre, répondit-il prudemment. En fait, je n'ai qu'une idée approximative de leur organisation.

L'homme approuva d'un signe de tête.

— Et vous voudriez en savoir plus ?

— Oui, je suis venu pour vous sauver mais aussi pour les connaître, eux.

L'ancien maire de Grenoble hésita un instant puis se releva.

— Je vais vous montrer quelque chose, venez.

Il lui fit signe de le suivre puis emprunta le mauvais escalier qui menait à l'étage.

— Faites attention, il est bien vermoulu. Ah ! que voulez-vous, je n'ai rien trouvé d'autre.

Les marches branlaient sous ses pas. Le bois semblait près de se rompre et toute la structure de l'escalier de s'écrouler.

— Venez, c'est là-haut. Vous verrez, cela vous en apprendra beaucoup sur les frères de l'ombre.

Ils parvinrent à un palier dans le même état que le bas de la maison. Une porte arrachée de ses gonds donnait sur une chambre. On n'y voyait guère. Le jour ne pénétrait pas dans ces ruelles étroites et des planches bouchaient les fenêtres.

— Prenez cela.

L'autre alluma une bougie posée à terre, devant l'entrée de la pièce, et la tendit à son visiteur.

— Entrez, n'ayez pas peur. Regardez.

Sénart fit un pas en avant mais, immédiatement, il s'arrêta sur le seuil. Terrifié.

Le monstre était là. Celui qu'il avait entrevu à la cathédrale et dans les souterrains de la Contrescarpe.

Énorme, hideux, le visage grimaçant, des membres disproportionnés tendus vers lui pour l'attraper. Plus horrible encore, le jeune homme se rendit compte que la créature ne possédait pas de peau. Il contemplait directement ses muscles, ses veines palpitantes, sa chair et ses organes ainsi dévoilés.

Derrière lui, un rire sardonique retentit.

— Il est magnifique, n'est-ce pas ? Digne d'Abaddon le destructeur, l'envoyé de Dieu qui brisera les sceaux de l'Apocalypse. Je lui ai volé son secret. J'ai moi aussi voulu invoquer le diable, créer mon propre monstre pour échapper à leur vengeance. Je n'ai pas réussi mais il est toujours là. Bien sûr, ce ne sont que des chairs mortes auxquelles j'ai donné l'illusion de la vie, mais il me protège, je le sens.

Fou, cet homme était fou.

— Il m'a protégé de tous ceux qu'il a envoyés contre moi. Ils sont tous semblables. Ils veulent pénétrer les mystères des frères de l'ombre et ils connaissent rapidement l'épreuve finale. Celle qui les distinguera des autres humains, celle par laquelle ils abandonneront leur âme. L'épreuve du meurtre, celle qui leur permettra d'établir une liste de sang, à eux aussi. Celle qui fera d'eux des assassins tout entiers livrés à leur nouveau maître.

Un instant, Sénart ne comprit pas : « Mais de quoi parle-t-il ? » Puis un frisson lui parcourut l'échine.

« De moi, il parle de moi. Alors, il sait. »

À ce moment, on tambourina à la porte d'en bas. Une voix féminine cria :

— Gabriel, c'est un piège. C'est un membre de la loge. Si tu l'épargnes, il te tuera.

Sénart se retourna : l'homme avait de nouveau son pistolet braqué sur lui, mais cette fois-ci, l'arme ne tremblait plus.

— Tu as eu maintes fois l'occasion de me tuer, l'ami, mais tu ne l'as pas fait. Tu es un espion à la solde de nos ennemis.

Sénart ne prit pas le temps de réfléchir, il se jeta sur lui. Un coup de feu éclata, mais le choc avait dévié l'arme. Son adversaire était bien plus coriace qu'il ne l'avait cru d'abord. Ses muscles noueux le serraient irrésistiblement. Ils roulèrent sur le plancher qui craqua sous eux.

— Gabriel, Gabriel !

Les doigts de Prunelle de Lierre cherchèrent sa gorge puis serrèrent. Il étouffait. Pas moyen d'échapper à cette étreinte.

« Je vais mourir. »

Marie-Adélaïde l'avait-elle prédit ? Peut-être était-ce pour cela qu'elle était venue jusqu'ici le rejoindre.

Il résistait tant bien que mal, mais l'autre restait fermement appuyé sur lui, les doigts autour de son cou.

Rien ne semblait pouvoir s'opposer à une telle force. Déjà l'air lui manquait et il eut beau se débattre, ruer, frapper l'homme, rien n'y faisait.

De très loin, comme venant d'un autre monde, une voix parvint jusqu'à lui.

— Le couteau, Gabriel, le couteau !

Un couteau, quel couteau ? Puis un lointain souvenir remonta jusqu'à sa conscience.

Le couteau qui avait servi à fixer le message sur la porte de la Sibylle. Qu'était-il devenu déjà ? Il l'avait fourré dans sa poche avec le papier. Ses doigts le cherchèrent frénétiquement. Il n'allait pouvoir survivre longtemps ainsi. Enfin, maladroitement, il attrapa le manche de corne. Assura l'arme dans sa main et, d'un coup brusque, battit l'homme au cou.

Un gargouillement, un liquide poisseux sur sa figure. L'homme râlait et perdait du sang, mais il serrait toujours de ses deux mains le cou de Sénart. Alors celui-ci frappa, frappa encore, au cou, au bras, à la jambe, à chaque endroit du corps qu'il pouvait atteindre. Pourtant l'étreinte diminuait à peine. Il se débattit, frappa encore. Enfin quelque chose craqua. Prunelle de Lierre poussa un cri rauque et s'écroula sur le côté. Contusionné, étourdi, le jeune homme se redressa tant bien que mal. Son adversaire vivait encore. Il se débattait faiblement au milieu de la mare de sang qui recouvrait le palier. Prudemment, il le contourna en essayant de lutter contre la nausée qui l'envahissait et descendit avec peine jusqu'en bas. Il ouvrit la porte.

Marie-Adélaïde était là, très pâle. Elle poussa un cri d'horreur en le voyant.

— Gabriel, qu'est-ce que tu as ?

— Ce n'est rien, marmonna-t-il.

— Mais tout ce sang, tu es blessé ?

Alors, il se rendit compte : le sang de Prunelle de Lierre l'avait aspergé, éclaboussé. Il y en avait partout, sur ses vêtements, sur sa figure. Pas étonnant que la jeune femme panique. Il la prit par l'épaule.

— Je ne suis pas blessé, juste un peu étourdi, c'est lui qui a saigné. Rentre, ne restons pas sur le seuil.

Elle se glissa à l'intérieur et, une seconde plus tard, ils étaient dans les bras l'un de l'autre.

— Gabriel, j'ai eu si peur. Je t'ai vu mourir. Dans cette maison. Il y avait cet homme et une sorte de monstre. Tu étais couvert de sang.

Il l'embrassa.

— Si tu savais que j'allais mourir, pourquoi es-tu venue me voir ?

Elle se détacha de son compagnon et lui lança un œil sévère :

— Et tu crois que je serais restée comme ça, sans rien faire, sachant que tu étais en danger ? Et puis j'ai bien fait, non ? Je t'ai vu couvert de sang et…

— Tu as vu, pour cet homme… et pour le couteau.

— Oui, à l'instant, alors que j'étais derrière la porte, j'ai senti ce couteau dans ta poche.

Il hocha la tête machinalement : elle venait en une phrase de lui en apprendre plus sur son art que depuis qu'il la connaissait. Son jeu de tarots n'était qu'un vulgaire tour de passe-passe, un support destiné à asseoir sa réputation et en même temps à donner une explication sinon rationnelle du moins plausible pour les esprits crédules. La réalité était tout autre : Marie-Adélaïde voyait l'avenir. Elle avait conscience de ce qui allait arriver avant même que les événements concernés ne se produisent. Il en conçut un certain vertige : combien de temps vivrait-elle si Vadier prenait conscience de ce don unique ? Pour lui, elle n'était qu'une habile mystificatrice introduite dans cet univers interlope de faux mages, d'ordres secrets, de prophétesses folles, rien de plus. Alors que maintenant, il le savait, la Sibylle portait bien son surnom.

Elle dut deviner ses pensées car son regard se fit à la fois inquiet et interrogateur.

— Ne t'inquiète pas, laissa-t-il tomber sur un ton bourru. Je ne dirai rien. Par contre, je veux te montrer quelque chose. Peut-être l'as-tu vu dans tes visions. Montons.

Avec d'infinies précautions, ils gravirent les marches. Sur le palier, l'homme frappé de plusieurs coups de couteau baignait toujours dans sa mare de sang. Il avait bougé depuis que Sénart était descendu et avait tenté de ramper jusqu'à l'intérieur de la pièce où se trouvait la chose, mais la mort l'avait rattrapé.

Elle eut une grimace où l'horreur le disputait au dégoût, puis contourna le cadavre avec d'infinies précautions.

— C'est par là, viens !

Il entra dans la pièce et, ignorant la monstrueuse silhouette immobile, se dirigea vers la fenêtre. Elle était fermée et les montants en bois en avaient été fixés grâce à des clous, mais le bois était tellement vermoulu qu'il n'eut guère de difficulté à l'arracher du dormant. Ce fut ensuite au tour du volet, fixé de la même manière.

La lumière entra dans la pièce. Une lumière bien timide car la rue des Cornes, étroite et encaissée, ne recevait directement le soleil qu'en été à midi, mais suffisamment pour qu'ils ferment leurs yeux habitués à la pénombre.

Lorsqu'ils les rouvrirent, la chose était devant eux.

Curieusement, Marie-Adélaïde ne parut pas effrayée et s'en rapprocha. Touchant les membres pétrifiés, passant sa main d'une grande finesse sur les chairs à vif et torturées.

— Comment s'appelait l'homme ? demanda-t-elle à brûle-pourpoint.

— Prunelle de Lierre, répondit-il automatiquement.

Elle approuva :

— Voilà qui explique tout. Prunelle de Lierre n'était pas seulement maire de Grenoble, il était également naturaliste.

Dans la lumière, la chose paraissait beaucoup moins effrayante que précédemment. Les muscles étaient teintés en rouge, de même que les veines et les artères. Les yeux si effrayants n'étaient que deux boules de porcelaine peinte. Il avait entendu parler d'une telle technique. Ce genre d'objet servait aux étudiants en médecine pour apprendre comment étaient disposés le corps humain et ses organes.

Cependant, à quoi pouvait donc servir l'étude de ce genre de monstre ?

— C'est un orang-outan, expliqua la jeune femme. Une race de singes que l'on ne trouve que dans les parties les plus éloignées de l'Asie. Ils ressemblent tellement aux humains que les tribus qui vivent à l'orée des forêts qu'ils fréquentent les appellent « hommes des bois ».

— Tu penses que c'est Prunelle de Lierre qui aurait préparé cette chose ?

— Non, je ne crois pas, car un tel travail demande une technique et – le mot te paraîtra sans doute étrange pour un résultat aussi morbide – un art que peu de praticiens maîtrisent. Je pense plutôt que…

Soudain, ils sursautèrent. La porte venait de s'ouvrir en bas.

Immédiatement, il chercha une issue : ce ne pouvait être que la garde nationale ou quelques miliciens du secteur, attirés par le bruit de la bagarre. Il devait s'échapper, très vite.

— Monsieur Sénart, nous savons que vous êtes là. Vous n'avez aucune crainte à avoir.

Le ton doucereux de dom Gerle l'appelait du rez-de-chaussée. Un instant soulagé, une nouvelle peur l'étreignit. Qu'arriverait-il s'il trouvait Marie-Adélaïde ? Mais celle-ci réagit très vite. Elle se précipita à la fenêtre, y jeta un coup d'œil, vérifia que personne ne l'observait d'en bas, puis l'escalada. Il tenta de la retenir en vain. Il eut droit à un petit clin d'œil et elle disparut de sa vue. Pas de choc en contrebas, alors il comprit : elle avait dû se glisser sur la corniche et s'y agripper. Mais il n'eut pas le temps de s'extasier sur la souplesse et l'à-propos de sa compagne, déjà l'ancien ecclésiastique entrait dans la pièce.

— Monsieur Sénart, je voudrais vous féliciter au nom de l'ordre que je représente. Vous avez remporté l'épreuve la plus délicate sur le chemin parsemé d'embûches qui mène jusqu'à nous.

— Comment avez-vous su que c'était moi ?

Dom Gerle sourit.

— Il était convenu avec notre ancien frère Prunelle de Lierre que celui-ci nous ferait un signal si jamais il triomphait de votre volonté. Mais il ne l'a pas fait.

Sénart ouvrit de grands yeux :

— J'ai tué un de vos frères ?

Le chartreux défroqué fit un geste vague comme si tout cela n'avait pas la moindre importance :

— Au fur et à mesure que vous pénétrerez nos mystères, vous comprendrez mieux. Nous devons être quatre-vingt-dix-neuf, pas un de plus, pas un de moins. Une fois par an, l'un d'entre nous est désigné par le sort. Il doit alors franchir cette nouvelle épreuve : triompher du profane qui nous a sollicités pour rejoindre notre ordre, ou mourir. Prunelle de Lierre avait été choisi. Nous avons eu, par cette ruse que vous nous pardonnerez, l'occasion de jauger votre détermination et votre courage.

— Et le centième membre de votre loge, le démon : est-ce lui ?

Il désigna le singe naturalisé. Dom Gerle rit :

— Voyons, monsieur Sénart, pensez-vous vraiment que nous disposerions d'un tel pouvoir armé de cette pauvre marionnette. Maintenant, vous devez me suivre. Il reste encore une dernière formalité avant que vous ne soyez définitivement des nôtres.

— Une formalité ?

Dom Gerle lui renvoya un sourire mielleux :

— Bien sûr, votre initiation. La venue d'un nouveau frère est toujours l'occasion pour nous d'une cérémonie un peu particulière. Nous voyagerons en voiture et, par précaution, vous aurez les yeux bandés. Évidemment, dès demain, ce genre de dispositif n'aura plus lieu d'être. Voulez-vous bien vous retourner s'il vous plaît ?

Ils avaient longtemps voyagé à travers les rues de Paris. Gabriel-Jérôme en avait assez de cette mission, assez de ces mensonges. Il aurait voulu revenir dans un monde normal, régi par des règles normales et non plus circuler parmi les illuminés et les criminels. À la réflexion, il se demanda si son propre univers – le Comité de sûreté générale – était bien normal. Qu'est-ce qui était pire ? Assassiner au couteau, voire en se servant de l'aide de soi-disant démons, ou livrer des centaines de ci-devant ni totalement innocents ni assurément coupables au bourreau Sanson et à ses sbires ? Et puis il s'inquiéta pour Marie-Adélaïde avant de se rassurer bien vite : elle avait du courage, une intelligence remarquable… et son don. Elle se tirerait d'affaire sans doute plus sûrement que lui. Si seulement elle avait pu être à ses côtés !

Pestant contre son sort et pris d'une vague mélancolie, il se laissa aller au fond de la voiture.

On l'avait fait descendre puis accompagné à l'intérieur d'un bâtiment. Il y avait eu des marches. Un escalier tournant sur lui-même, en pierre. Proche de celui qu'il avait emprunté pour se rendre dans les sous-sols de la Contrescarpe. Enfin, on l'avait fait asseoir. Puis plus rien.

Il n'y avait personne dans les environs. Il était assis sur un bloc de pierre ou sur un banc. L'endroit puait l'humidité et autre chose. Une sorte de corruption comme…

Y avait-il des corps en décomposition, non loin ? Sénart avait déjà senti cette odeur, aux environs des charniers qui entouraient la ville de Nantes à l'époque des noyades !

Il eut un instant la tentation d'enlever son bandeau. Non, ce devait être une nouvelle épreuve ! On jaugeait son obéissance. Il resta donc immobile, de plus en plus impatient.

Puis tout changea. Il entendit comme des cris au loin, des cris d'âme damnée. Était-il dans l'antichambre de l'enfer ? En tout cas, c'est ce qu'on voulait lui faire croire.

Enfin, des pas retentirent. On lui retira son bandeau. Deux personnages masqués et vêtus de longues robes noires l'encadraient.

— Suivez-nous !

Il se leva et obtempéra. Ils étaient dans un très vaste souterrain à peu près obscur. Néanmoins on avait disposé sur le sol de nombreuses bougies qui délimitaient un chemin. Il devait le suivre et avança donc. Le sentier lumineux menait jusqu'à un autre souterrain qu'on atteignait en franchissant une voûte à moitié écroulée. Juste avant le passage, les deux hommes s'arrêtèrent.

— Enlevez vos vêtements.

Ils n'avaient pas l'air de plaisanter, aussi obéit-il et se retrouva-t-il rapidement nu et frissonnant dans cette cave située Dieu seul savait où.

Une fois ses vêtements disparus, un des deux servants lui attacha autour du front un ruban chargé de caractères argentés entremêlés à la figure de Notre-Dame de Lorette.

— Allez !

Frigorifié, les pieds blessés par les cailloux, il entra dans la deuxième salle. La voûte s'élevait beaucoup plus haut. Tout de suite, il remarqua devant lui sept candélabres, comprenant chacun sept cierges et derrière, sur une petite butte, l'autel.

Tout au moins, c'est ce qu'il supposa car il s'agissait ni plus ni moins que d'un amas d'os, disposés selon une forme vaguement rectangulaire. Autour, des hommes attendaient, habillés comme les deux servants, ils étaient masqués eux aussi.

— Arrêtez-vous.

L'un de ses deux mentors prit une sorte de bol contenant un liquide sombre. Très vite, Sénart comprit que c'était du sang, notamment lorsqu'on commença à lui dessiner des signes sur le corps. Des croix. Une multitude de croix.

Les cris s'élevaient toujours au loin. Puis une sorte de lumière apparut sans qu'il sache d'où elle venait. À cette occasion, il se rendit compte que les murs de ce sanctuaire souterrain étaient tendus de voiles noirs où l'on avait dessiné des flammes rouge sombre.

Il y eut des éclairs, un bruit assourdissant, des étincelles lumineuses. Il se protégea la figure alors qu'une voix – celle de dom Gerle mais amplifiée un millier de fois – retentissait :

— Au nom du fils de Dieu crucifié, jurez de briser les liens charnels qui vous attachent encore à vos père, mère, frères, sœurs, épouse, parents, amis, maîtresse, roi, chef, bienfaiteur et à tout chef quelconque à qui vous aurez promis foi, obéissance ou gratitude ou service.

« Maudissez le lieu qui vous a vu naître pour exister dans une autre sphère où vous n'arriverez qu'après avoir abjuré ce globe empesté, vil rebut des dieux.

« De ce moment, vous êtes affranchi du prétendu serment fait à la patrie et aux lois.

« Honorez et respectez Vaqua Tophana [1] comme un moyen sûr, prompt et nécessaire de purger le globe par la mort ou par l'air hébété de ceux qui cherchent à avilir la vérité ou à l'arracher de vos mains.

« Fuyez l'Espagne, fuyez Naples, fuyez toute terre maudite. Fuyez la tentation de révéler ce que vous entendrez car le tonnerre n'est pas plus long que le couteau qui vous atteindra en quelque lieu…

À ce moment-là, les deux servants jetèrent devant lui les habits qu'il leur avait laissés. Instantanément, ceux-ci s'enflammèrent, produisant une épaisse fumée rougeoyante qui le fit éternuer. Il tenta de se protéger la figure, mais l'un des hommes lui prit le poignet et ordonna :

1. « Liqueur subtile au moyen de laquelle la vie de l'homme ne tenait qu'à un fil et dont les Italiens faisaient à une certaine époque un usage aussi fréquent que meurtrier », J.-J. Peshe.

Selon Voltaire, le poison venait de « la bave d'un cochon rendu enragé en le suspendant par les pieds la tête en bas, et en le battant longtemps jusqu'à la mort ».

— Regardez !

Une figure jaillit des flammes. Effrayante, ignoble. Une créature venue de l'enfer. Semblable à l'ombre qu'il avait aperçue à deux reprises mais beaucoup plus nette cette fois-ci. En fait, il en distinguait le moindre détail. Et cette chose ressemblait étrangement à la créature naturalisée de la rue des Cornes sauf qu'elle était indiscutablement vivante. D'ailleurs, elle leva les bras vers lui comme pour l'attraper et poussa un hurlement sourd, sorte de feulement animal.

C'en fut trop pour Sénart, épuisé par les épreuves et les combats de la journée. Pour la première fois de sa vie, il s'évanouit.

Il ne sut jamais combien de temps il était resté inconscient. Il se réveilla assis sur un fauteuil dans la petite pièce garnie d'une table-bouillotte, où il avait rencontré le monstre pour la deuxième fois. Dom Gerle se tenait debout à côté de lui, vêtu de la longue robe noire mais démasqué, et lui tendait un petit verre.

— Vos épreuves sont terminées, monsieur Sénart. Maintenant est venu le temps de la pure amitié. Buvez, cela vous fera du bien.

— Qui… qui était-ce ?

— Oh, vous voulez parler d'Abaddon ?

— Abaddon ?

— Oui, le troisième chevalier de l'Apocalypse, celui qui brisa le sceau de… Il est… N'ayez crainte de lui, il est dorénavant votre serviteur, néanmoins, n'usez de ses services qu'avec parcimonie. Car ce qu'il vous accorde bien volontiers dans ce monde, il vous en réclamera le tribut dans l'autre.

— Dans l'autre monde ? Vous voulez dire après ma mort ?

Dom Gerle approuva :

— Très exactement. Certains se laissent aller à la facilité et sans doute le regrettent-ils amèrement une fois passé le cap. Prunelle de Lierre qui a fait appel à lui pour obtenir sa magistrature et se débarrasser de ses concurrents potentiels doit en ce moment griller dans les flammes de l'enfer. C'est l'inconvénient de traiter avec les créatures d'en bas. En contrepartie de leur remarquable efficacité, elles sont toujours promptes à réclamer leur dû et, croyez-moi, elles n'oublient rien.

Gabriel-Jérôme tentait de réfléchir. Ce qu'il avait vu au cours de la cérémonie était stupéfiant et avait ébranlé tout son rationalisme issu de la pensée des Lumières dont il s'était imprégné dès les prémices de la Révolution.

— Vous voulez dire que moi aussi je pourrais faire appel à lui ?

Dom Gerle approuva de la tête.

— En effet, avec les précautions que je viens de vous indiquer. Il me reste d'ailleurs à vous préciser les règles de notre ordre. « Nulle morale, nulle considération humaine, religieuse ou charitable ne doit arrêter notre action. Nous avons pour but de dominer le misérable monde des hommes et y parviendrons à la toute fin des fins. Quatre-vingt-dix-neuf loges composées de quatre-vingt-dix-neuf frères de l'ombre enserrent le monde des hommes d'un anneau mortel. Mais prenons garde, nulle trahison n'a jamais entaché notre ordre qui ne soit immédiatement suivie d'un châtiment terrible. Durant les longues journées que durera notre agonie nous appellerons la mort et la damnation éternelle à laquelle nous sommes promis comme le fiancé appelle la jeune épousée. Une fois par an, notre vie sera remise entre les mains de Dieu et, comme tous, nous devrons tuer ou être tués. Mais entre-temps, nul obstacle à notre pouvoir, nul frein à notre ambition. Adorons tout ce qui jusque-là nous était interdit et abhorrons tout ce que jusque-là nous adorions. »

Sénart réfléchit à ces paroles. De nouvelles questions pour le démon, quel qu'il fût, paraîtraient suspectes. Mais, au moins, il devait en avoir le cœur net.

— Je voudrais savoir… Nous attendons tous l'avènement du fils de Dieu, le fils de l'Ève nouvelle, celle que j'ai vue et embrassée rue de la Contrescarpe, n'est-ce pas ?

Le chartreux défroqué eut un grand sourire.

— Oui, mon frère, vous comprenez vite !

— Mais ce fils de Dieu, n'est-il pas déjà parmi nous ?

Le sourire de son interlocuteur s'accentua.

— Et… je pourrais le voir ?

Dom Gerle tourna la tête, comme pour réfléchir. Finalement, il reprit :

— Cette curiosité vous honore, mon frère, mais je ne peux actuellement la satisfaire. Venez dans quatre jours au Champ-de-Mars. Là, vous verrez. En fait, tous les initiés verront. Les autres ne sauront pas mais ce sera le début de son avènement. Maintenant, je vous prie de bien vouloir m'excuser. Notre ordre a beaucoup d'ennemis, vous comprenez ? Et je dois discuter avec notre centième membre afin de nous en débarrasser une bonne fois pour toutes.

Les prophéties de la Sibylle

3e prédiction

J'étais au bord d'un abîme sans fond. Jamais je n'avais vu telle noirceur. D'où pouvait-elle venir ? Existait-il donc de tels gouffres sous nos pas ? Le ciel, au-dessus de nos têtes, nous le voyons à chaque instant. Il est rassurant, protecteur, sauf lorsque la foudre s'abat. Nous connaissons ses humeurs et les messages qu'à travers lui le Très-Haut nous envoie. Mais pourquoi, sous mes pieds, s'ouvrait comme un immense puits sans fond ? Il semblait qu'aucune lumière ne puisse l'éclairer. En vain, une étoile brillante tomba du ciel et au bout d'un très bref instant, elle disparut comme happée par toute cette noirceur. Où était Idraël, où était l'ange de la Terre, où était notre protecteur ? L'obscurité montait des profondeurs et se répandait sur la Terre. Je reculai précipitamment mais rien ne pourrait me sauver de cette nuée obscure. Alors, je compris : une armée allait surgir portée par ces ténèbres sans nom, une armée qui allait poursuivre le genre humain, le torturer, le massacrer. L'armée envoyée par le Dieu vengeur pour punir les hommes de s'être écartés de son chemin. Je me jetai à terre avec un cri. Le châtiment ne pouvait être si redoutable !

« Idraël, où es-tu ? Protège-nous ! Protège les hommes, protège la France ! »

Alors, du gouffre, surgit une nuée de créatures mortelles qui vrombirent autour de moi.

« Les sauterelles ! »

Car je les avais reconnues. Les sauterelles annoncées par l'Apocalypse. Or ces insectes étaient semblables à des chevaux préparés pour le combat. Elles avaient sur la tête des couronnes qui paraissaient d'or, et leurs visages étaient comme des visages d'hommes ; elles avaient des cheveux semblables aux cheveux des femmes, et leurs dents étaient comme celles des lions ; elles avaient des cuirasses de fer, et le mouvement de leurs ailes faisait un bruit de chariots à plusieurs chevaux qui courent au combat. Leurs queues étaient identiques à celles des scorpions ; elles y avaient des aiguillons. Leur pouvoir fut de nuire aux hommes durant cinq mois.

Une trompette sonna et je vis leur roi, l'ange de l'abîme, appelé, en hébreu, Abaddon, et en grec, Apollyon, c'est-à-dire, l'exterminateur.

Il me lança d'une voix affreuse qui résonnait comme les cris des damnés de l'enfer :

« Sibylle, Idraël ne viendra pas. C'est moi que le Tout-Puissant a envoyé pour guérir cette planète de ses maux. À l'aide de mes légions, je nettoierai ce pays autrefois prospère, pieux et aujourd'hui idolâtre et corrompu, de la vermine qui le ronge. Ils tomberont tous, chacun son tour, les misérables, les parjures, les massacreurs de roi, les égorgeurs du peuple ; ils tomberont tous ceux qui ne sont pas parvenus à stopper la grande honte, par lâcheté, par cupidité ou simplement par indifférence. Tous seront précipités dans la géhenne, tous seront mes sujets et ils vivront le châtiment éternel. »

Je m'écriai en larmes :

« Ne fais pas cela, aie pitié ! Il existe parmi tous ceux-là des hommes bons et respectueux de la parole de

Dieu. Ne tue pas ceux-là, ne les précipite pas dans l'abîme ! »

Mais déjà, entouré de sa funeste armée, il s'était envolé pour répandre sur la Terre massacre et infamie. Je me réveillai en pleurant.

« Seigneur, pardonne-moi, pardonne-nous tous ! »

Pour Marie-Adélaïde, la découverte de Paris fut un véritable choc. Les petites médiocrités, les jalousies, les rancœurs qu'elle avait connues à Alençon n'avaient guère marqué son âme d'enfant, trop pure pour les comprendre. Au couvent, elle avait eu un premier contact avec le mal qui peut naître parfois dans les pensées ou les actions humaines. Mais il restait au moins à l'échelle de sa compréhension. À Paris, ce fut comme si un déluge de noirceur l'accablait d'un coup. Lorsqu'elle rejoignit la boutique de son beau-père, une fièvre la prit et elle resta quinze jours au lit, entre la vie et la mort. Dès qu'elle reprenait conscience, d'immondes visions l'atteignaient :

« Mon mari n'est pas là ce soir, viens me rejoindre.

— Ton mari n'est qu'un butor, il finira par nous découvrir et ce sera la fin.

— Ne t'inquiète pas, j'ai de quoi abréger ses jours. La vieille de la rue des Lingères m'a donné une potion. Je lui en donnerai un peu tous les jours pour que sa santé se dégrade et que personne ne s'étonne d'une mort soudaine. »

Et elle assistait à la lente agonie du paisible bourgeois.

« J'attends un enfant, c'est la servante qui me l'a dit. Si mon père l'apprend, il me conduira au couvent et nous ne nous reverrons plus jamais.

— Je connais quelqu'un qui peut régler ce problème. Je vais te donner l'adresse, vas-y de ma part, tiens, voilà un louis pour la payer… »

Et elle vivait la mort affreuse de la jeune fille au ventre déchirée par les soins de l'avorteuse.

« Le comte a osé dire du mal de moi à la Cour. À cause de lui, j'ai perdu une partie de mon crédit et je risque de me faire suspendre ma pension.

— Il se rend tous les soirs chez sa maîtresse. Je connais quelques spadassins. Postons-les sur son passage. »

Et elle voyait le comte, transpercé de multiples coups de poignard, le corps mutilé, traîné dans les ruisseaux bourbeux des rues de Paris.

De telles visions la hantaient sans cesse et le travail dans la modeste boutique de son beau-père ne parvenait pas à lui faire oublier ces cauchemars.

« Je dois rester là, se disait-elle. Cette ville est le paradis pour qui veut s'enrichir ! Ces gens sont tous plus mauvais les uns que les autres ! »

De fait, elle avait fini par mépriser ceux dont elle apercevait le destin. Elle aurait voulu précipiter leur chute, les détruire plus sûrement mais, coincée dans son atelier de couture, elle ne pouvait pas faire grand-chose.

C'est alors qu'elle eut enfin une vision la concernant. Son beau-père, un homme maussade, la regardait d'une manière un peu trop insistante depuis qu'elle commençait à devenir femme et, sans avoir besoin de son pouvoir, elle savait très bien quel sort l'attendait si elle restait ici. D'un autre côté, une fille jeune et désargentée comme elle n'avait pas trop le choix dans les carrières que Paris pouvait lui proposer. Dans le meilleur des cas, elle se retrouverait dans un atelier encore plus sordide, mal payée et maltraitée par une contremaîtresse acariâtre. Mais, plus probablement, elle finirait comme quelques-unes de ces amies dont elle avait par avance deviné le sort funeste : obligées de se donner pour quelques sous à des hommes, battues, brutalisées, mal nourries. La prostitution, voilà le sort qui attendait la plupart. Mais cela ne lui arriverait pas. Elle le savait.

Elle patienta jusqu'à ce que le jour arrive. Ce matin-là, elle se leva, rangea ses quelques effets dans un panier et sortit discrètement de la boutique tandis que son beau-père dormait encore, embrumé par le vin ingurgité la veille.

Dans le quartier du Marais vivait la citoyenne Louise Françoise Gilbert, connue comme tireuse de cartes, et un nommé Flammermont, garçon boulanger, son amant et aussi son aide, garde du corps, majordome et homme à tout faire. Elle se présenta à la boutique.

La femme habillée comme une bohémienne la reçut d'assez mauvaise grâce : encore une petite sans argent qui ne lui donnerait que de ridicules piécettes pour connaître son avenir dérisoire.

— Que veux-tu ma fille ? Je te préviens, je n'ai pas beaucoup de temps pour toi.

Marie-Adélaïde avait déjà vécu cette scène en pensée, elle s'assit sur un tabouret alors qu'on ne l'y invitait pas et dit simplement :

— Je ne suis pas venue pour que vous me lisiez l'avenir, madame. Je suis venue pour apprendre votre métier.

La Gilbert et Flammermont éclatèrent de rire :

— Voyez-vous cela ! La pucelle qui veut devenir voyante !

— C'est vraiment trop drôle et j'en rirais si seulement j'avais le temps. Mets cette péronnelle dehors. Apprendre à lire l'avenir ! Trouve-toi un autre métier !

Mais Marie-Adélaïde ne renonça pas et, alors que Flammermont s'avançait pour lui prendre le bras, elle s'exclama :

— Vous vous trompez, madame, je ne suis pas venue là pour apprendre à lire l'avenir. En fait, cela, je sais déjà le faire. Seulement, pour pratiquer le métier, il faut des connaissances, des ruses, une présentation : les cartes, le marc de café je n'en sais rien. Car si je dis tout de bon leur avenir aux gens, personne ne me croira. Apprenez-le-moi et vous ne le regretterez pas !

La Gilbert se gaussait en se tapant sur les cuisses.

— Alors comme ça, tu lis l'avenir ? Je n'ai jamais rien entendu d'aussi ridicule. Et, madame la Sibylle, peux-tu me dire quel est le premier client qui va franchir cette porte ce matin ?

La jeune fille ne se démonta pas :

— Bien sûr. C'est un notaire. Il vient vous voir car il hésite à capter un héritage. Une de ses clientes vient de périr et elle a si bien caché son testament qu'il n'a pas été retrouvé. Il en a rédigé un en sa faveur, un faux, bien sûr. Mais ce qu'il ne sait pas, c'est qu'un des cousins de la femme qui habite Pau est en route pour Paris avec un exemplaire du vrai testament. S'il veut hériter, il devra faire dénoncer et faire arrêter le cousin, comme contre-révolutionnaire, royaliste ou agent anglais par exemple, et, ainsi, il récupérera le magot.

Flammermont la jetait déjà dehors, elle eut juste le temps de crier :

— Le cousin s'appelle Victorin, François Victorin, il se présentera ce soir à l'octroi de Vanves !

Quelques minutes passèrent avant qu'un homme d'une cinquantaine d'années, richement mais sévèrement vêtu, pénètre dans la boutique de la diseuse de bonne aventure et expose son cas.

Une heure plus tard, alors qu'il était sorti, Marie-Adélaïde retournait dans l'échoppe pour y retrouver une Gilbert et un Flammermont stupéfaits.

— Co… comment fais-tu cela ? bredouilla la femme.

La jeune fille s'assit à la même place qu'auparavant, savourant son triomphe :

— Je vous l'ai dit, je sais l'avenir, tout au moins une partie. J'espère que vous avez bien renseigné ce monsieur.

La tireuse de cartes reprit ses esprits :

— Oui, bien sûr, il est enchanté. Ainsi tu vois réellement l'avenir, mais alors que puis-je t'apprendre que tu ne saches déjà ?

Marie-Adélaïde expliqua avec patience :

— Je vous l'ai dit mais vous ne m'avez pas écoutée. Je dois apprendre à présenter mes prédictions aux clients. Pour cela, il faut que je me réfugie derrière une de ces pratiques abracadabrantes que vous affectionnez. Personne ne peut croire qu'un être humain soit capable tout simplement de voir l'avenir comme moi. Alors que vous, avec vos simagrées, tout ce décorum, vous pouvez leur raconter les pires absurdités et être crédible ! Tenez, le tarot, je suis sûre que c'est amusant et que même des gens cultivés vous croient.

La Gilbert contempla mélancoliquement ses cartes.

— Je sais bien que je n'ai aucun don et que les figures du tarot, aussi étranges soient-elles, ne veulent dire que ce que je veux bien, mais tu vois, j'avais presque fini par croire en mes prédictions. Enfin, soit, petite, tu m'es sympathique. Je t'apprendrai. Tu pourras même rencontrer des gens connus, des savants. Mais, un bon conseil, ne révèle jamais ton don à qui que ce soit. Ils ne comprendraient pas. Nous avons beau être à l'âge des Lumières et libérés de la tyrannie de l'Église et des monarques, il y en a toujours pour croire qu'il faut brûler les sorcières !

Marie-Adélaïde approuva :

— Bien, madame, je ferai attention.

— Ah ! une dernière chose : notre rencontre, tu l'avais prédite ?

Marie-Adélaïde sourit :

— Évidemment. Je savais même comment vous alliez m'appeler. La Sibylle, c'est un bien beau nom.

La Gilbert tint sa promesse. Elle lui apprit l'art du tarot. Elle lui présenta de nombreux savants et hommes de sciences, ainsi le docteur Gall de Londres et Court de

Gébelin à Paris. Elle savait le latin et quelques humanités, aussi les francs-maçons, même s'ils ne pouvaient pas la recevoir dans leur temple, la fréquentèrent-ils car ils appréciaient cette jeune fille à l'esprit délié, curieuse de tout et qui semblait connaître les moindres arcanes de l'avenir. Enfin, elle ouvrit son propre cabinet au 5 de la rue de Tournon, au rez-de-chaussée de l'immeuble, au fond de la cour. Flammermont, impressionnant avec sa lignée noire, introduisit le premier client dans la boutique transformée en sanctuaire de la Sibylle, qui proposait une consultation à dix, quarante ou quatre-vingts sols.

12

Rapidement, le cabinet de Marie-Adélaïde prospéra. Elle apprit vite à dire ce qui pouvait l'être et à cacher ce qui devait être caché, car tout le monde n'est pas suffisamment fort pour entendre de quoi l'avenir sera fait. D'ailleurs, il importait peu que les prédictions fussent vraies ou non : l'essentiel était que le client soit satisfait et que l'argent rentre. À quoi bon, par exemple, révéler à un jeune soldat qu'il mourrait à la prochaine bataille ? Ne fallait-il pas mieux le lui cacher, lui prédire une bonne et longue vie, un haut commandement, des victoires… et empocher les pièces aisément gagnées ?

Les clients étaient introduits par Flammermont, solennel. Ils attendaient dans le petit salon de consultation aux murs tendus de noir. Un peu inquiets devant les grimoires mystérieux, les symboles ésotériques placés un peu partout et le fameux tarot, dont on disait qu'il remontait à l'Égypte ancienne, placé en évidence sur la table. La Sibylle apparaissait soudain, sans un bruit, silencieuse, coiffée d'une perruque blonde. Après un long moment, elle daignait s'intéresser à son client et lui murmurait d'une voix sépulcrale :

« Donnez-moi l'initiale de votre prénom, le lieu, la date et l'heure de votre naissance. La fleur, l'animal et la couleur que vous préférez. Dites-moi enfin la première lettre de la ville où vous vivez. »

Plus mort que vif, le visiteur s'exécutait, et alors seulement elle battait son jeu de tarots et le faisait couper par lui.

Ses prédictions proprement dites étaient mystérieuses, parfois obscures. Parfois dites sous forme de quatrain, dans la tradition du grand Michel de Notre-Dame.

Ayant vendu tous ses chevaux
Il s'en ira de l'autre côté de l'Elbe.
Là, il rencontrera moult héros
Et son nouveau troupeau mangera l'herbe.

Les biens sacrés qu'il compte acheter,
Aux prix par la Révolution dûment comptés,
Ne lui amèneront que remords et inquiétude.
Aussi devrait-il rester dans sa douce hébétude.

Toute cette technique – le décorum du cabinet, le déroulement d'une consultation, même les vers de mirliton qu'elle prononçait d'une voix de stentor, les yeux exorbités, ou, à l'inverse, comme à l'article de la mort sur un ton caverneux – lui avait été enseignée par la Gilbert qui en connaissait un rayon sur le sujet. Mais, contrairement à sa maîtresse, Marie-Adélaïde voyait réellement l'avenir, aussi lui était-il facile de duper, flatter, terrifier par des détails choisis ou soulager par l'annonce d'une nouvelle encore connue d'elle seule une clientèle toujours plus nombreuse.

La Révolution avançait et Paris changeait très vite. D'obscurs gratte-papier, des avocats sans cause, des nobliaux sans quartiers se retrouvaient propulsés à la Convention ou dans les Comités. Les clubs, toujours plus puissants, dictaient leur loi.

Or au numéro 9 de la rue vivait Jacques René Hébert. L'homme imprimait alors la feuille Jacobine, *Le Père Duchesne*, et était lui aussi originaire d'Alençon. Il parla d'elle au club, et de nouveaux clients vinrent la consulter.

Un soir, elle vit arriver un grand homme au poitrail taurin, au cou puissant et à la voix considérable.

— Sibylle, on m'a parlé de toi. Dis-moi mon avenir.

Il ne lui fallut pas longtemps pour comprendre qu'elle avait en face d'elle Georges Danton et qu'il mourrait dans peu de temps, broyé par la machine révolutionnaire qu'il avait lui-même contribué à emballer. Elle décida de miser sur la franchise.

Après avoir tiré les cartes pour faire bonne figure, elle s'écria :

— Danton, tu vas mourir. Tous les indulgents te suivront au tombeau. Trahis par ceux qu'ils considéraient eux-mêmes comme leurs amis. Ce n'est pas la contre-révolution qui t'abattra, ni les immigrés, ni les puissances étrangères. Ce seront tes propres frères. Ils ne te surprendront pas dans ton sommeil, ni ne t'assassineront au détour de quelque ruelle. Non, ils te feront arrêter et juger. Tu mourras sur l'échafaud comme tant d'autres sont morts à cause de toi.

Contre toute attente, l'homme se mit à rire :

— Alors tu crois que l'on fera arrêter et exécuter Danton ? Ce rat de Fouquier-Tinville n'aura jamais le courage d'instruire contre moi.

— J'ai vu ce que j'ai vu. Lorsque le lion à terre est blessé, les charognards tournent autour de lui.

Curieusement, plus que la prédiction, cette remarque le fit réfléchir.

— Admettons que tu dises vrai et que je doive moi aussi passer au rasoir national, n'aurai-je pas, avant de périr, une petite satisfaction ? Quelque chose qui puisse me réjouir avant que je ne sorte d'ici ?

— De ceux qui t'auront arrêté, jugé et condamné, pas un ne te survivra plus d'un an.

Un sourire jovial apparut sur la large face de Danton :

— Alors c'est bien. Je peux mourir tranquille ! Merci, Sibylle, tu ne m'as pas déçu !

Un soir, un autre homme vint la consulter. Beaucoup plus chétif et surtout beaucoup plus discret. Il s'habillait avec soin mais gardait sans cesse la mine chafouine et évitait de regarder son interlocutrice dans les yeux.

Il finit néanmoins par lui jeter un regard empreint de colère et lui dit avec sécheresse :

— Femme, on m'a parlé de tes pratiques. Sache d'abord que je voue un culte inconditionnel à la Raison et déteste le charlatanisme, la tromperie et l'obscurantisme de tous ceux qui prétendent éclairer le peuple souverain alors qu'ils ne font que l'abêtir pour mieux le précipiter de nouveau sous la coupe des tyrans.

Elle haussa les épaules.

— Citoyen Robespierre, si tu veux savoir ce qui va advenir, écoute-moi, sinon, franchis cette porte et ne reviens jamais. Ton destin est à ce point marqué en lettres de feu dans le ciel et ses arcanes que je n'ai même pas besoin de mes cartes pour le lire. Veux-tu l'entendre ?

Le jacobin hésita. Elle sourit intérieurement. Il voulait savoir, il la craignait… Trop superstitieux, malgré ses vantardises, il se ferait tuer sur place plutôt que de le reconnaître.

— Soit, finit-il par laisser tomber, mais prends garde. Je représente ici le peuple et si je m'aperçois que tu me trompes, je n'hésiterai pas à revenir afin que sa justice impitoyable s'exerce sur toi comme sur tous les faux haruspices et les devins malfaisants qui encombrent les bas-fonds de la capitale.

Il la noyait sous de pompeux discours ? Elle n'allait pas le décevoir. Justement, la Gilbert avait prévu le cas de clients particulièrement récalcitrants qu'il fallait effrayer afin de leur faire cracher leur argent.

Elle se leva pour aller chercher un flacon de verre coloré et disposa sur la table un petit réchaud sur lequel elle versa de l'encens.

— Que fais-tu ? demanda-t-il, étonné.

Elle ne répondit pas, ôta le bouchon du flacon et en absorba une large dose tout en jetant une poudre mystérieuse sur le charbon ardent.

Aussitôt, une fumée épaisse envahit la pièce, un bruit de tonnerre retentit juste au-dessus de leur tête. Robespierre sursauta, affolé. Lorsqu'il vit de nouveau la Sibylle, celle-ci avait changé de visage. Elle avait une affreuse couleur verte sur la figure, une chevelure hérissée et noire comme l'enfer, des yeux révulsés et entièrement blancs qui le contemplaient sans le voir, et elle semblait prise de convulsions. Une bave abondante moussait à la commissure de ses lèvres.

— Robespierre, Robespierre !

— Quoi donc ? siffla-t-il d'une voix haut perchée et criarde. Parle !

— Avant que prairial ne se passe, tu seras devenu un dieu, mais prends garde, thermidor verra ta chute et ta mort. Ceux que tu pensais avoir soumis à ton pouvoir se rebelleront. Ceux que tu croyais avoir écrasés se redresseront. Il y aura comme une vague venue des profondeurs. Tous ces morts que tu as envoyés aux enfers, tous ces innocents ou à peine coupables dont tu as fait répandre le sang reviendront te hanter. Profite bien de prairial, Robespierre, savoure ton triomphe car il durera peu de temps.

À ces mots, Robespierre se mit à trembler, elle vit son visage se défaire. Immédiatement, il se leva et sortit en courant presque. Elle laissa alors éclater son rire.

Flammermont, hilare, entra à son tour dans le cabinet : c'était lui qui, surveillant les manigances de sa maîtresse, avait fait tonner Zeus sur le maître du Comité de salut public. Il ouvrit la fenêtre pour disperser la fumée tandis que Marie-Adélaïde remettait sa perruque blonde et se débarrassait de la vilaine couleur verte qu'elle s'était très vite répandue sur le visage.

— Nous ne le reverrons pas de sitôt, celui-là !

Elle souriait encore, sachant pourtant quel sort l'attendait.

— Je crois bien que non, mais il enverra ses sbires. Tu vas partir Flammermont et préviens Mme Gilbert d'en faire autant. Paris va devenir dangereux pour vous. Robespierre me hait désormais.

L'homme reprit immédiatement son sérieux :

— Robespierre, c'était bien lui qui… ?

Elle approuva :

— Oui, c'était bien lui.

— Mais alors, il faut que tu partes toi aussi, continua-t-il avec affolement. Tu ne sais pas de quoi ils sont capables, lui, son Comité et son Tribunal révolutionnaires ?

— Je le sais, plus que tu ne le penses et qu'il ne le pense sans doute lui-même, continua-t-elle avec tristesse. Pourtant, mon destin est ainsi, je l'ai vu. Il n'y a aucun moyen d'y échapper. D'ailleurs, ne vous inquiétez pas pour moi. Je ne mourrai pas sous le couperet de la guillotine, cela j'en suis certaine. Il a certainement encore plus peur de moi qu'il ne me hait. Je connais Robespierre, maintenant.

C'est ainsi que Flammermont et la Gilbert quittèrent Paris, laissant Marie-Adélaïde seule au 5 de la rue de Tournon. Elle s'arrangea pour disposer d'un peu d'argent, paya d'avance plusieurs mois de loyer, prépara ses bagages et attendit.

À l'heure dite, un commissaire et plusieurs sbires du Tribunal révolutionnaire, accompagnés d'une foule de patriotes vociférant et jurant contre les faux prophètes et les jeteurs de sorts se présentèrent dans la petite cour qui ouvrait sur l'officine de la Sibylle.

— Citoyen, je vous attendais, lança-t-elle au commissaire. Je vous suis.

— C'est ainsi que ça s'est passé ? demanda Gabriel-Jérôme fasciné par le récit de la jeune femme.

Elle lui sourit : elle parlait ainsi depuis de longues heures alors qu'ils étaient blottis tous les deux dans le lit et avaient laissé brûler plusieurs chandelles.

— Exactement de cette manière. Robespierre m'a fait arrêter, mais il n'a pas eu le courage de me faire exécuter.

— Tu l'as revu depuis ?

Un petit rire lui répondit :

— Bien sûr que non. Il a bien trop peur. Vois-tu, mon chéri, Robespierre est un homme d'idées, ce n'est pas un homme d'action. Il a commencé à agir dès le déclenchement de la Révolution, mais il ne prévoyait pas alors que chaque action entraînerait un tissu de conséquences, qu'elle modifierait l'avenir sur de multiples plans. Si tu fais tuer un ennemi, celui-ci a forcément de la famille, des amis qui souhaiteront le venger. En voulant régler un problème, tu en crées dix, vingt, cent nouveaux. Il l'a appris à ses dépens et se retrouve maintenant pris à la gorge de toutes parts. Il ne voit aucune issue à sa situation, sauf une intervention divine.

Sénart fronça les sourcils : comment une fille aussi jeune pouvait-elle connaître aussi parfaitement l'homme qui régnait sur la France ? Puis il se dit que son don avait dû faire naître chez elle des capacités particulières de compréhension et d'intelligence. Il valait mieux ne pas avoir la Sibylle comme ennemi.

— Alors, il va mourir ?

Elle hocha la tête. Ils se turent. Elle l'avait dit : leur amour durerait jusqu'à la chute de Robespierre. Il ne voulait pas savoir quand cela arriverait. Pour rien au monde…

Une nouvelle idée lui vint à l'esprit :

— Et après, qu'y aura-t-il ?

— Après qui ?

— Après Robespierre. Tu m'as parlé d'anges protecteurs impuissants, de démons envoyés pour laver la terre de ses péchés. Et après, lorsqu'il sera mort, lorsque ces massacres se seront arrêtés, qu'y aura-t-il ?

Son regard se fit vague, elle reprit cette expression impassible et marmoréenne qu'elle avait lorsqu'elle devenait la Sibylle. « Ce n'est même plus volontaire chez elle, se dit-il. Elle est ainsi, chaque fois qu'elle voit, elle change de visage, mais aussi peut-être de personnalité… d'âme. »

— Un cavalier surgira lorsque le septième sceau sera brisé, murmura-t-elle. Un cavalier pâle.

— Qui est-il ?

— Je ne le sais pas encore, je ne vois que des choses imprécises, mais c'est énorme. Je vois des guerres, beaucoup de guerres, de grands bouleversements, comme si la Révolution se répandait à travers l'Europe. Je vois cet homme entrer en vainqueur dans toutes les capitales, devenir maître du monde… Je vois un piétinement d'armées comme on en a encore jamais vu même au temps d'Alexandre le Grand ou des grandes invasions, je vois des peuples obligés de fuir ou de se soumettre…

Aussitôt, son expression changea. Elle redevint petite fille et se mit à pleurer tout en se blottissant dans les bras du garçon.

— Gabriel, murmura-t-elle, alors qu'il sentait son sein appuyer sur son bras et ses larmes mouiller sa joue, il ne faut pas que cela arrive, il ne faut pas…

13

Le matin du 20 prairial, tout commença à cinq heures.

Il y eut un rappel général dans Paris. Les porteurs d'ordres, les patriotes, les gardes nationaux, les gendarmes, les milices des secteurs sillonnèrent les rues. Ils frappaient aux portes closes, secouaient les sonnettes. Plusieurs jouaient maladroitement du clairon. On chantait, vociférait, le tambour résonnait. Paris devait se réveiller car la Convention en avait décidé ainsi. Il fallait se lever et immédiatement commencer à décorer les maisons : ressortir le drapeau tricolore ou en installer un plus beau, plus grand. Poser des guirlandes de fleurs ou de verdure. Gare à ceux qui n'allaient pas assez vite ou qui décoraient médiocrement leurs demeures : ils étaient hués, frappés, menacés de rejoindre les cohortes d'ennemis du peuple qu'on conduisait place de Grève.

Et puis, ce fut le rassemblement. Le peuple encore hébété fut parqué, mis en ordre. Partout on dut assister à l'incroyable. Chacune des quarante-huit sections de Paris sonna le rappel et embrigada d'un côté les mères et les jeunes filles, de l'autre les hommes et leurs fils. Les plus âgés durent conduire les plus jeunes autour du drapeau de leur section située sur une place ou à quelque intersection un peu large. Là, on les équipa de fusils, de sabres ou de piques, et beaucoup de ces adolescents, éberlués, se virent ainsi affublés d'une arme pour la première fois de leur vie.

Sous peine d'être molestée, chacune des femmes, jeune ou vieille, dut porter les couleurs de la Révolution : le bleu, le blanc et le rouge, soit sous la forme d'une cocarde, soit sous la forme d'un bouquet et les plus jeunes se chargèrent de paniers remplis de fleurs.

Dans l'aube naissante de ce matin de prairial, alors que le soleil commençait à rosir les tours de Notre-Dame, Paris ressemblait déjà à une gigantesque fête de village.

— En route, en route, la liberté nous attend !

Un vague grondement retentit, mais ce n'était pas le tonnerre, signe avant-coureur de l'orage. Les forts situés autour de la capitale lancèrent la canonnade. Le signal était donné.

Les jeunes furent placés en bataillons au milieu desquels se dressaient les flammes et le drapeau de la force armée de la section.

Selon les ordres de la Convention, dans chaque section dix mères de famille, dix jeunes filles, dix vieillards, dix adolescents et dix très jeunes garçons furent choisis. Les femmes devaient être vêtues de blanc et les adolescents armés de sabres. Le commissaire de chaque groupe dut les rassembler, et tous avaient un rôle important, qu'ils ignoraient encore, à jouer dans la cérémonie.

Ce fut le départ.

Quarante-huit sections s'ébranlèrent de tous les quartiers de Paris. Ce fut comme si tout un peuple se mettait en marche, pour converger vers un point unique. Les commandants des forces armées de chaque division, secondés de leurs capitaines, veillaient à ce que le cortège conserve le décorum requis. Pas de retardataire, pas de bousculade : le peuple libéré devait marcher au pas et bien droit en obéissant aux ordres lancés par les officiers.

Des décennies plus tard, tous ceux qui avaient assisté à cette marée humaine pleine de fleurs, de chansons, de coups de canon et de tambour s'en souviendraient encore. Même ceux dont un membre de la famille était passé sur l'échafaud, même ceux dont la Révolution n'avait pas changé le sort et qui mourraient toujours de faim et de misère. Même les fervents royalistes qui dissimulaient leurs penchants coupables. Nul ne pourrait évoquer plus tard sans mélancolie cette journée du 20 prairial. La mélancolie d'avoir pour un jour connu tout le peuple rassemblé. Le grand soir, celui qui verrait la fin de la tyrannie, la fin de l'oppression, la fin de toutes les inégalités, de la pauvreté… Le début d'une nouvelle ère.

Tous ces défilés somptueux empruntèrent les plus larges avenues de la capitale car tous devaient se rendre à un même point. L'âme de la Révolution. Le lieu où tout se décidait, où tout était né. Le point central à partir duquel la Révolution allait prendre son envol pour conquérir le monde. Le Jardin national. Juste devant le palais qu'on nommait autrefois les Tuileries.

Le peuple portait des branches de chêne, des fleurs, des rameaux et c'était comme si de longues forêts serpentaient à travers les rues de Paris. Jusqu'aux portes du Manège, du Pont national et de celles du pavillon de l'Unité, là, le peuple se répandit à travers les jardins auparavant destinés à l'amusement des rois. Pas de désordre, pas une foule compacte et dénuée de raison. Chaque section possédait un numéro et des jalons délimitaient la place qui lui était attribuée. Les colonnes d'hommes s'étaient rangées du côté de la terrasse des Feuillants, les femmes et les enfants du côté de la terrasse de la rivière tandis que les formations en carré des adolescents armés de sabres prenaient place dans la grande allée du centre.

Pendant un instant, on sentit un flottement dans cette foule ordonnée : les représentants du peuple allaient venir. Les hommes qui veillaient à leur destin depuis que Louis Capet avait fini place de Grève se présentaient devant eux.

Au début, on attendit. Des gendarmes, des gardes nationaux couraient dans tous les sens. Les commissaires de section faisaient régner l'ordre mais un murmure s'éleva : il faisait chaud ce matin-là et, en plein soleil, on commençait à avoir soif. La présence des forces armées évita tout d'abord un quelconque débordement mais on sentit vite que, si l'on n'y prenait garde, ce peuple débonnaire et admiratif devant le déploiement de ses institutions pourrait redevenir la populace incontrôlable des jours sanglants.

On courut donc prévenir les représentants. Soudain, une musique éclatante jaillit. Il y eut un mouvement : tous voulaient voir ! Les portes du pavillon de l'Horloge s'ouvrirent. Il en sortit d'abord tout un orchestre de musiciens aux uniformes brillamment chamarrés. Ils jouaient les airs entraînants et proprement révolutionnaires de MM. Méhul et Gossec. La foule frémit d'aise : ah ! finalement, on allait bien s'amuser aujourd'hui ! Peut-être même danserait-on à la fin. Et peut-être qu'on distribuerait à manger, comme le faisaient les généraux triomphants lorsqu'ils défilaient dans la Rome antique. César n'avait-il pas célébré son triple triomphe sur la Gaule, l'Afrique et l'Orient en gavant la plèbe de mets succulents trois jours pleins ? Paris valait bien la Ville éternelle et les victoires des soldats de l'an II celles des légionnaires conscrits !

Enfin, venant du Palais des Séances, arrivèrent les députés de la Convention. Tous portaient un bouquet de fleurs, de fruits et d'épis de blé. Un sursaut d'orgueil agita les spectateurs. Ils n'avaient plus de rois, plus de monarques, plus de tyrans, plus de prêtres vendus au pape, mais de dignes, nobles et intègres représentants.

Ici, dans le creuset des Tuileries, étaient en train de s'établir les règles, les théories, la politique et les lois qui allaient influencer les siècles à venir. Bien sûr, c'étaient de pauvres gens, des gens simples. Sans doute ne se rendaient-ils pas compte de la portée de ce qui était en train de se passer là, à Paris. Mais on avait vaincu les armées des rois de l'Europe, on avait maté ces paysans bornés et asservis au clergé de l'Ouest, on avait chassé les nobles partis en Angleterre ou en Allemagne, on avait aboli les privilèges, les vieux droits seigneuriaux, l'absurdité de ces lois coutumières et coercitives qui changeaient parfois d'une ville à l'autre. On pouvait être fier de ce qu'on avait fait depuis juillet 89 ! Qu'importe après tout s'il n'était pas facile de manger tous les jours à sa faim. La Révolution faisait des jaloux et c'étaient ceux-là, cet ennemi intérieur parasite et insidieux, qu'il fallait éliminer.

Alors une clameur s'éleva. Il était là, lui. Celui qui par sa personne représentait la Révolution tout entière. Son habit violet ressortait brillamment dans la foule des députés et le panache sur son chapeau dominait tous les autres. Son écharpe de soie tricolore resplendissait, de même que le bouquet qu'il tenait à la main. Mais plus que tout autre chose, c'est la joie qu'on lisait sur son visage qui surprit le peuple.

De Robespierre, on connaissait les mauvais jours, les longs discours moralisateurs, les admonestations sèches, les reproches cinglants dont il parsemait ses discours. Rien de tout cela en ce jour. Robespierre était joyeux. Robespierre riait.

Les conventionnels s'étaient disposés face au peuple, sur l'amphithéâtre adossé au pavillon. Robespierre les y rejoignit tandis que la musique terminait une symphonie enjouée.

Un nouveau murmure se propagea. Au pied de l'amphithéâtre, dans le grand bassin rond, avait été dressé un monument étrange représentant tous les ennemis de la félicité publique : l'athéisme dominait les autres, soutenu par l'ambition, l'égoïsme, la discorde et la fausse simplicité vêtus des haillons dont se paraient les esclaves de la royauté. Sur le front de toutes ces figures, on lisait les mots : *Seul espoir de l'étranger.*

Robespierre parla, mais la foule interrompit à peine ses applaudissements, si bien que personne, à part peut-être les députés et les personnes placées dans les tout premiers rangs, ne l'entendit. Qu'importe, il déclama fièrement des paroles perdues, invoqua manifestement le ciel, la nature. On acclama à tout rompre lorsqu'il s'empara d'un flambeau. D'un geste mesuré, il mit le feu au groupe qui s'embrasa instantanément en de grandes gerbes de flammes et un monstrueux panache de fumée. Des cris s'élevèrent. Un attentat, ici, dans ce lieu rendu quasi sacré par la force de la Révolution ? Mais non, la peur s'apaisa vite. À la place du groupe grimaçant s'élevait une seule et magnifique statue, une femme au front serein. Après avoir chassé les ennemis du peuple avec le glaive de la Loi, elle contemplait la foule avec bonté. C'est une marée de vivats qui grandit, et qu'importe si la fumée de l'incendie avait un peu roussi la statue. Seuls les contre-révolutionnaires à l'âme noire souriraient.

Robespierre parla de nouveau au peuple, soit qu'il fut encouragé par le triomphe de cet effet pyrotechnique, soit que l'enthousiasme de la foule levée depuis plus de cinq heures commença à s'essouffler, on l'entendit vaguement :

« Peuple, rends hommage à l'auteur de la nature ; respecte ses décrets immuables. Périsse l'audacieux qui oserait y porter atteinte ! Peuple généreux et brave, juge de ta grandeur par les moyens que l'on emploie pour t'égarer. Tes hypocrites ennemis connaissent ton attachement sincère aux lois de la raison, et c'est par là qu'ils voudraient te perdre ; mais tu ne seras plus dupe de leur imposture. Tu briseras toi-même la nouvelle idole que ces nouveaux druides voulaient relever par la violence. »

La musique éclata. Le tambour se fit entendre, la trompette chanta le rappel. La première partie de la fête s'achevait, il fallait partir.

On allait maintenant au champ de la Réunion qu'on appelait autrefois le Champ-de-Mars. Un cortège parfaitement ordonné quitta le Jardin national.

Rien de plus beau, de plus magnifique, de plus martial et pacifique à la fois que ce défilé-là. Marchait en tête un détachement de cavalerie avec ses trompettes. Les chevaux battaient le pavé en hennissant et le martèlement de leurs sabots faisait trembler les rues de Paris. Suivaient les corps de sapeurs et de pompiers de la capitale, puis les canonniers qui avaient ponctué la fête de grondements sourds, comme sortis de la bouche d'un géant en colère. Cent tambours et élèves de l'Institut national fermaient la marche de cette première partie du cortège et rythmaient le pas de tous en un vacarme assourdissant.

Puis ce furent les sections : les vingt-quatre premières d'abord, par ordre alphabétique, les hommes à droite, les femmes à gauche et, au milieu, les jeunes gens armés. Un corps de musique destiné à l'armée du Nord marchait avec eux.

Les groupes de vieillards, de mères de famille, d'enfants, de jeunes filles et d'adolescents équipés de sabres, tirés au sort par les commissaires de sections les suivaient. Ensuite, un nouveau corps de musique jouait des airs patriotiques.

Partout, sur le chemin, le long des façades richement décorées de drapeaux tricolores, de guirlandes de feuillages ou de fleurs, ceux qui n'avaient pas pu se déplacer jusqu'au Palais national acclamaient le cortège et leurs applaudissements redoublèrent lorsque s'avança le groupe compact des députés, entourés d'un ruban tricolore. Au centre de la représentation nationale marchait un char sur lequel brillait un trophée composé des instruments des arts et métiers et des productions du territoire français.

Un nouveau groupe de cent tambours ponctuait la marche, suivi par les dernières sections. Au milieu, David, habile organisateur de ces festivités, avait cru bon de disposer le char des enfants aveugles, tableau émouvant qui arrachait les larmes aux mères de famille. Un corps de cavalerie fermait cet immense cortège qui s'étirait à travers toute la capitale. On passa le pont de la Révolution, puis, par les bords de l'eau, on rejoignit les Invalides, on prit l'avenue de l'École-Militaire pour enfin parvenir au but de cette excursion. Lorsque les cavaliers de tête atteignirent le champ de la Réunion, ceux de l'arrière-garde n'avaient pas encore quitté le Jardin national.

Là-bas, de nouvelles merveilles attendaient le peuple. À la place de l'autel de la patrie, c'est une montagne qu'on avait élevée : couverte de verdure et sur laquelle on avait planté un magnifique arbre de la Liberté. Dans l'ordre le plus parfait tous les groupes se disposèrent de chaque côté de ce nouvel autel. Les conventionnels escaladèrent le monument jusqu'au pied de l'arbre tandis que les musiciens se disposaient à mi-hauteur.

Enfin, lorsque tous furent rassemblés, une symphonie s'éleva sur l'air des Marseillais, chantée par les vieillards et les adolescents :

Dieu Puissant, d'un peuple intrépide
C'est toi qui défends les remparts.
La victoire a d'un vol rapide accompagné nos étendards...

Les femmes répondirent :

Entends les vierges et les mères, auteur de la fécondité !
Nos époux, nos enfants, nos frères,
Combattent pour la liberté...

Sénart assistait impuissant à cette cérémonie où le grotesque se mêlait au grandiose. Placé non loin des conventionnels, il n'avait pu s'empêcher d'entendre les remarques sarcastiques ou indignées de plusieurs à propos de Robespierre : « Il joue à Dieu », disait l'un. « Quel grand prêtre pour l'Être suprême, riait l'autre. Regardez comme il a enfumé la statue de la sagesse. » Le mot de tyran circula dans le groupe et Gabriel-Jérôme entendit distinctement : « Il est encore des Brutus », sans qu'il puisse deviner quel était l'auteur de ces mots de mauvais augure. Il reconnut Bourdon de l'Oise qui s'approchait du maître du Comité de salut public.

« La roche Tarpéienne est près du Capitole », lui dit-il simplement.

Sur le champ de la Réunion, il eut toutes les peines à retrouver Marie-Adélaïde car ils avaient dû rejoindre les groupes correspondant à leurs sexes respectifs.

— Tu as vu quelque chose ? lui lança-t-elle.

— Trop de choses pour mon goût mais rien qui ressemble aux frères de l'ombre. Tu crois vraiment qu'ils s'apprêtent à déclencher un massacre ici ?

Elle semblait désemparée :

— Je ne sais pas... Je ne vois rien.

À ce moment-là, le chœur tout entier s'exclama :

Avant de déposer nos glaives triomphants
Jurons d'anéantir le crime et les tyrans !

Les mères soulevèrent leurs enfants, les jeunes filles jetèrent des fleurs vers le ciel et les adolescents tirèrent leurs sabres. Le peuple répéta le dernier refrain en un vacarme assourdissant. Incapables de parler, les deux jeunes gens ne purent que contempler le spectacle. Une décharge générale d'artillerie, interprète de la vengeance nationale, fit sursauter l'assemblée. Tout le monde s'embrassait, ce fut une joie frénétique tandis que de partout retentissait ce cri général : « Vive la République ! »

À ce moment-là, la Sibylle poussa une exclamation qui passa inaperçue. Elle prit la main de Gabriel-Jérôme et la serra violemment.

— Qu'y a-t-il ?

Pour toute réponse, elle tendit le bras et lui désigna le sommet de la colline. Il n'en crut pas ses yeux.

Là-haut, Robespierre, empanaché, dominait le groupe des députés. Mais, à côté de lui, se tenaient deux personnes qui n'étaient pas des conventionnels. Il reconnut distinctement à sa droite, Catherine Théos, la mère de Dieu, et à sa gauche, dom Gerle. Tous deux, au contraire de la plupart des députés, montraient le signe du plus profond ravissement et congratulaient le grand prêtre de l'Être suprême qui lui-même exprimait la joie la plus profonde et la plus sincère.

14

La fête continuait à travers la ville, concentrée principalement sur le champ de la Réunion, où la musique résonnait encore, mais aussi le long des rues, sur les places, sur les bords de la Seine. Il n'était pas rare de rencontrer des groupes de patriotes, buvant et dansant au son d'un orchestre improvisé. Partout, on dressait de petits arbres de la Liberté, surmontés d'un bonnet phrygien. Paris, en ce soir de 20 prairial, oubliait le sang, oubliait la terreur, les difficultés d'approvisionnement, les dénonciations, les exactions, la guerre contre les tyrans d'Europe. Bien sûr, le nouveau culte de l'Être suprême dépassait la compréhension de la plupart, mais qu'importe. S'amuser avant de mourir, avant d'être emporté par ce flot sanglant qui depuis cinq ans déferlait sur la France.

Gabriel-Jérôme et Marie-Adélaïde marchaient côte à côte, silencieusement, évitant les groupes les plus agités afin de ne pas éveiller la méfiance. Ils n'avaient pas le cœur à la fête. La vision qu'ils avaient eue là-bas sur l'ancien Champ-de-Mars les avait plongés dans la plus extrême agitation. Les deux piliers de cette confrérie démoniaque : d'un côté Catherine Théos, la mère de Dieu, l'illuminée, la folle, et de l'autre dom Gerle, le mystique, le maître sanglant de la Loge Noire, tous les deux autour du maître du Comité de salut public et donc de la France. Comment cela se pouvait-il ? Vadier avait-il donc eu vent de quelque chose pour les envoyer sur cette piste ?

Sénart tentait de réfléchir tout en rejoignant les berges du fleuve.

— Robespierre, que vient-il donc faire dans tout cela ? Ce n'est pas possible ! Appartiendrait-il aux frères de l'ombre ? Non, je ne peux pas le croire ! À quoi cela lui servirait-il ? Il a la puissance. Il tient la Convention, les montagnards le révèrent, le Marais tremble sous ses ordres, les girondins ont été écrasés. Le Comité est tout à lui. Saint-Just et Couthon sont ses hommes liges, Collot d'Herbois et Barère n'osent rien tellement ils craignent sa puissance. Les sections lui sont acquises. Les jacobins n'ont jamais été aussi puissants…

— Mais Barère trouve de plus en plus de voix à la Convention. Le Comité de salut public lui appartient encore, et si Robespierre a la rue, Barère a tout pouvoir.

Il se retourna vers la jeune fille, surpris.

— Et cela voudrait dire quoi pour toi ?

Elle plongea ses yeux dans les siens.

— La mère de Dieu n'a-t-elle pas parlé du retour de son fils ? Qu'il sauverait la France de ses malheurs, etc.

— Oui, c'est bien cela, répondit-il surpris. Mais, tu ne vas pas dire que…

Le regard de la Sibylle se fit plus pénétrant.

— C'est une évidence. Robespierre est le fils de Dieu, du moins le croient-ils. Ils préparent sa venue pour qu'il règne sans partage sur la France…

Il s'arrêta. Au loin, les tours sinistres de Notre-Dame se dressaient dans le ciel flamboyant de rouge du soleil couchant. On entendait parfois au loin un bruit de canonnade, des accents de musique…

— Qu'as-tu vu exactement ? Dis-le-moi, je dois le savoir.

Elle secoua la tête.

— Je ne le sais pas. J'ai vu un homme seul dominer la France, balayer les rois d'Europe, j'ai vu des guerres… jusqu'à l'autre bout du monde, en Russie, en Égypte, sur les mers… Mais je ne sais pas de qui il s'agit. Non, Gabriel, je ne le sais vraiment pas… Mon Dieu !

Marie-Adélaïde poussa un cri perçant et chancela. Elle allait tomber lorsqu'il la rattrapa.

— Que se passe-t-il ?

Elle était très pâle et elle tremblait, les yeux révulsés.

— Il vient de se passer quelque chose, ou cela va se passer… Je ne sais pas… C'est atroce. Morts, ils sont tous morts…

— Qui ?

Elle eut un geste d'impuissance :

— Je ne connais pas leurs visages. Je crois que ce sont les hommes… Ceux qui nous ont fait descendre sous terre.

— Les francs-maçons ?

— Oui, c'est cela. Ils vont mourir à moins que ce ne soit déjà fait. Il m'est impossible de le voir. C'est atroce. Il y a du sang, énormément de sang.

Il regarda autour de lui, inquiet.

— Et personne pour nous aider. De toute façon, nous ne savons pas où ils sont. Nous ne pouvons rien pour eux.

Marie-Adélaïde s'était assise sur une pierre d'angle et lui renvoya un sourire timide bien que ses mains tremblent encore :

— En fait, je crois savoir comment y aller.

Il leva les bras au ciel, ulcéré :

— Et tu ne m'as rien dit ! Comment veux-tu que je te fasse confiance ? Tu savais et tu m'as caché cela…

Elle posa sa main sur son bras :

— Attends, c'est plus compliqué. Je ne connais pas le quartier ni le nom de la rue où se trouve la loge. Par contre…

— Oui ?

Elle lui expliqua avec patience :

— Si nous retournons à l'endroit exact où nous les avons rencontrés. Si tu me remets un bandeau sur les yeux… je parviendrai à retrouver l'endroit.

Il la contempla, médusé :

— Tu veux dire que tu te souviendras de tous les tours et détours que nous avons effectués ?

— Non ! Je ne m'en souviens pas plus que toi. En revanche, ce sont mes pouvoirs, enfin, c'est difficile à expliquer mais je pense que j'y arriverai. Il suffira que je me laisse guider par mon intuition.

Il haussa les épaules :

— Nous n'avons rien à perdre à tenter cela, de toute manière, je ne pense pas que nous risquions quoi que ce soit dans les rues de Paris ce soir, la fête est partout. Dans le meilleur des cas, nous pourrons prévenir un assassinat.

Il l'aida à se relever. Les pavés des rues la faisaient trébucher. La vision l'avait affaiblie. Ses lèvres devenaient presque bleues au fur et à mesure que la nuit tombait. Il lui posa sa veste sur les épaules ce dont elle le remercia d'un petit signe de la tête. Enfin, ils parvinrent dans le quartier du Louvre. Les promeneurs étaient nombreux. Personne ne faisait attention à eux. On répétait les couplets de Chénier chantés au champ de la Réunion. On injuriait les rois, les aristocrates, le clergé, les fédéralistes, les vendéens. Mais surtout, on buvait sec !

— Tu te sens bien ?

Ils étaient exactement là où, quelques jours plus tôt, Gabriel-Jérôme avait senti la pointe du couteau entre ses omoplates.

Elle approuva de la tête.

Il lui jeta un coup d'œil inquiet :

— Tu es sûre que ça va aller ? Nous ne sommes pas obligés de le faire ce soir, tu sais.

— Si, c'est très important. Je t'en prie, bande-moi les yeux.

Il prit le foulard qu'il portait autour du cou et, passant derrière elle, l'aveugla.

Le noir. Marie-Adélaïde n'aimait pas le noir car c'est de là que venaient toutes ses visions. Il lui suffisait de fermer les yeux quelques instants pour que des figures grotesques, des événements qui ne s'étaient pas encore produits ou d'autres qui remontaient à un passé lointain jaillissent de l'obscurité. Parfois c'étaient des visions heureuses d'enfance ou d'amour mais, le plus souvent, comme de véritables gifles, apparaissaient des visions d'horreur, crimes, adultères, infanticides, viols, incestes… Et, depuis que la Révolution avait décidé de raccourcir tous ses opposants, les affreux présages ne cessaient de la tourmenter au point qu'elle avait fini par s'y habituer. Et il y avait d'autres rêves plus mystérieux, plus lointains, comme celui de ce nouveau monarque qui ferait de la France, au prix de guerres insensées, la plus puissante nation du monde. Tout avait changé avec l'arrivée de Gabriel. Elle l'aimait, elle le savait depuis le premier jour, le premier instant où elle l'avait rencontré.

« Certainement même avant », réfléchit-elle.

En fait, elle l'aimait depuis toujours. Et les images qui tournaient autour de lui étaient imprécises et floues. Ce dont elle était sûre c'est que leur amour durerait peu.

— Alors ?

Elle était restée plusieurs minutes debout, envahie par ses pensées. Le jeune homme s'impatientait.

« Il fait des progrès, s'amusa-t-elle. Au début, il n'aurait jamais entrepris une telle expérience. Il ne m'aurait jamais crue. »

Elle fit quelques pas et hésita. Ce n'était plus Marie-Adélaïde en ce 20 prairial qui marchait. Elle était redevenue celle qu'elle était quelques jours plus tôt, alors qu'ils avaient été interceptés par les frères de la lumière. Un pas, puis un autre. Là, ils tournaient. Il lui semblait sentir les pas du frère derrière elle. Elle fit un tour, puis un autre. Elle s'élança dans de nombreux détour, changeant sans cesse de direction.

— Tu es sûre que…

Gabriel-Jérôme paraissait surpris.

— Chut…, lui répondit-elle.

Elle ne devait pas perdre cette vision. Ils continuèrent ainsi de longues minutes. Ils descendirent à nouveau. Lentement puis petit à petit plus rudement. L'atmosphère avait changé. Désormais, une odeur de cave s'élevait autour d'eux.

— C'est stupéfiant, entendit-elle. Jamais personne n'aurait pu deviner !

— Nous devrions atteindre les escaliers maintenant.

— Nous allons les descendre ?

Son compagnon hésita.

— Si tu veux. Attends, nous allons arriver aux marches. Je vais rester derrière. Ne descends que lorsque je te le dirai.

Immédiatement, elle eut peur :

— Tu vas me laisser descendre toute seule ?

Il y avait de l'amusement dans sa voix :

— Tu ne crains rien. Fais-moi confiance. Allons, un pas. Un deuxième. Voilà.

Elle obéit mais fut prise d'une étrange sensation. Exactement comme lors de cette soirée-là. Un vertige.

— Voilà, tu vas pouvoir avancer. Un pas. Au deuxième, tu trouveras la première marche.

Elle ne comprenait plus rien. La voix du jeune homme s'était éloignée. Très haut au-dessus d'elle… Ou très en dessous, elle ne parvenait pas à se décider.

— Jérôme, qu'est-ce qui se passe ?

Elle avait peur. Un petit rire tout aussi lointain lui répondit.

— Ne t'inquiète pas. Allons, c'est assez de s'amuser. Voilà, tu vas pouvoir enlever ton bandeau. Tu risques d'être surprise.

Elle s'exécuta, soulagée. Ses yeux clignèrent. Heureusement, il faisait assez sombre dans l'endroit où elle se trouvait. Il lui fallut un long moment pour se rendre compte de sa position.

Un entrepôt, vaste, rempli de caisses vides. Mais tout avait moisi, le toit fuyait et on avait obturé les fenêtres. Elle était le long du mur qui fermait le fond de la grande pièce, au milieu d'un escalier de pierre. Gabriel-Jérôme, en contrebas, avait allumé une bougie qui projetait une lumière tremblotante et la contemplait avec un amusement non dissimulé.

— Je ne comprends pas, comment se fait-il que je sois là-haut. Je suis descendue, non ?

— Certes, mais auparavant, tu étais montée. Regarde.

Elle suivit du regard la direction indiquée. En haut, au niveau des plus hautes marches de l'escalier, elle découvrit un mécanisme assez étrange fait de poulies, de courroies et d'une plate-forme qui devait coulisser le long de quatre longs piliers métalliques verticaux qui montaient jusqu'au plafond.

— Tout ce voyage, ces détours, cette descente dans les profondeurs de Paris n'étaient qu'une vaste supercherie, expliqua-t-il en actionnant le mécanisme. L'entrepôt sent l'humidité car il est construit le long de la Seine. On te place sur cette plate-forme et hop ! On te fait monter et là tu commences la descente, jusqu'au palier et là on recommence. Regarde, avec tout ce système de poulies, un homme seul peut actionner le mécanisme.

Il s'exécuta. La plate-forme redescendit vite mais sans aucun à-coup grâce aux quatre longues barres de métal qui l'enserraient contre lesquelles elle glissait sur de petites roulettes soigneusement graissées.

— Le système de poulie est remarquable. Il y a au moins quatre moufles en haut, tu vois : une poulie fixe et une poulie mobile. Ce genre de mécanisme est utilisé dans les mines pour remonter le minerai. On ne sent absolument rien. Sauf cette légère impression de vertige.

Elle finit de descendre l'escalier, songeuse, et retrouva le jeune homme.

— Je te l'ai expliqué, il y a de nombreux hommes de sciences parmi eux. Cette ingéniosité dans l'imagination et dans la conception ne me surprend pas. Reste à savoir où se trouve le temple maintenant.

Il montra du doigt le haut des marches :

— Je vois une porte là-haut. Je pense que nous devrions monter.

De nouveau, l'appréhension noua la gorge de la Sibylle. Elle savait ce qu'elle allait trouver ou plus justement elle appréhendait de découvrir ce qu'elle avait deviné.

— Tu as raison. Allons-y.

Gabriel-Jérôme sortit son arme de dessous son gilet et arma le chien.

— On ne sait jamais…

Il emprunta le premier l'escalier de pierre. Elle le suivit en tremblant.

En haut, ils trouvèrent bien une robuste porte de chêne percée d'un judas triangulaire. Malheureusement, elle avait été défoncée.

Marie-Adélaïde porta la main à sa bouche :

— Nous arrivons trop tard !

— Chut ! Allons-y.

L'arme pointée en avant, il avança. Après un bref couloir, ils trouvèrent une pièce petite décorée de signes maçonniques. Une bibliothèque avec des livres et des tapis au sol, éclairée par un bougeoir à sept branches. Il retrouva l'ambiance très particulière de l'endroit.

— Le pronaos ! Nous y sommes.

Un courant d'air fit vaciller les flammes. Ils tournèrent la tête dans la direction du vent. Une double porte monumentale se dressait là. Au frontispice de cette entrée de style grec avait été gravée cette phrase :

Que les préjugés et les passions du monde profane ne pénètrent pas dans ce temple.

Telle la porte qui menait à l'entrepôt, celle-ci avait été défoncée. Un des battants gisait sur le sol, l'autre pendait, à moitié brisé. Au-delà, c'était le noir absolu. La jeune femme restait sans voix, oppressée. Gabriel-Jérôme prit le chandelier de sa main libre et s'approcha avec précaution. À pas comptés, il franchit le seuil et s'arrêta.

L'enfer.

Même les pires tableaux représentant l'Apocalypse ou le Jugement dernier n'auraient pu donner ne serait-ce qu'une vague idée du carnage qui s'offrait à lui.

Son esprit mit du temps à analyser les images que lui renvoyaient ses yeux. À la lueur tremblotante des bougies, il ne perçut d'abord que du rouge. Puis il vit que ce n'étaient que des traînées sur un mur de couleur plus claire. Puis il vit les corps.

Enchevêtrés, emmêlés, parfois dans des positions grotesques, d'autres fois démembrés ou décapités. La pièce triangulaire était à l'origine meublée de deux rangées de bancs qui s'alignaient jusqu'au fond. Ils avaient été brisés comme de simples fétus de paille. Il s'approcha tandis que, derrière lui, la Sibylle poussait un cri étouffé. De temps en temps, il devait faire un pas de côté pour éviter un corps pantelant et ensanglanté. Sur le visage de ceux qu'il parvint à distinguer ne se lisait que la terreur la plus pure. Les yeux grands ouverts, ils contemplaient leur mort. Une mort indicible qui avait dû présenter les traits de Satan lui-même. Certains tenaient encore leur épée crispée au bout de leur bras parfois arraché. Des membres, des corps éviscérés. Le sang qui coulait encore et cette odeur de triperie qui prenait à la gorge.

Combien de fois l'avait-il sentie au cours de ses missions lorsqu'il notait les massacres de Carrier et de ses bourreaux, là-bas, en Vendée ? Combien de fois avait-il contemplé ces regards horrifiés et sans vie ? Une immense fatigue l'envahit. À quoi servait-il de se battre, à quoi bon vivre encore ? À quoi bon cet amour sans espoir pour la Sibylle ? Au bout du compte c'était toujours la cruauté, la force brutale qui l'emportaient… Derrière lui, Marie-Adélaïde sanglotait.

Non, il n'abandonnerait pas. Il ne laisserait pas impuni un tel crime, une telle abjection ! C'était assez de se taire, de noter les horreurs des hommes sur des registres que personne ne lirait. Cette fois-ci, il agirait. Un instant lui vint à l'idée que Vadier, sans nul doute, se réjouirait d'une telle hécatombe : après tout, ces gens étaient des ennemis de la Révolution.

Oui, mais ils étaient aussi des êtres humains, des hommes pacifiques et de parole. Personne ne méritait de mourir comme cela. Même pas les girondins, même pas les fédéralistes, même pas les ci-devant. Il s'était tu et était resté passif trop longtemps. Maintenant, tout allait changer.

Il y avait dans la pièce une trentaine d'hommes. Le sang était encore frais et les cadavres encore chauds. La scène n'était pas vieille, une heure tout au plus. Il songea que, peut-être, ils seraient arrivés à temps s'ils s'étaient dépêchés. Mais non : d'abord, il ne connaissait pas l'endroit où se trouvait le temple. Ensuite, avec son ridicule pistolet, il n'aurait pas pu faire grand-chose contre ce maelström qui avait brisé le corps des francs-maçons. Il lui aurait fallu une arme plus efficace. Un fusil sans doute.

Il avança encore, bien décidé à s'imprégner de toute l'horreur du spectacle pour ne jamais l'oublier. Au fond se dressait une sorte d'autel. Un bougeoir semblable au sien avait dû éclairer la pièce mais l'assaillant quel qu'il fût s'en était servi pour tuer celui qui siégeait derrière et le lui avait enfoncé dans la poitrine. Le coup avait été si violent que le chandelier avait proprement cloué le malheureux sur son siège. Il contempla le visage du mort, déformé lui aussi par la terreur, mais ne put le reconnaître. Au fond de la pièce avaient été accrochés plusieurs étendards décorés de symboles maçonniques : « Les Amis réunis », « Les Neuf Sœurs », « Les Philalèthes »... Sans doute les loges auxquelles ces gens avaient appartenu avant que les Comités ne les mettent en sommeil. Au milieu était sculpté un triangle au centre duquel brillait un œil de feu. De grands rayons peints en doré en partaient. Au-dessus, le bourreau avait tracé quelques lettres de sang après avoir vraisemblablement trempé ses mains dans les blessures de ses victimes.

Abaddon.

Il connaissait le nom de celui qu'il allait devoir tuer ; mais il tuerait aussi dom Gerle car, quelle que soit la créature à la force infernale qui avait pu en un seul éclat de violence liquider trente hommes valides et pour certains armés, c'était le chartreux qui l'avait invoquée et guidée jusqu'ici.

— Gabriel ?

Il se retourna : Marie-Adélaïde le fixait avec désespoir, chancelante. Elle allait s'évanouir. Il se reprit tout de suite. « Combien de temps suis-je resté à regarder ces corps ? » se demanda-t-il. Immédiatement il rangea son pistolet et, de sa main libre, aida la jeune femme à sortir du temple.

— C'est fini, hoquetait-elle. Ils sont tous morts. Pourquoi ne l'ai-je pas prédit plus tôt ? Il n'y a plus aucun espoir. Tout est perdu.

Il la ramena dans le pronaos et l'installa du mieux qu'il put dans un fauteuil. Elle semblait vivement affectée, inconsciente. Elle délirait.

— Abaddon, le cavalier. Les sauterelles. Idraël, je t'en prie, viens-nous en aide.

Il resta impuissant. Que pouvait-il faire pour la soulager ?

— Monsieur Sénart ?

Il se retourna brusquement et son arme jaillit de dessous son gilet. Devant lui se dressait un inconnu qui venait de l'entrepôt. Mais bien vite, il se rendit compte que l'homme n'avait rien de menaçant. En fait, il s'agissait d'un paisible aristocrate, si l'on en croyait son vêtement et sa perruque. D'une cinquantaine d'années, il portait une canne et un chapeau mais il avait autour de la taille une sorte de tablier brodé de motifs colorés. Sénart se rappela en avoir vu de semblables sur les corps épars dans la pièce.

— Qui êtes-vous ?

Bien que rassuré, il n'avait pas baissé son arme. L'autre enleva son chapeau en un geste suranné de politesse et le salua :

— N'ayez crainte, monsieur Sénart. Je n'ai aucune arme et quand bien même j'en aurais une, je ne saurais sans doute pas m'en servir. Je suis celui que vous nommez le Philosophe inconnu. Mais mon nom véritable est Louis-Claude de Saint-Martin.

Il reconnut sa voix : celle de l'homme qui les avait guidés jusqu'au temple lors de leur première visite.

— Notre amie, cette bonne Sibylle, a souffert du spectacle désolant qui règne dans ce qui fut un temple élevé aux vertus les plus hautes. Je le regrette, de si jeunes yeux n'auraient jamais dû contempler un tel spectacle.

La jeune femme délirait toujours. Saint-Martin s'approcha d'elle et, sortant une petite fiole de son gilet de soie brodée, il lui en versa quelques gouttes dans la bouche.

— Voilà, elle ira mieux. C'est un somnifère. Elle va dormir quelque temps. Je suppose que vous allez m'arrêter, monsieur Sénart.

Il avait l'air las, lui aussi, comme un homme à qui tout espoir avait été enlevé.

— Pourquoi vous arrêterais-je ?

Saint-Martin sourit :

— Parce que je suis un des hommes les plus recherchés de Paris. Robespierre et Barère se haïssent, mais se trouvent d'accord au moins sur un point : leur haine de nos loges et de nos travaux. Mais cela n'a plus aucune importance maintenant. Je crois que je me suis trompé. Sur cette Révolution, sur Dieu et sur les hommes. Ne vous méprenez pas vous aussi, monsieur Sénart. J'ai admiré les députés lorsqu'ils ont créé la Constituante, j'ai accepté que l'on me déchoie de mes privilèges acquis par la naissance et donc injustes. Ces immenses terres héritées de mes ancêtres, je n'en voulais plus : non seulement elles étaient une insulte à la misère du pauvre, non seulement elles consommaient en vain d'immenses terrains qui pouvaient être cultivés plus utilement, mais elles exploitaient encore faussement nos facultés et nos talents qui auraient dû se développer dans l'architecture comme dans tous les autres arts qui pourraient concourir à honorer Dieu et non pas l'homme. J'ai appelé la Révolution de mes vœux. Savez-vous que, comme notre Sibylle, je suis moi aussi doué de quelque don de voyance, quoique moins puissants que les siens ? Une nuit, en rêve, j'ai vu un gros animal renversé par terre du haut des airs par un grand coup de fouet ; j'ai vu ensuite un autel que j'ai d'abord pris pour chrétien et sur lequel quantité de personnes passaient et repassaient avec précipitation, et comme voulant le fouler aux pieds. Je me suis réveillé affligé par ce que je venais de voir ; et la suite de ma vie m'a donné de vivre depuis nombre d'événements qui ont l'air d'être la confirmation de ce songe. C'était l'annonce du renversement de l'Église…

Il passa doucement sa main sur le visage de la jeune femme qui paraissait apaisée.

— Et puis, tout est devenu différent, continua-t-il d'une voix plus aimante. Compte tenu des horreurs du règne où nous sommes et dont je peux à tout moment éprouver personnellement les cruels effets, je n'ai plus qu'à me résigner à l'arrestation, à la fusillade, à la noyade. Dieu sait que partout où je me trouverai, j'y serai bien parce que je sens et je crois que j'y serai avec lui…

— Je n'ai pas l'intention de vous arrêter, citoyen Saint-Martin, reprit doucement Sénart.

L'autre leva les yeux, un peu surpris.

— Ah oui ? En ne le faisant pas, vous désobéiriez à vos chefs.

— Certes, mais j'ai vu trop d'horreurs. Je veux avant tout trouver les coupables qui ont commis celle-là. Vous livrer à la guillotine ne serait ni utile pour parvenir à mes fins, ni honorable. Car… (il hésita un instant)… vous me semblez un honnête homme.

Saint-Martin serra la main de Sénart.

— Si cela peut vous rassurer, j'ai toujours professé que quand les puissances humaines violent évidemment les droits de l'homme et que, par leurs extravagantes fureurs, elles se changent en puissances animales et brutes, il n'y a plus alors aucune moralité ni divine ni politique qui interdise à l'homme de les repousser. Vous avez donc le droit à la désobéissance, monsieur. Puisque vous me le permettez je vais prendre congé.

Il avait remis son chapeau, plié son tablier et s'apprêtait à repartir vers l'entrepôt.

— Où donc allez-vous ? lui lança Sénart.

— Ma foi, à Amboise, là où je serai encore le mieux pour attendre la fin de ce tumulte ou plutôt un mandat d'arrêt car j'ai mille raisons d'être suspecté et arrêté d'après ma situation civile, pécuniaire, littéraire et sociale. Notre loge est morte, monsieur Sénart, nos ennemis nous ont tués. Vous êtes le dernier rempart de l'humanité contre les frères de l'ombre, ne l'oubliez pas. Je n'ai ni les connaissances ni la force pour vous aider… Je prierai pour vous. Adieu, monsieur Sénart.

Et il s'en alla, laissant le jeune homme seul avec la Sibylle évanouie.

La ramener chez elle fut une épreuve difficile. Elle ne pouvait pas marcher et il lui fallait éviter les derniers groupes de patriotes ivres ou de gardes des sections à peine plus sobres. La rue de Tournon parut bien lointaine à Sénart. Enfin, alors qu'on était au milieu de la nuit, il atteignit le numéro 5, poussa la porte, et entra en tenant son précieux fardeau. Il mit la jeune femme sur son lit et la borda du mieux qu'il put.

Épuisé, il alla chercher une chaise et s'assit à côté d'elle. Bientôt, il baissa la tête et s'assoupit.

Un cri.

Il se redressa : c'était la Sibylle. Un instant désorienté, il se demanda où elle était et faillit tomber de sa chaise. Mais non, elle était là, juste devant lui, encore couchée. Sur son visage on lisait une impression d'horreur.

— Le cavalier, le cavalier ! hurlait-elle.

Il se leva vivement et la prit par les épaules.

— Ne t'inquiète pas, je suis là, nous sommes chez toi, tout est fini.

Elle plongea ses yeux dans ceux de Gabriel-Jérôme et, un bref instant, il ne put s'empêcher de frissonner. Car la Sibylle contemplait encore le monde d'en haut, celui des prophéties, celui de la divinité, celui des mystères du ciel et de la terre et son regard avait croisé le sien, provoquant chez lui une sorte de vertige métaphysique.

— J'ai vu le cavalier, insista-t-elle. C'est le cavalier de l'Apocalypse. C'est lui qui a tué tous ces gens ! Je l'ai vu !

Sénart tenta de se calmer lui-même avant de la calmer, elle. Elle avait eu une vision. Il savait dorénavant qu'il pouvait se fier à sa clairvoyance. Elle lui envoyait un signe. C'était à lui de le comprendre.

— Explique-moi, à quoi ressemblait-il ? Où l'as-tu vu ?

Elle reposa sa tête sur l'oreiller, à bout de force.

— Je ne sais pas où c'était. Une salle. Mais qu'importe, il était là. Je n'ai jamais rien vu d'aussi atroce. C'était un monstre. Il ricanait telle une tête de mort, ses muscles claquaient comme d'affreux cordages. Et il montait un cheval squelettique mais vivant. Gabriel, tu ne peux pas comprendre comme cette vision était atroce. Et le pire c'est que nous le rencontrerons dans peu de temps.

Le jeune homme tenta de la soulager et regretta que Saint-Martin ne lui ait pas laissé un peu de sa liqueur apaisante. Il lui donna cependant un peu d'alcool à boire. Puis, tout en lui prodiguant ces soins, se mit à réfléchir.

Le cavalier de l'Apocalypse… Une sorte de créature squelettique chevauchant une monture semblable en tous points. Et puis il se rappela l'écorché aperçu rue des Cornes.

Alors, une idée folle lui vint à l'esprit. Une idée tellement folle qu'il décida d'en avoir tout de suite le cœur net.

Il se leva et reprit sa veste, son chapeau et le pistolet.

— Où vas-tu ? murmura la jeune femme.

— J'ai une idée de l'endroit où se trouve ce cavalier de l'Apocalypse. Seulement pour cela, il faut que je vérifie quelque chose. Que je consulte un document.

— Et où ?

— Aux Tuileries, lui répondit-il. Aux archives de la représentation nationale !

15

On était à la fin de la nuit. Le jour se lèverait dans une heure ou deux. Il n'avait pas beaucoup de temps. Gabriel-Jérôme se sentait plus déterminé que jamais. La fatigue ne l'atteignait plus. Il avait un but désormais, il savait quoi faire de sa vie. Venger tous ces pauvres gens, éradiquer ce fléau qui ensanglantait Paris. Faire cesser les affreux complots de ce malade mystique de dom Gerle. Quant à Robespierre... S'il fallait que l'homme le plus populaire de la capitale en pâtisse, cela lui importait peu. D'ailleurs peut-être était-il complice lui aussi. Sénart savait où trouver le document. Le plus difficile serait d'entrer au Palais national. Il était impossible d'emprunter les portes principales qui, même à cette heure, seraient gardées. De toute manière, l'ancienne cour du Carrousel serait certainement fréquentée et il serait par trop maladroit de pénétrer dans le bâtiment par la grande porte. Par contre, à l'ouest entre le bâtiment et la place de la Révolution, où l'on actionnait tout le jour le grand rasoir national, s'étendait le jardin des Tuileries. En le longeant par la terrasse des Feuillants, il parviendrait probablement jusqu'à l'aplomb du palais.

La chance l'accompagna tout au long du chemin. La ville s'était couchée fort tard mais satisfaite et gorgée de bons vins. Le Comité avait débloqué quelques provisions et on avait pu manger à sa faim ce jour-là. Le peuple était content. Les citoyens n'erraient pas dans les rues en bandes comme des meutes de loups affamés à la recherche d'un ci-devant à accrocher aux lanternes. Il croisa encore quelques groupes ivres morts, mais personne ne lui posa la moindre question. Il emprunta les marches par lesquelles Louis XVI s'était enfui de son palais pour rejoindre l'Assemblée alors que ses Suisses se faisaient massacrer par les sans-culottes et par la garde nationale. Il contourna le grand bassin rond où quelques heures plus tôt Robespierre avait fait se consumer les représentations de tous les ennemis de la Révolution. La statue de la Sagesse trônait toujours au milieu, ombre indistincte dans la quasi-obscurité. Il approchait du palais et se dirigea résolument vers la partie située entre le pavillon de l'Horloge et le pavillon de Marsan, rebaptisés respectivement pavillons Unité et Liberté, qui accueillait la galerie des Machines où l'on avait installé la Convention nationale. Il le savait, au rez-de-chaussée, plusieurs bureaux abritaient les secrétariats et les archives de l'Assemblée. C'est là qu'il trouverait ce qu'il était venu chercher.

Il évita soigneusement tout l'autre côté, vers le pavillon de Flore, devenu depuis peu pavillon Égalité où le Comité de salut public tenait séance. Il s'y trouvait peut-être Barère, Couthon ou d'autres enragés occupés à dresser de nouveaux plans pour faire encore plus de morts.

La partie réservée à la représentation nationale était calme. Des palissades protégeaient les fenêtres du rez-de-chaussée mais pas celles du premier étage.

Parvenu au pied du mur sans être inquiété, les patrouilles étant rares ce soir-là, il contempla un instant la façade. Elle était haute, mais l'escalade n'était pas infaisable. Décidé à aller jusqu'au bout, il s'approcha.

« Allons, se dit-il, ce ne doit pas être si difficile que cela ! »

Et il posa le pied sur la première moulure de pierre qui constituait le soubassement du mur.

Après avoir glissé de nombreuses fois, s'être écorché les doigts, il s'était enfin élevé d'une hauteur d'homme. Il leva la tête : les fenêtres du premier étage lui paraissaient bien hautes.

« Il vaut mieux ne pas regarder. »

Et il continua.

Rapidement, la transpiration coula sur sa figure, ses muscles étaient soumis à une telle tension, à des efforts tellement inhabituels qu'il tremblait. Et, à tous ces désagréments, s'ajoutait encore la peur de tomber car, maintenant, il était presque à mi-hauteur et une chute à ce niveau lui romprait si ce n'est le cou du moins une jambe ou, plus sûrement, une cheville.

« Pourquoi ai-je toujours de si bonnes idées ? » se morigéna-t-il. Il pourrait être chez lui bien tranquillement à dormir, au lieu de cela…

Sa main rencontra le vide. Il eut un instant de panique. Les prises étaient si ténues et la pierre si glissante. Mais non c'était tout simplement un encadrement de fenêtre. Il était arrivé.

En sueur, essoufflé, les membres raides et tremblant de partout, il prit pied sur l'appui. Compte tenu de la chaleur qui avait régné tout le jour, on n'avait pas fermé la fenêtre. Il pénétra dans la pièce et, tout en essayant de faire le moins de bruit possible, il rejoignit le couloir qui menait à l'escalier du peuple. Il se trouvait dans les arrières de l'amphithéâtre de bois aménagé pour les séances de la Convention dans l'arrière-salle des Machines. Il lui fallait prendre garde : qui sait si une sentinelle n'avait pas été laissée là en faction ?

Avec d'infinies précautions, essayant de calmer les battements de son cœur et d'essuyer la sueur qui lui coulait du front, il descendit lentement le vaste escalier de pierre qui bruissait la journée du bavardage des quémandeurs, des pétitionnaires, des vendeuses de cocardes et de tout ce petit peuple qui tournait autour de la représentation nationale. L'escalier débouchait sur des galeries basses qui longeaient le bâtiment. C'est là qu'il trouverait ce qu'il était venu chercher : le Comité des pétitions, correspondances et renvois. La porte était fermée à clef, bien sûr, mais il n'en était plus à une infraction près. Prenant le couteau avec lequel il avait tué Prunelle de Lierre, il força la serrure. Enfin, il était dans la place !

Immédiatement, il alluma une bougie et se mit à chercher. Ce n'était pas chose facile alors que seule la lueur tremblotante de la chandelle éclairait les rayonnages emplis de dossiers, de registres, de courriers classés dans un ordre hermétique pour le commun des mortels. Mais Gabriel-Jérôme savait s'y retrouver dans ce fatras. Il fallait chercher un document déjà ancien. Avant la Convention. Avant même qu'on ne décide du début de l'ère des Français et du nouveau calendrier. Il ne se souvenait plus de la date mais…

Ça y est ! Comme dans ses souvenirs, la lettre était là.

« Rapport reçu à l'Assemblée et renvoyé au Comité d'instruction publique le 21 juillet 1792. » Telle était la mention manuscrite qui figurait sur le document. Il ouvrit et lut fébrilement :

La Nation française possède à peu près tout ce qui lui est nécessaire pour faire fleurir toutes les sciences excepté l'anatomie. Elle a en vérité deux cabinets, dont l'un placé à Charenton est trop loin de Paris et ne renferme principalement que l'anatomie vétérinaire. Le second, au jardin du roi, ne présente que des objets de pure curiosité, et ne contient en anatomie que ce qui peut être relatif à l'histoire naturelle générale… Ainsi, à part quelques petits cabinets de curieux, présentant des préparations venant toutes de la main de M. Fragonard et utiles aux seuls propriétaires, nous n'avons absolument rien en France pour éclairer le génie de cette carrière, très peu avancée quoiqu'on y ait beau-

coup travaillé. Nous venons proposer à l'Assemblée nationale une institution qui nous manque, institution sans laquelle la médecine et la chirurgie seront toujours stationnaires, l'établissement d'un cabinet anatomique national...

En fouillant dans le même classeur, il trouva une nouvelle note, beaucoup plus récente celle-ci : du 15 floréal, an II.

Les parasites attaquent les précieuses collections qui sont exposées à la poussière. La pluie traverse le toit, les armoires ne ferment pas. Les rats courent dans les salles, les bocaux ne sont pas étanches. Je demande que soient prises des mesures de première urgence et tout particulièrement la nomination d'un conservateur provisoire. Je conseille pour ce poste le citoyen Girard, élève de ladite école, homme très intelligent...

Le courrier était signé du jury national des Arts, section anatomie.

Il avait sa réponse. Ces deux notes possédaient trois points communs : d'abord l'anatomie. Ensuite leur référence à un lieu unique : l'école vétérinaire de Maisons-Alfort qui jouxtait Charenton. Enfin, l'auteur de ces deux écrits. Il se souvint alors où il avait aperçu une préparation semblable à celle de la rue des Cornes. L'explication était là-bas.

Pour repartir, il ne prit pas la peine de remonter à l'étage. De l'intérieur, il était aisé d'ouvrir les volets qui protégeaient les fenêtres du rez-de-chaussée. Quelques minutes plus tard, il disparaissait sous les ombrages de la terrasse des Feuillants alors que le jour commençait à se lever.

Marie-Adélaïde ouvrit les yeux. Gabriel était assis à côté d'elle. Il lui souriait.

— Tiens, bois cela.

Elle obéit.

— Du lait ! Tu as dû payer cela une fortune.

— Oui, un de ces affameurs du peuple que j'aurais dû faire emprisonner me l'a vendu à prix d'or. J'ai pensé que tu avais besoin d'un reconstituant.

Elle approuva et ils se turent. Jamais elle ne pourrait oublier la vision entraperçue dans le temple. Il le savait, aussi évitèrent-ils d'en parler.

— Qu'est-ce qui te met de si joyeuse humeur ?

Il rit.

— Tu ne l'as donc pas prédit ?

Elle ferma les yeux un bref instant.

— Cela a à voir avec le cavalier de l'Apocalypse. Tu sais où il se trouve. Non, tu sais où rencontrer quelqu'un qui nous donnera des indications, c'est cela ?

— Exactement. Malgré les recherches lancées par Vadier et nos signalements qui circulent partout, hier avec la fête nous n'avons pas pris grand risque. Mais aujourd'hui, et plus particulièrement près des portes, cela risque d'être plus délicat.

Elle fronça les sourcils, étonnée.

— Tu veux quitter Paris ?

— Provisoirement, la rassura-t-il. Je dois demain soir me rendre à Charenton, ou plus exactement à Maisons-Alfort.

— Je t'accompagne !

Elle s'était levée, soudainement très animée et fébrile. Il lui lança sur un ton désapprobateur :

— Non, tu es trop fatiguée. Jamais tu ne pourras marcher jusque-là.

— C'est stupide, Maisons-Alfort est aux portes de Paris. En moins de deux heures, trois tout au plus, nous y serons.

Il se ferma et reprit son attitude sérieuse : celle du secrétaire rédacteur au service du Comité.

— Il n'en est pas question !

Voyant que ses efforts seraient vains, elle changea d'approche et prit un ton plus cajoleur :

— Écoute, Gabriel, je dois y aller. D'abord parce qu'il m'est très difficile de rester seule, loin de toi. Surtout après ce que nous avons vu cette nuit…

Il ne put rien objecter à cela.

— Et ensuite, continua-t-elle, parce que je sens que là-bas je pourrais t'être utile. Ne me demande pas pourquoi ni comment. Je le sais c'est tout.

Un peu ébranlé, il concéda :

— Très bien, nous verrons cela. Bon, il faudrait que tu boives ton lait pour reprendre des forces. Après, j'irai chercher du pain. Avec tout ce qui a été distribué hier, il doit bien en rester quelque part, non ?

Ils marchaient le long de la Seine. Gabriel-Jérôme avait revêtu une cape de couleur sombre, venue des coffres de la Sibylle, par-dessus son costume civil, et rabattu son chapeau sur ses yeux. Elle-même avait passé une robe couleur grisaille qui ne parvenait même pas à l'enlaidir et elle se dissimulait derrière le col de sa capeline noire. La nuit était tombée.

« Il sera dit que je ne verrai presque jamais le jour en prairial cette année », grommela-t-il.

La journée avait été morne. Ils s'étaient peu parlé. Le jeune homme avait dépensé ses derniers assignats pour acheter un mauvais pain. Après la fête et les bombances en l'honneur de l'Être suprême, la disette revenait. Et le peuple paraissait encore plus mécontent qu'avant. Ils avaient emprunté le quai de l'Hôpital puis longé les chantiers de bois de charpente. Il leur avait ensuite été facile de tromper la vigilance des sentinelles qui surveillaient la barrière édifiée par Ledoux en se faufilant entre les billes de bois entreposées sur le quai de la Gare.

Sortir de Paris était bien plus facile lorsqu'on longeait le fleuve. Bien sûr, ils rencontrèrent de nombreux mariniers, menuisiers, toute une population laborieuse qui vivait des chantiers, mais personne ne leur posa de questions. On n'était pas dans le centre de la capitale. Là-bas, à la périphérie, on pensait surtout à survivre et à travailler. À quoi bon se soucier des ci-devant qui se cachaient au milieu des billes de bois. Après tout, peut-être un jour aurait-on à se dissimuler aussi !

Ils franchirent la Seine en utilisant le bac. Marie-Adélaïde donna au passeur un de ses colliers.

— Cadeau d'un riche client, expliqua-t-elle à Gabriel. Il ne m'en voudra pas le pauvre, il a été raccourci depuis plusieurs mois déjà.

— Tu l'avais prédit ? lui demanda-t-il, mi figue-mi raisin.

Elle soupira.

— Oui, bien sûr. Mais à quoi bon le lui dire ? C'était un aristocrate totalement inoffensif, perdu dans votre monde révolutionnaire. Il croyait en la Providence et en la Raison. Pour ce que cela lui a servi !

Pour l'heure, accoudés au bastingage de la barge à faible tonnage qui traversait le fleuve, ils contemplaient les eaux noires et huileuses, à peine éclairées par un croissant de lune. En aval, c'était la capitale, ses forts, ses chemins de ronde et, au-delà, la cathédrale, les dômes du Panthéon et des Invalides, ainsi qu'une multitude de clochers. Mais bien peu de lumières. Paris vivait la nuit, sous le règne des Comités, mais dans l'ombre. De l'autre côté de la rive, on apercevait la campagne ; les maisons de plaisance, construites sur la berge par l'aristocratie du temps du tyran, montraient leurs ombres un peu inquiétantes. Au-delà, c'était le noir.

— C'est beau, murmura-t-elle. Tu crois que nous trouverons ce que nous cherchons là-bas ?

Il sourit.

— C'est drôle que tu me demandes cela.

Puis, il prit la main de Marie-Adélaïde et la ramena vers lui. Il l'embrassa avec passion. Elle se laissa faire mais émit un petit gloussement.

— Pourquoi ris-tu ?

Elle se dégagea.

— Parce que je te trouve soudain bien passionné.

Il se détourna.

— J'ignore combien de temps va durer notre amour, alors, je profite de chaque instant.

Elle approuva et c'est elle qui l'embrassa.

Il aurait voulu que cette traversée ne finisse jamais. Pourtant, la barge finit par aborder de l'autre côté de la Seine sur un ponton qui desservait les jardins de Bercy.

— Nous sommes arrivés, citoyen, lui lança le nautonier.

Puis il ajouta après avoir craché dans l'eau :

— Je devrais vous dénoncer auprès de la section mais je ne le ferai pas. Vous avez deux petites têtes bien sympathiques et ce serait dommage de les voir coupées. Il est rare de voir des amoureux en pleine nuit le long de la Seine. Ça me rappelle le temps d'avant…

Sénart n'avait plus un sou, sinon il lui aurait volontiers glissé une pièce ou un assignat. Ils débarquèrent bien vite et longèrent la Seine par le chemin de halage.

Leur marche fut longue, silencieuse. Marie-Adélaïde soufflait parfois mais elle marchait avec vaillance. On n'aurait pas cru que, la veille au soir, elle s'était évanouie devant le massacre de la loge. Au fur et à mesure de leur avancée, Sénart s'inquiétait. Et s'il s'était trompé et s'il n'avait rien à voir dans tout cela ?

Il repoussa ces idées avec dédain. L'avenir le dirait !

Ils parvinrent enfin au confluent de la Seine et de la Marne.

— Nous approchons, murmura-t-il.

Le chemin était raisonnablement entretenu aussi progressaient-ils rapidement. Ils étaient en pleine campagne maintenant. Plus rien ne pourrait les arrêter. À part pour franchir la Marne.

Le pont de Charenton datait d'une période très ancienne. En fait, de mémoire de chroniqueur, il y avait toujours eu un pont à cet endroit. Avant la Révolution, le droit de passage en avait été concédé à l'évêque de Paris pour l'entretien de la cathédrale. Maintenant, la situation était plus floue. La querelle existait entre la commune de Charenton et Paris pour savoir qui contrôlerait cette voie de passage obligée lorsqu'on arrivait à la capitale par l'est. D'ailleurs, depuis toujours, la petite commune avait vu fleurir différents commerces et hostelleries, au grand plaisir des voyageurs qui pouvaient ainsi se remettre de leur long périple avant d'entrer dans Paris.

Ils longeaient maintenant la Marne et, bientôt, s'offrit à eux, vaguement éclairée par la lune, la haute silhouette du pont aux toits pointus et moyenâgeux..

— C'est beau, murmura-t-elle.

— Oui. J'espère que nous pourrons le franchir sans problèmes.

Sur la rive où ils se trouvaient s'élevait un haut et très ancien moulin. Le pont traversait la rivière et plusieurs baraques en bois de style gothique avaient été construites dessus. Là-bas, de l'autre côté, se découpant sur le ciel étoilé, on apercevait le temple et son clocher.

Il lui prit la main.

— Allons-y.

Dépasser le hameau, de même que le moulin de la rive droite, ne leur posa pas de problème.

Par contre, parvenus au milieu du mont, ils approchèrent du poste de garde construit en son centre.

Sénart frissonna. L'ouvrage d'art exsudait une ancienneté immémoriale. De véritables arbres avaient poussé le long des piles qui plongeaient dans la Marne et une humidité spongieuse recouvrait chaque pierre.

— Au premier coup de canon, il s'écroulera, grommela-t-il.

Le poste de garde était occupé par trois sentinelles. Des hommes d'armes en uniforme bleu. Il fut incapable de décider s'il avait affaire à des gendarmes, des gardes nationaux, ou à de véritables militaires. À moins qu'il ne s'agisse des forces armées attachées à la commune.

— Hé, citoyen, en voilà une heure pour passer !

Celui qui paraissait le plus âgé se leva et rajusta son tricorne à l'ancienne mode.

— Voilà qui est suspect, suggéra le deuxième plus jeune et qui portait un bonnet phrygien. Quant au troisième, penché par-dessus la rambarde pour vider sa pipe, il se contenta de cracher dans l'eau.

— Il va falloir en appeler à la commune.

Mais le plus jeune protesta :

— Non, moi, je crois qu'il faut prévenir la section !

Le troisième grommela :

— Deux citoyens à cette heure de la nuit : à moins qu'ils ne présentent de bonnes raisons et des papiers justifiés, c'est le Comité qu'il faut prévenir !

— Je ne suis pas d'accord : la commune doit d'abord savoir !

— Je te rappelle, citoyen, que la section possède un droit de regard sur le trafic de ce pont ! Et ce, depuis l'an I.

— La sécurité nationale dépend des Comités, citoyens !

Sénart allait intervenir, mais Marie-Adélaïde le devança :

— Ma foi, citoyens, nous n'avons strictement rien à cacher et c'est volontiers que nous nous soumettrons à vos investigations. Je crois que le plus sage serait de prévenir simultanément ces trois institutions.

Les trois hommes s'entreregardèrent.

— Voilà qui me paraît un sage avis, estima le plus âgé.

— Et que nous devrions suivre derechef, renchérit le deuxième.

— Je propose donc, citoyen, que nous partions immédiatement afin de retarder le moins possible nos deux voyageurs.

Les trois hommes se levèrent, s'emparèrent de leurs armes et, au grand étonnement du secrétaire rédacteur, prirent congé du couple, non sans remercier et congratuler les deux jeunes gens au passage.

Sénart resta incrédule.

— Mais c'est insensé ! éclata-t-il dès que les gardes furent partis. Il n'y a donc plus personne pour garder le pont !

Marie-Adélaïde se mit à rire.

— Que veux-tu ? Ils s'ennuient à mourir à leur poste. À la première occasion, ils vont dormir un peu ou boire à l'auberge. Allons-y, nous avons du temps mais le jour finira bien par se lever et on ne peut exclure que quelques autres sentinelles ne se présentent pour relever celles-là.

Ils franchirent donc le pont et se trouvèrent enfin à Maisons-Alfort.

— Vas-tu m'expliquer maintenant où nous allons ?

Il lui fit signe de se taire.

— Chut, nous arrivons.

Une haute porte s'élevait, tableau un peu irréel en pleine campagne. Achetée du temps de Louis XV au château de Bormes, la propriété s'étendait sur une grande superficie et les grilles protégeaient un jardin bien entretenu.

— L'école vétérinaire, mais…

Déjà, Gabriel-Jérôme s'approchait de l'entrée. Il dut sonner bien longtemps avant qu'un concierge ensommeillé ne l'apostrophe avec humeur.

— Encore un de ces maudits paysans ! Ce n'est pas parce qu'il y a marqué « vétérinaire » que nous soignons les vaches ou les cochons. Ces messieurs ont autre chose à faire.

— Je ne suis pas paysan et je n'ai pas d'animaux à soigner.

— Ah çà ! qui êtes-vous donc ?

Le jeune homme lui exhiba la correspondance de Vadier :

— Je suis secrétaire rédacteur au Comité de sûreté générale. Je dois voir immédiatement M. Fragonard.

Marie-Adélaïde derrière lui poussa une exclamation :

— Fragonard, mais alors…

Le concierge, intimidé, ouvrit la lourde grille.

16

— Venez, citoyen, je crois que le vieux Fragonard travaille encore. Il aime bien aller dans l'amphithéâtre. Bah ! il n'a pas de public, qui donc aimerait lui voir faire les horreurs dont il souille cette pauvre école ? Mais il fait comme si. Le croiriez-vous, il prétend que c'est de l'art ! Bah ! dans ce cas, ce bourreau de Sanson devrait figurer à l'Académie, vous ne trouvez pas ?

Ils traversèrent une cour rectangulaire. De grandes fenêtres s'ouvraient sur les bâtiments obscurs, à peine éclairés par la lanterne du concierge ; on se serait cru dans le cloître d'un monastère.

« C'est sinistre, ici », songea Sénart.

L'homme ouvrit la porte d'une des bâtisses adjacentes et les invita à entrer. Leurs yeux s'habituèrent petit à petit à la quasi-obscurité qui régnait. Mais le concierge s'avança avec sa lanterne. Aussitôt le jeune fille poussa un cri.

— Le cavalier. C'est lui !

Sénart étouffa une exclamation. Pétrifié, il contemplait une créature monstrueuse, comme sortie de l'imagination de l'auteur de l'Apocalypse : un cavalier surnaturel venu des enfers qui les observait avec un sourire sardonique.

Le ricanement du concierge les ramena à la réalité :

— Vous voyez ce que je veux dire. De l'art, ça ? Allons, à part faire peur aux braves gens, que sait-il faire, ce citoyen Fragonard ?

Gabriel-Jérôme prit la Sibylle par le bras et s'avança avec circonspection. Il fallait se rendre à l'évidence : ils avaient devant eux un corps naturalisé. Ou plutôt deux corps car l'écorché humain qui dévoilait sa mâchoire grimaçante montait un cheval préparé de la même manière. Sénart se surprit même à admirer le travail. Chaque muscle, chaque tendon, chaque veine, nerf ou artère était préservé, comme stoppé brusquement en plein effort. Les lambeaux de peau découpés dans le dos de ce qui avait été un être humain faisaient comme de grandes ailes de cuir, ajoutant encore à son aspect fantastique. Et le cheval : une créature d'enfer, venue des plus noirs cauchemars, des plus anciens mythes. En Forêt-Noire, là-bas, de l'autre côté du Rhin, il avait entendu des légendes parlant d'un cavalier parcourant la forêt au rythme d'une chasse maudite et éternelle. Il l'avait devant lui.

— On raconte des choses étranges sur ce cavalier, continua le concierge. Ce serait le corps d'une fille qu'aurait aimée Fragonard dans son jeune temps. Après sa mort, il ne put se consoler et alla nuitamment déterrer son cadavre pour en faire cette… chose. Ma foi, cela ne me paraît pas impossible. Allons, il doit être à l'amphithéâtre. C'est par là.

Il leur fit signe d'avancer. Le long des salles, ils croisèrent des dizaines et des dizaines de créatures semblables au cavalier et à sa monture. Hommes dont on avait enlevé la peau et qui paraissaient vous contempler avec une fureur inextinguible, petits groupes de fœtus qui dansaient la gigue, animaux prêts à bondir bien qu'on distingue parfaitement tous leurs organes internes. Ils étaient dans l'antichambre de l'enfer.

— Voilà, il est là. Enfin, je crois.

Sénart tenta de retrouver sa résolution, il poussa la porte et entra, suivi de Marie-Adélaïde.

Ils étaient maintenant dans un vaste amphithéâtre aux gradins de bois, éclairé par une seule lanterne. Au milieu, tout en bas, un homme s'affairait autour d'une table. C'était un vieillard, il portait une blouse d'ouvrier et, manifestement, les soins du corps ne devaient pas être sa préoccupation première. Ses cheveux blancs, rares, se dressaient au-dessus de sa tête, il reniflait et parlait tout seul en travaillant. Sénart s'approcha : un cadavre avait été étendu sur la table équipée de rigoles pour récupérer les liquides corporels qui s'écoulaient lentement dans une bassine placée dessous. Il régnait une odeur de mort dans la pièce.

— Reste ici, ordonna-t-il à Marie-Adélaïde.

La jeune femme approuva de la tête et s'assit en tremblant sur l'un des gradins.

Il s'approcha davantage. Le visage du mort que Fragonard n'avait pas encore écorché mais dont il avait simplement ôté les yeux lui parut familier.

Alors il sut.

— Citoyen Fragonard, je suis Gabriel-Jérôme Sénart !

Le vieil homme leva ses yeux clignotants sans toutefois lâcher la grosse seringue de métal qu'il tenait à la main.

— Ah, monsieur Sénart, j'ai beaucoup entendu parler de vous ces jours-ci. Nous avons des amis communs, semble-t-il.

— Oui, comme ce malheureux Prunelle de Lierre dont vous dépecez le cadavre en ce moment même.

Le naturaliste renifla.

— Malheureux ? Je vous rappelle qu'il avait le projet de vous tuer. D'autre part, Prunelle a toujours été un médiocre. On ne peut à la fois s'occuper d'anatomie et de politique. L'anatomie est un art, monsieur Sénart. Un art exigeant. Car la perfection du travail manuel exige de la manière la plus stricte et la plus absolue la théorie la plus complète. Ce que vous avez vu dans les salles attenantes, ces pauvres essais d'une technique encore balbutiante ne sont que les prémices du grand œuvre que je réaliserai un jour, n'en doutez pas.

Sénart s'assit sur un des bancs, tout près de la table de dissection. Au fond, dans une vitrine, un autre être humain, injecté de ces matières mystérieuses qui maintenaient l'apparence de la vie, présentait l'essentiel de l'anatomie humaine.

La blouse du vieil homme était maculée de sang et d'humeurs. Ses mains, rouge ocre, avaient fouillé dans le liquide vital corrompu de son sujet mais il ne semblait pas s'en soucier.

— J'ai vu une préparation assez semblable à celles que l'on peut admirer en entrant. Elle était dans la demeure de cet homme, rue des Cornes.

Fragonard souffla.

— Ah oui, le singe ! Cet imbécile a récupéré cette bête à Marseille. Bien entendu, elle n'a pas survécu une semaine sur notre sol. Il a voulu démontrer qu'elle ressemblait à un être humain. À un être humain des origines. Bah ! Ce monstre poilu ne ressemble guère à Adam ! Quant à sa technique, je gage que dans moins de cinq ans cet amas de chairs et d'os mal préparé grouillera de vermine. Moi, monsieur, voilà trente-trois ans que je pratique. D'abord à Lyon où cet imbécile de Bourgelat avait conçu une école pour le traitement des maladies des bestiaux ! Moi, m'occuper des écuries, de la maréchalerie, vous imaginez un peu ? Mais, enfin, le roi a créé cette école où nous nous trouvons et j'ai cru que je pourrais amener mon art jusque dans ces dernières limites. Mais Bourgelat, toujours lui, m'en chassa. Moi, monsieur, il me chassa comme un vulgaire palefrenier ! J'en étais réduit à préparer des pièces pour les collectionneurs privés, des pièces qui ne quitteraient jamais un cabinet de curiosités ouvert à la frivolité de la noblesse, ou pire la chambre de quelque grand seigneur. Si vous saviez le nombre de maîtresses ou d'amants que j'ai dû préparer de manière à ce qu'ils puissent encore assouvir la sensualité de mes commanditaires, vous seriez surpris, monsieur. Mais qu'importe, j'apprenais ! Et il y a eu la Révolution. J'ai cru comme un imbécile que des hommes éclairés voudraient enfin mettre au jour cette science balbutiante, que d'autres écoles s'ouvriraient, que Paris respecterait enfin cet art qui nous vient des anciens Égyptiens et que nous avons tant perfectionné. Mais non, monsieur : pas une réponse, rien. Il a fallu que mon bon ami David me fasse nommer dans je-ne-sais-quelle commission pour que je puisse enfin obtenir quelques subsides et retrouver les lieux où j'avais mis tant d'espoir pour les découvrir, hélas ! comme vous les voyez aujourd'hui. Presque laissés à l'abandon, suintant l'humidité. Mon art ne peut rien contre l'eau croupie et les rats.

Sénart désigna le corps :

— En tout cas, vous ne semblez pas manquer de matière première.

Fragonard reprit sa seringue et injecta un liquide mystérieux dans le cou de sa victime. Ensuite, attrapant un couteau très aiguisé, il découpa la peau de manière à ce qu'on distingue la carotide gonflée de rouge, comme si le cœur battait et que le sang circulait encore. Le vieil homme contempla avec satisfaction son ouvrage et sourit à son interlocuteur.

— Je n'en ai jamais manqué, cher monsieur. Les fosses communes et les hôpitaux sont pleins et, parfois, nos bons amis, ceux que nous avons en commun, m'apportent un corps tel que celui-ci. Fort intéressant, d'ailleurs : regardez ce crâne et cette expression du visage. Aucun de ces pauvres hères que je taille d'habitude ne saurait en avoir une semblable.

Ce faisant, il se mit à taillader les joues de Prunelle de Lierre. Il les découpa fort proprement et les fit pendre de côté. Maintenant, le mort riait de toutes ses dents.

Sénart se leva et se rapprocha de la table. Jetant un coup d'œil discret sur ce qui s'y trouvait, il demanda avec légèreté, comme s'il s'agissait d'un détail insignifiant :

— À ce propos, dites-moi, monsieur Fragonard. Avez-vous jamais travaillé sur des créatures vivantes ?

Marie-Adélaïde sursauta. Son compagnon avait changé de ton en prononçant ces derniers mots : plus incisif, presque autoritaire. La réaction de Fragonard l'étonna : le vieillard perdit immédiatement toute sa superbe. Il lâcha son couteau, qui tomba avec grand bruit sur le carrelage, et se mit à trembler tout en détournant les yeux :

— Moi, mais jamais bien sûr. Je suis anatomiste et…

— Vous mentez !

Cette fois-ci, le secrétaire rédacteur se fâchait : il avait presque crié et prenait maintenant son interlocuteur par le col. La Sibylle se leva.

— Gabriel !

Mais Sénart continua :

— Je sais que tu l'as fait, arrête de mentir. Tu as travaillé sur un être vivant, il ne peut en être autrement et l'Être suprême sait quelle diablerie tu lui as fait subir. Allons, parle, je veux savoir.

Fragonard changea d'attitude du tout au tout. Il se mit à pleurnicher. Ses mains tremblaient et il tenait à peine sur ses jambes.

— S'il vous plaît, pitié. Je ne savais pas ce que je faisais. Il ne faut pas parler de cela, c'est interdit.

— Citoyen Fragonard, au nom de la République et du Comité de sûreté générale que je représente, je te somme de me révéler à l'instant tout ce que tu sais.

Il le relâcha et l'anatomiste retomba sur le sol, comme brisé.

— Oui, j'aurais dû me douter que cela était mal… Mais je ne savais pas à l'époque… Peut-être aurais-je dû le tuer, mais si vous saviez comment il m'a regardé. Moi, je dissèque les morts, je n'ai jamais tué personne. Alors lui…

Sénart se fit plus doux, il aida Fragonard à se relever et alla l'asseoir sur un des bancs de l'amphithéâtre.

— Allons, confie-moi tout. Le Comité se montrera peut-être indulgent. Je crois, citoyen, que des individus bien plus intelligents et méchants que toi ont profité de ta naïveté. Est-ce que je me trompe ?

L'anatomiste chancelait. Sénart attendit un long moment. L'homme marmonnait des paroles incompréhensibles.

« Ils me tueront ! » furent les seuls mots qu'il put tirer de lui.

— Tu seras jugé, citoyen.

— Devant le Tribunal révolutionnaire, Fouquier-Tinville n'a jamais accordé de grâce à qui que ce soit.

— Certainement plus que tes « amis ». D'ailleurs, tu as des relations influentes, un certificat de civisme. Tu sièges à une commission.

Le vieillard finit par hocher la tête.

— Oui, c'est vrai. David, avec tous les cadavres que je lui ai procurés, me doit bien cela. D'accord, vous saurez tout. L'origine du démon, le centième membre de la loge des frères de l'ombre…

17

J'ai mal, j'ai mal, j'ai mal. Ce sont mes jambes mais bientôt, ce seront mes bras. Voilà du temps que je suis couché par terre. À travers le tissu de ma culotte, je sens le bois et ses échardes qui me frottent. Ça va devenir insupportable. Il va falloir que je change de position. Mais le père et la mère sont en train de parler. J'ai envie de les écouter.

— Le père, je pense que le petit est malade.

— Voyons, la mère, il est un peu maigre, c'est vrai et il crie tout le temps mais il faut bien qu'il se fasse.

— C'est pas normal qu'il crie comme ça. Un enfant ça veut dire quelque chose quand ça crie : ça a faim, ça a peur, ça a fait dans ses langes… Mais lui, il crie parce qu'il a mal ! D'ailleurs ça a dû lui monter au cerveau ou quelque chose comme cela : il a huit ans et il parle même pas.

— Il ne sera pas bavard, c'est tout. Ça me changera d'ailleurs agréablement dans cette maison.

— Tu bois trop et on dit que c'est pas bon pour les enfants !

— Tais-toi, la vieille. Toi-même tu ne dis pas non à un coup de goutte de temps en temps !

Je ne comprends pas ce qu'ils disent. Tout ce que je sais, c'est qu'ils parlent de moi. Ça me fait un peu plaisir, mais ils peuvent raconter n'importe quoi. Tiens, pourquoi ne parleraient-ils pas de me punir. Ils le font souvent, ça, me punir. Punir, c'est prendre des coups, et ça il n'y a rien de plus douloureux. Encore plus que quand on ne fait rien.

Il vaut mieux partir. Il faut se lever. Ça fait mal de se lever. On s'appuie sur les bras. Il faut serrer les dents pour ne pas crier. Faire passer le poids du corps sur les jambes. Elles n'ont pas bougé depuis longtemps alors ça fait encore plus mal. Chaque pas provoque un élancement. Ils disent que je grimace tout le temps, que j'ai l'air idiot comme ça. Mais ils ne savent pas que j'ai mal. Ou alors, ils s'en moquent.

C'est peut-être ça, ils se moquent de moi. Je les déteste, je les déteste tous. Ils sont grands, ils sont forts, ils savent courir et me rattraper, ils devinent toujours quand je me cache, mais comment font-ils ?

Le curé est gentil. Il ne me fait pas mal, lui. Il me parle doucement après la messe quand je joue devant l'église :

— Alors, Charles, pauvre petit bonhomme. Tu ne veux donc vraiment pas parler ? Ce n'est pas grave, tu sais. « Heureux les simples car ils verront Dieu ! » Tu es si maigre, mon enfant. Ne veux-tu donc pas manger quelque chose ? Une pomme, tu aimerais ? Non, vraiment ?

Le curé ne comprend pas. Mais lui, c'est pas par méchanceté.

Je sors et traverse la cour de la ferme. Pourquoi est-ce grand ici ? Pourquoi faut-il traverser cette maudite cour ?

Il y a des pierres et à chaque fois, je trébuche et j'ai encore plus mal. Parfois, même, je tombe et c'est atroce. Je crie. Je ne peux pas m'en empêcher. Père arrive, ou Nestor qui s'occupe des bêtes. J'aime bien les bêtes. Elles ne me veulent pas de mal, elles sont gentilles avec moi mais Nestor est toujours là.

— Pourquoi es-tu toujours en train de traîner à l'étable ou à la bergerie, file donc maudit fils du diable.

Et il me fait un signe, toujours le même. Ce n'est pas un signe gentil, c'est certain. Le diable, je ne sais pas qui c'est mais ça doit être quelqu'un de méchant. Et je ne suis pas son fils. Je suis le fils du père. Il le sait bien. Il dit ça pour me faire de la peine. Au début, j'ai envie d'aller dans la grange pour pleurer et qu'il ne me voie plus. Mais je pars et je ne l'écoute pas avec ses méchants mots.

Je sors de la ferme. Il y a les champs mais le soleil me fait trop mal aux yeux. Je n'aime pas le soleil. Je n'y vois rien. Mes yeux éclatent et il y a plein de petites lumières et après, ça devient tout noir. Mais j'aime bien quand ça fait chaud. Je me couche sur la terre, la tête entre les mains et là, c'est tellement bien que la douleur disparaît un peu. J'aimerais bien pouvoir regarder le soleil. J'aimerais bien pouvoir le prendre dans mes bras et le serrer contre moi. Le soleil est beau. C'est la seule chose qui soit vraiment belle dans ce monde. Mais il est trop loin pour que je le prenne dans mes bras et je ne peux même pas le regarder. Lorsqu'il s'en va et qu'à la place il y a la lune, elle je peux la regarder mais il fait froid, alors je tremble et j'ai encore plus mal. La lune est belle aussi mais elle est froide. Peut-être que c'est ce que Nestor veut dire quand il me traite de « maudit fils du diable ».

Je vais vers la forêt, là-bas, il y a des endroits qui sont à la fois au soleil et à l'ombre. C'est agréable la forêt. Je l'aime bien pour cela. Mais elle est loin.

Mes jambes me font mal. À chaque fois que je lève la jambe ou que je plie le genou, il y a un petit cri qui sort de ma bouche. Je ne vais pas pouvoir marcher longtemps. Après c'est le dos, les épaules et les bras. J'essaye de ne pas les bouger mais c'est difficile. Et de toute façon, si mes bras restent immobiles, ils finissent par me faire mal. Ça vient plus lentement mais, après, c'est presque pire.

Est-ce qu'ils ont aussi mal que moi, tous ? Des fois, on le dirait mais pas toujours. Lorsqu'ils portent quelque chose de lourd ou qu'ils se cognent quelque part, sinon, jamais ils ne crient ni ne pleurent. Ou peut-être les petits bébés, mais personne n'y fait attention. Et puis, il suffit de leur mettre un biberon dans la bouche pour qu'ils se calment. Alors que moi, manger me fait mal. Bouger mes mâchoires, avaler. Je n'aime pas manger, boire un peu d'eau et de la soupe mais pas beaucoup. Manger du pain… Rien que d'y penser, j'ai envie de crier.

À la messe, le curé dit : « Nous sommes sur Terre pour souffrir. » Il a dit aussi que Jésus a souffert pour nous sauver comme aucun homme n'a jamais souffert. Alors peut-être que je suis comme Jésus et que tout le monde sera sauvé grâce à moi.

La forêt enfin. Je vais pouvoir me reposer un peu en me mettant la tête à l'ombre et donner le reste du corps au soleil. J'aurai un peu moins mal… jusqu'à ce que même la chaleur ne me soulage plus.

— Hé, c'est Charles !

Je me retourne et pousse un cri. D'abord parce que mon cou me fait mal, ensuite, parce que je les reconnais. Eux ce sont bien les fils du diable. J'essaye de retourner à la ferme mais ils me barrent le chemin.

— On dirait qu'il ne nous aime pas.

— Tu crois, c'est une bête, un idiot. Il ne peut aimer ni détester personne.

— Justement si, c'est une bête il sait qu'il doit nous craindre. Hé toi, mets-toi à genoux ! Obéis.

Je ne comprends pas ce qu'il dit. Il voudrait que je fasse quelque chose mais quoi ? Il va se mettre en colère, je le sais. Il va faire un drôle de bruit avec sa bouche et…

Je crie. Il vient de me donner un coup de pied. Ça monte jusqu'à ma tête et ça résonne partout. Je veux me retourner. Partir. Mais ils sont partout. Un autre me pousse. Je tombe. C'est horrible. J'ai mal partout. La douleur est là, elle est partout. Ils me tapent les uns après les autres.

— Regardez comme il couine, c'est un vrai cochon qu'on va égorger !

— Et il pue, sentez-moi ça.

— Il n'a pas d'âme. C'est une bête. Pauvre fou !

— Pauvre fou !

Mes jambes se cassent de partout et mes bras aussi. Mon dos fait comme une grande écharde qui partirait des fesses pour aller jusqu'à la tête. J'ai mal partout en même temps. D'habitude, c'est un endroit, puis l'autre. Là, c'est partout. Je roule à terre. Plus jamais je ne me mettrai debout. Quelque chose me fait mal aux oreilles. C'est moi qui crie. Je voudrais m'arrêter parce que c'est douloureux mais je ne peux pas m'en empêcher.

— Hé, garnements, laissez-le.

On me ramasse mais j'ai toujours aussi mal. Je crie toujours. Je crie jusqu'à ce que tout disparaisse. Ça s'arrête d'un coup. Je ne sens plus rien. Il fait tout noir et j'ai froid. Mais je ne peux pas crier.

C'est la nuit. La mère est là et le père aussi. Il y a un autre homme, un monsieur.

— Regardez, monsieur, comme c'est pitié. Le pauvre garçon a crié des heures. Ce sont ces voyous qui lui ont fait un mauvais parti mais il y a quelque chose, j'en suis sûr. Il est malade, voilà longtemps que je le dis.

— Arrête un peu, la mère. C'est toi qui te fais des idées. Il est un peu douillet, c'est tout.

Le monsieur parle à son tour. Sa voix est grondante comme l'orage mais il ne se fâche pas. Il est comme ça, c'est sa voix.

— J'ignore si je peux quelque chose pour votre enfant car, voyez-vous, ma spécialité est plutôt de préparer des pièces d'anatomie pour les écoles de médecine…

— Nous sommes de pauvres gens. Nous n'avons pas les moyens de prendre un vrai médecin de la ville. Vous savez les choses, vous savez lire des livres. C'est bien assez pour nous.

— Comme vous voudrez. Laissez-moi seul avec lui, je vous prie.

— Vous ne lui ferez pas de mal ?

La mère pleure. De l'eau coule de ses yeux. Je n'ai jamais vu cela. Des larmes. Moi j'en fais des fois. C'est mouillé et ça vous coule des yeux. C'est quand on est triste, qu'on a mal ou qu'on a peur. Qu'est-ce qui se passe ? Elle a mal, elle aussi ?

— Rassurez-vous. Par contre, si vous l'entendez un peu crier, ne vous inquiétez pas. Il faut que je l'examine et il peut ne pas apprécier un tel traitement. Il n'a jamais vu de médecin jusqu'ici, n'est-ce pas ?

Le père et la mère sortent. Ils ont peur. Le monsieur me regarde. Il a l'air ni bon ni méchant. On dirait qu'il ne me voit pas.

— Alors, petit Charles. Que vas-tu me raconter ? Hum… Tu as huit ans et tu ne parles pas. Bon, ce n'est pas rare dans des milieux aussi arriérés que celui-ci. Mais cette façon que tu as de crier m'intrigue. Voyons un peu.

Il enlève la couverture qui me recouvre. Mal, le tissu frotte, je crie un peu.

— Rien que cela, ça te fait mal ? Voyons les réflexes.

Et il frappe. Je ne sais pas avec quoi. Le genou. Hurlement. Il m'arrache la jambe. Mais non, elle est là, intacte. Et il continue. Encore de la douleur, en vagues. Ça augmente, comme avec les autres, les fils du diable. Tout va disparaître.

Mais non, ça baisse tout à coup. Des coups.

— Monsieur le médecin, qu'est-ce qui se passe ?

Le père et la mère sont là. Ils me regardent avec de grands yeux. C'est bizarre des yeux aussi grands surtout pour moi.

— N'ayez crainte, j'ai fini mes examens. Madame, votre fils ne joue pas la comédie, j'en suis persuadé. Au cours de mes études, j'ai vu des gens qu'on soumettait à la question, ils présentent à peu près les mêmes symptômes.

— Que voulez-vous dire ? On ne le torture pas, tout de même ! Bien sûr ces garnements n'y sont pas allés de main morte, mais de là à…

— Je ne dis pas que vous le torturez. Je pense simplement que votre fils souffre d'une hypersensibilité à la douleur. Vous avez entendu ses cris. J'ai testé ses réflexes. Je l'ai ausculté. Je lui ai fait mouvoir ses muscles et vous avez entendu le résultat.

— Mais alors, que pensez-vous que l'on puisse faire ?

Le monsieur me regarde. Cette fois-ci, il a l'air de me voir. Mais il a l'air triste.

— Je ne sais pas. Il faut que j'y réfléchisse, que je relise mes ouvrages d'anatomie. Je reviendrai peut-être l'examiner mais je vous promets d'y aller plus doucement. Auriez-vous quelques animaux dans cette ferme.

— Heu oui, des chèvres, quelques vaches, des poules et des lapins aussi.

— Une chèvre, ce sera parfait. Donnez-m'en une.

— Il faut vous la cuisiner ?

— Mais non, vivante bien sûr ! Je vais expérimenter quelque chose sur un être vivant. On ne sait jamais.

— Et le petit, qu'en faisons-nous ?

— Qu'il garde le lit, et donnez-lui à manger de la soupe, bien claire. Se servir de sa mâchoire doit le faire affreusement souffrir. Également, venez le changer de position à peu près toutes les heures et toutes les deux heures la nuit. La position immobile à la longue lui est insupportable.

Je suis au lit, j'attends. Le monsieur a dit des mots à mon sujet. Je ne les ai pas compris. Ils étaient à la fois gentils et pas gentils. Pas méchants non, mais comme si je n'étais pas quelque chose d'important. Je ne sais pas qui il est, le père et la mère ont l'air d'en avoir peur comme du seigneur. Moi aussi, il me fait peur.

— Je pense avoir trouvé quelque chose. Votre fils souffre d'une infection au niveau de la moelle épinière.

— La moelle, comme la moelle des bœufs ?

— Si vous voulez. C'est par ce conduit que passent la plupart des nerfs. Ils transmettent au corps les ordres du cerveau. Comme de bouger un membre. Mais ils transmettent aussi au cerveau les principaux signaux en provenance du corps. Je les connais bien. Quand je fais une préparation, je prends bien soin de les isoler et de les conserver. Si j'arrivais à éliminer ceux qui envoient ces signaux anormaux de douleur au cerveau de votre fils, peut-être parviendrais-je à soulager sa douleur.

— Oui, oui, faites cela, je vous en prie.

— Je vous préviens. Nous prenons des risques.

— Il peut mourir ?

— Peut-être. Il peut aussi rester paralysé. Mais rendez-vous compte qu'il souffre atrocement. Franchement, je pense qu'un tel état est pire encore que la mort. Laissez-moi faire, et dans tous les cas votre fils ne souffrira plus.

— Écoutez, est-ce qu'on peut réfléchir ?

— Allons, la mère, qu'est-ce que tu veux réfléchir ? Tu vois comment il est et tu as écouté monsieur le médecin… Il a dit que c'était encore pire que la mort d'être comme ça.

La mère parlait mal. Les mots sortaient avec difficulté de sa bouche.

— Mais c'est pas un chien tout de même. Qu'on pourrait tuer en le noyant. C'est notre fils.

— S'il reste comme ça, qu'est-ce que tu veux qu'il fasse ?

— Tout de même, dit-elle. Puis elle répète plusieurs fois : Tout de même, tout de même…

Le monsieur est resté silencieux pendant que la mère et le père parlaient. Comme s'il n'était pas là. Et puis il revient :

— Je vous ai dit ce que j'en pensais. Je comprends vos scrupules. Je suis encore dans la région quelques jours. Faites-moi venir quand vous vous serez décidés.

La mère, elle, continue à pleurer : « Tout de même, tout de même. »

C'était le jour où il y eut tout plein de monde dans la maison. J'étais parti me cacher. Peur de tous ces gens-là que je connais pas. Et puis, le bruit, ça me fait mal, et il y en a peut-être qui me prendraient par l'épaule ou me pousseraient. La mère est venue me chercher.

— Viens, mon petit Charles, viens dire bonjour à ta grand-mère, à tes oncles et à tes cousins.

Elle a un sourire sur le visage mais ses yeux ne disent pas pareil. Elle a peur, je crois. Moi, j'ai peur aussi. Je la suis mais c'est dur de monter les marches qui mènent à la grande pièce où il y a le feu. Je crie un peu et là-dedans il y a des gens. Plein.

C'est moi qu'ils regardent.

— Pourquoi il crie, ce petit ?

C'est un monsieur grand et bien habillé. Il me regarde comme s'il était surpris de me voir.

— Alors, mon petit, c'est à toi que je parle.

Il attend quelque chose mais je ne sais pas quoi. Je ne bouge pas et je commence à avoir mal. Je bouge un peu et ma jambe a une douleur.

— Tu bouges drôlement toi, dis donc. Viens un peu par là.

Il m'attrape par le bras. La peur, la douleur tout de suite. Je me mets à crier. Je ne peux pas faire autrement. C'est ma bouche qui parle toute seule.

Il me lâche :

— Mais, Isabelle, il est fou ton fils ? Il ne parle pas ?

J'ai peur, très peur et la mère aussi. Elle part vers l'autre pièce en tenant son tablier contre ses yeux. Je sais qu'elle a de l'eau dans les yeux.

Le monsieur est revenu. Il a apporté de drôles de choses. Comme les outils du menuisier. Il me regarde mais cette fois-ci il a l'air gentil.

— Tu n'as même pas peur. Quel drôle de petit bonhomme. Je connais bien des soldats aguerris qui s'évanouiraient rien qu'en regardant ces outils. Mais toi non. Allons, je vais tenter de ne pas te faire souffrir plus que de raison. D'ailleurs, il y a de bonnes chances pour que d'ici à quelques heures, tu ne souffres plus du tout. Tu seras mort, paralysé, ou alors… Je ne peux même pas dire comment tu seras. Quel effet cela fait-il de ne ressentir aucune douleur ? Ce doit être étrange. Allons, bois cela.

De l'eau dans ma bouche. Ça fait mal et c'est un mauvais goût qui me fait grimacer.

— Mais si, bois, je sais bien que ce n'est pas bon mais ce bon opium t'empêchera de souffrir. Allons, je vais conjuguer l'effet du liquide avec une inhalation. Attends.

Ça change dans la chambre. Je suis tout petit et le plafond est très très haut. Presque aussi haut que le ciel, et la lampe est comme le soleil. Elle fait aussi mal aux yeux. Avant, cela ne le faisait pas. Mais maintenant… Et j'ai mal au cœur. Ce qu'il y a à l'intérieur de moi a envie de sortir. Je sais que cela fait très très mal. C'est pourquoi aussi je n'aime pas manger. Le père se fâche quand je ne veux pas manger, il me parle de choses que je ne comprends pas. La mère pleure, elle commence un geste comme pour l'arrêter mais, souvent, la main du père me tape la figure et j'ai encore plus mal, alors je crie. Je ne sens plus rien, c'est comme si je dormais, mais plus fort que d'habitude. Je vois des ombres. C'est l'ombre du monsieur qui passe au-dessus de moi. J'ai peur mais je ne peux pas bouger. J'essaye de crier mais je n'y arrive pas. Il fait quelque chose : il me prend et me retourne sur le lit. Je ne sais pas ce qui m'arrive…

J'ouvre les yeux et je les ferme aussitôt. Il y a de la lumière, beaucoup trop de lumière. Je les rouvre. Je n'ai pas mal cette fois-ci. En fait, je n'ai plus mal du tout. Je ne sens plus rien. C'est comme s'il n'y avait que ma tête. Je suis sur mon lit mais j'ai la tête dans les draps. Je veux me tourner car c'est une position qui me fait mal d'habitude, mais je n'y arrive pas. Je n'ai plus de bras et de jambes. Mais je n'ai pas mal. J'ai peur et je crie.

Le monsieur est là. Il me regarde comme si j'étais quelque chose de curieux.

— Ce n'est pas la peine de crier, petit. Tu n'as pas mal, je le sais. Et tu as survécu à l'opération. Ce n'était pas certain, crois-moi. Je ne le dirai à personne, mais tu as eu de la chance, beaucoup de chance. Tu dois te reposer. Il faut que les tissus cicatrisent. Il serait fâcheux tout de même que la plaie s'infecte. Ce serait vraiment trop bête de mourir maintenant. Je vais te donner encore un peu d'opium… Tu sais, le liquide qui n'est pas bon. Tu verras, tu vas aimer ça et bientôt peut-être même que tu ne pourras plus t'en passer !

Il a l'air gai. Il me donne un verre, le liquide est amer et je ne veux pas le boire mais il m'oblige. Je bois et bientôt ça devient tout noir.

— Vous voyez, il est en très bonne forme.

— Mais cette cicatrice, c'est affreux !

— Allons, madame, elle va bientôt se refermer, ne vous inquiétez pas. Et vous constaterez qu'il ne souffre plus du tout.

— Non, mais il ne bouge plus non plus. Vous croyez qu'il est mort ?

— Regardez ses yeux, ils bougent. Il nous écoute. Par contre, je vous ai dit qu'il n'aurait peut-être plus l'usage de ses membres.

— Alors, il restera comme ça ?

La mère a de l'eau dans les yeux. Je n'aime pas ça alors je me mets à crier.

— Voyez comme il réagit ! Il est trop tôt encore pour le dire. Lorsque les tissus seront cicatrisés et que son état sera stable, je l'examinerai de nouveau.

C'est le soir, il fait sombre dans la chambre. Je suis couché et je ne peux pas bouger, mais je ne sens plus rien du tout. J'ai peur. D'habitude, j'ai toujours mal et là, plus rien. Est-ce que je suis monté au ciel ? Mais non, le petit Jésus serait déjà venu me voir. Le monsieur entre. Il a des rides sur le front, comme s'il n'était pas content.

— Décidément, j'aurais mieux fait de m'abstenir. Ta mère n'arrête pas de pleurer et ton père menace d'aller me dénoncer au bailli ! Je ne crains rien, bien sûr, ce n'est qu'un paysan borné, mais si la nouvelle parvenait aux oreilles de l'Académie, j'aurais des ennuis. À cause de toi ! Tu vas me faire le plaisir de bouger.

Il s'assied à côté de moi et prend un marteau comme la fois où il m'a tapé le genou et il recommence.

— Absence totale de réflexe, hum… voyons cela.

Il prend une aiguille et je ne sais pas ce qu'il fait avec.

— Voyons, tu ne réagis plus du tout à la douleur. Nous allons essayer autre chose : tes nerfs n'envoient plus d'informations à ton cerveau mais, si j'ai bien tout calculé, ton cerveau serait en mesure d'en envoyer à ton corps. Et il a fallu que je tombe sur un attardé ! Écoute-moi bien, petit Charles, je vais prendre ton bras et tu vas le bouger !

Il prend ma main. Mais c'est comme s'il prenait un objet ramassé par terre.

— Bouge tes doigts. Bouge tes doigts.

Je ne fais rien.

Il vient souvent. À chaque fois, il me prend la main. « Bouge tes doigts ! » Moi, je ne fais rien. Il me dit : tu ne sens pas ta main mais imagine que tu as une main et imagine que tu la bouges. Vas-y !

Je ne fais rien.

Je suis tout seul dans le lit et je pense. Il y a l'eau sur la table de nuit, j'ai soif. Il n'y a personne pour m'en donner. Je crie mais personne ne vient. Elle est là, juste à côté. Je sens l'eau à l'intérieur. Alors je pense, je pense que je lève la main pour l'attraper. Je pense fort, très fort.

La carafe tombe.

Je pense très fort à lever la jambe. Je pense très fort à m'appuyer sur mon bras comme lorsque je sentais tout et que j'avais mal. Je ne sais pas ce qui se passe, mais je tombe.

Le monsieur entre : il me trouve. Je crie. Mais lui, il a l'air heureux :

— Par tous les saints, j'ai réussi !

Je marche dehors. C'est bien, le vent souffle et le soleil me réchauffe. Je marche depuis longtemps et c'est comme si je ne faisais rien. Je pense simplement que je marche et j'avance. Ma tête flotte au-dessus des blés. Je pense à attraper un épi et voilà qu'il est dans ma main. Je ne le sens pas, mais il est là. Je peux même le porter à ma bouche et le mâchonner.

— Regardez comme il va mieux. Il reprend des forces. Je n'ai jamais vu une telle force morale chez un enfant. Un homme ordinaire serait resté à se morfondre, mais non, lui a repris le dessus. La situation est entièrement inédite pour lui, pourtant il s'est remarquablement adapté.

Je cours. C'est dur de courir, je tombe tout le temps.

— Il marche bizarrement.

— Son sens de l'équilibre a souffert mais il finira par s'habituer. Bientôt, il pourra accomplir tous les actes ordinaires de la vie. Et admirez un peu sa musculature. Depuis l'opération, son poids a presque doublé et c'est du muscle.

— Il passe ses journées à courir et à soulever des pierres. Alors évidemment…

— Il ne sent plus rien. L'effort ne lui fait pas peur. Il sera de plus en plus fort.

J'ai peur. Pourquoi je ne sens rien ? Pourquoi je n'ai plus mal. Je ne sens plus rien sauf avec ma tête. Tout le reste disparaît. Ça n'existe pas.

— Hé, regardez qui va là ?

— C'est Charles, la bête ! Hé, voyez un peu comme il marche. Attention, tu vas tomber.

Je tombe et ma tête est par terre.

— Ah, ah ! Il ne tient pas debout.

Son pied s'approche de moi. Je pense que mes mains pourraient l'attraper. Tout de suite, je les vois. Elles viennent à mon secours et prennent le godillot.

— Qu'est-ce qu'il fait ?

C'est le godillot qui fait mal. Je ne l'aime pas. Je vais l'envoyer loin.

— Il va me casser la cheville ! Aidez-moi.

Ils viennent tous et tentent d'enlever le pied, mais moi, je veux qu'il parte loin et que je ne le revoie plus. Alors je le tiens.

— Il va m'arracher le pied. AAAH !

Quelque chose craque, comme une branche morte. Maintenant le pied est tout mou et l'enfant hurle. Il hurle très fort et moi je crie aussi. Et puis, je veux arrêter ça. Alors, je dis à ma main d'aller sur la bouche du garçon. Elle y va. Ça fait comme un grand coup. Il n'y a plus de cri sauf les miens mais j'arrête.

Les autres se mettent à hurler à leur tour :

— Charles a tué Gaston ! Au secours !

Ils partent et je dis à mon corps de me relever. Ce n'est pas facile. Il y a des choses à faire dans l'ordre et je me trompe. Quand je suis debout, je regarde par terre.

Le garçon est là, la bouche ouverte comme pour crier mais il ne crie plus. Il y a du rouge sur sa bouche.

Alors, il y a beaucoup de monde qui vient. Ça crie partout. C'est désagréable. Je crie aussi. Plusieurs veulent m'attraper. Ma tête va dans tous les sens. Je vois qu'ils m'ont pris les bras. Je ne veux pas, alors je leur dis de bouger et de pousser tous ces gens pour qu'ils reculent. Ils obéissent et le vieux Victor tombe en arrière et va se cogner contre un arbre. Je crie encore et c'est plus fort qu'eux. Il y en a deux autres qui viennent. Je dis à mes pieds de bouger et à mes mains de les pousser. Les deux sont à terre.

— Il est fort comme un Hercule !

— Comme le diable, oui ! Victor, réveille-toi et filons d'ici.

— Il faut prévenir le bailli. C'est un dément. Il doit aller en prison.

— Mon Dieu, le petit Gaston. Il ne respire plus.

— C'est une brute, un chien enragé. Abattons-le !

Maintenant, ils restent à distance. J'avance et ils reculent. Ils ne veulent plus me pousser ou me prendre les bras. Je crie encore parce que je ne suis pas bien et je retourne à la ferme.

La mère me prend dans ses bras.

— Mon petit, qu'as-tu encore fait ? Cette fois-ci, ils vont t'arrêter !

La mère a peur, alors je crie un peu parce que je ne suis pas bien.

— Chut, doucement mon bébé. Je suis là.

Je ne connais pas cet endroit. Il y a du monde partout. Les gens ne nous regardent pas. Ils passent. Il n'y a pas de champs mais des maisons. Beaucoup de maisons. La mère me tient la main. Je ne la sens pas mais je la vois. J'aime bien quand la mère me tient la main. Je sais qu'il ne faut pas que je serre trop parce que, sinon, je lui ferai du mal. Elle se mettrait à crier. Alors je dis à ma main de serrer doucement et elle obéit.

Nous entrons dans une maison que je ne connais pas. J'ai peur, c'est tout noir. Il y a des animaux, des animaux partout mais ils ne bougent pas. Ils n'ont pas de peau et ils me regardent. J'ai peur et je commence à crier. Je vais demander à mes mains de repousser ces animaux.

— Ne t'inquiète pas, mon bébé, je suis là.

Je vois un homme. C'est le monsieur. Il me regarde et il parle avec sa voix de tonnerre.

— Madame ?

— Monsieur, vous vous souvenez de moi ? Vous avez soigné mon petit Charles, il y a cinq ans de cela.

— Charles, je me souviens très bien oui. Mais… Vous n'allez pas me dire que…

Il me regarde comme s'il était étonné. Il met des choses sur ses yeux, de toutes petites fenêtres et il me regarde encore.

— Par tous les saints, oui, c'est bien lui. Mais c'est un colosse.

— Il mange beaucoup. On a l'impression que rien ne peut apaiser sa faim. Et puis, il part dans la campagne. Il marche des lieues et des lieues. Il soulève des pierres. Parfois, il s'amuse même à briser des arbres, comme ça pour rien. Mais ce n'est plus possible. Il est trop fort. Hier, il a blessé un enfant. On ne sait pas s'il va guérir. Les gens ont peur de lui. Ils vont prévenir le bailli. Vous vous rendez compte, ils vont peut-être le pendre, mon bébé.

La mère se met à pleurer, alors moi aussi, je crie.

L'homme enlève les petites fenêtres. Il ouvre les yeux tout grands :

— C'est stupéfiant ! Pourtant, j'aurais dû y penser, bien sûr. Il ne sent pas la douleur. Il n'a aucune sensation, voilà pourquoi il mange tant : rien ne peut le rassasier. Et cette force : les courbatures, les lésions des tendons et des muscles, voire les os brisés. Rien ne peut le faire fléchir. Et son corps s'est adapté. Il a acquis une dureté sans pareille. C'est un phénomène classique.

— Il faut faire quelque chose pour lui. Ils vont l'enfermer, le tuer peut-être.

— Je ne peux pas m'encombrer de lui, vous comprenez que…

— Pitié, monsieur, pitié pour lui !

La mère pleure et moi je pleure aussi et je crie. Quelque chose lui fait mal. Je ne sais pas ce que c'est alors je dis à mes mains de taper au hasard. Il y a un grand bruit. C'est du bois.

— Calme-toi, mon trésor, calme-toi.

La mère a posé ses lèvres sur mon front. Même s'il y a de l'eau dans ses yeux, je sais que ça va mieux, alors je dis à mes mains d'arrêter.

Le monsieur me regarde. Il plisse les yeux et met ses morceaux de verre sur sa figure :

— Il a brisé cette table d'un seul coup ! Votre fils est un sujet d'étude tout à fait passionnant. Toi, tu m'obéiras, n'est-ce pas ?

— Il le fera monsieur, vous savez, il n'est pas si méchant au fond.

— Hum… Je ne sais pas si la notion de méchanceté a prise sur lui. D'accord, madame, je vais garder votre fils.

— Merci, monsieur le docteur. Vous êtes bon. Dieu vous le rendra. Je vous en prie, occupez-vous bien de lui.

La mère n'est plus là. J'attends, j'ai un peu peur.

— Voyons ça. Quel gaillard ! Tu as treize ans, n'est-ce pas ? Tu vas donc grandir encore. Gagner de la force. Tiens, prends donc à manger.

Il me donne du pain. J'aime le pain et je le mange très vite.

— Quel appétit !

Je suis dans la cour. Je veux sortir, aller plus loin mais il y a quelque chose qui me retient. C'est en fer et ça fait du bruit quand je bouge. C'est attaché autour de moi. J'ai demandé à mes jambes de tirer et à mes mains de les arracher mais elles n'y sont pas arrivées. Le monsieur apparaît, il m'apporte à manger. Il pose un seau par terre, rempli de choses bonnes à manger et il le pousse du pied. Je peux dire à mes mains de l'attraper et je mange. Aujourd'hui, il y a un autre monsieur à côté de l'autre.

— Voyez, mon cher Antoine-Christophe, cette brute que je garde près de moi est le résultat d'une expérience curieuse.

— Vous l'avez décérébré ?

Le monsieur fait un bruit avec sa bouche comme s'il était content.

— Non, il est né comme ça, un attardé. Mais il souffrait de douleurs nerveuses insupportables. Le moindre geste, la moindre contraction des muscles le faisait crier. J'ai opéré au niveau de la moelle épinière.

— Je n'ai guère de connaissances en médecine mais il me semble que cela aurait dû le laisser paralysé.

— Certes, mais ce n'est pas ce qui s'est passé. J'ai bien examiné une chèvre avant d'opérer le garçon et j'ai eu bien soin de la garder vivante au moment d'inciser sa moelle. Il m'a semblé que certains nerfs étaient plus importants que d'autres pour la motricité. Alors, je me suis inspiré des résultats pour ce garçon. Soit j'ai sectionné juste les bons nerfs, ceux qui transmettent les signaux de la douleur au cerveau et laissé indemnes les autres, ceux qui envoient les ordres du cerveau aux muscles. Soit il possède une faculté de régénération de ses nerfs absolument remarquable. Je ne sais pas. Toujours est-il que, comme l'aveugle qui compense l'absence de vue par l'exacerbation des autres sens, lui-même a considérablement renforcé son système musculaire. Imaginez : il ne ressent rien, aucune douleur, aucune fatigue. Par contre, il ne contrôle pas sa force, raison pour laquelle j'ai dû l'enchaîner. Je ne sais pas trop ce que je vais faire de lui.

L'autre homme s'approche de moi : il a un sourire sur sa bouche. Il est gentil, je l'aime bien.

— Quel faciès de brute, et dans quel état est son corps. Il n'a plus de peau. Les muscles sont à vif.

— Il ne ressent rien, je vous dis. Il a pris l'habitude de s'automutiler. Sans doute par désœuvrement. Qui sait ce qui peut se passer dans un esprit aussi profondément ancré dans les ténèbres ?

— Une vraie allure de démon. Il semble tout droit sorti de l'Apocalypse. Abaddon, oui, c'est cela Abaddon, La cinquième trompette. « Elles avaient pour roi l'ange de l'abîme, appelé, en hébreu, Abaddon, et en grec, Apollyon, c'est-à-dire l'exterminateur. »

Il me passe la main sur le visage, elle est douce.

— Abaddon, Abaddon, répète-t-il tout doucement.

J'aime bien sa voix. J'aime bien ses mains. Il ne me veut pas de mal. Il est gentil. J'ordonne à mes mains de le caresser lui aussi.

Sa bouche fait un drôle de bruit. Il a l'air content.

— Regardez comme il est calme. Et vous me parliez d'une brute. Il est parfaitement docile à qui sait y faire.

— Il est vrai que je ne l'avais jamais vu comme cela. J'ai dû l'enchaîner car même le fouet ne le dissuadait pas de casser tout ce qui passait à sa portée lorsqu'il se mettait en colère.

L'homme se relève et, après une dernière caresse dans mes cheveux, il va se mettre à côté du premier homme.

— Mon cher Fragonard, je pense trouver un emploi à votre protégé. Bien sûr, il est comme une bête sauvage, il va falloir que je le dresse, mais je sais y faire avec les animaux.

Il me sourit encore et revient pour m'embrasser.

— Je te sauverai, mon cher Abaddon. Plus de chaîne pour toi. Un grand destin t'est promis. Tu régneras sur le monde à nos côtés. Tu seras en quelque sorte notre bras séculier, notre bras vengeur.

J'aime bien l'homme. Il est doux et gentil comme la mère.

Je me mets à pleurer.

18

Fragonard se tut. Ses lèvres tremblaient encore et un filet de salive maculait le coin de sa bouche. Il gardait ses yeux horrifiés fixés dans le vide, comme atterré par son propre récit.

Sénart se redressa enfin. Il était engourdi à force d'avoir écouté sans bouger.

— Vous avez fait de ce garçon attardé un monstre et… vous l'avez remis à dom Gerle.

L'autre approuva silencieusement.

— Vous êtes un scélérat !

Marie-Adélaïde, qui était restée silencieuse, intervint :

— Ce que nous savons maintenant, c'est qu'il s'agit d'une créature de chair et de sang. Nous pouvons la tuer, n'est-ce pas ? Il est très fort mais des chaînes peuvent l'empêcher de nuire, des balles peuvent le transpercer. Ai-je raison ?

Fragonard marmonna :

— Théoriquement vous avez raison, mais je ne sais plus. Tellement de crimes ont été accomplis. Il n'est plus qu'une machine au service de dom Gerle. Il ne connaît pas la peur, et la douleur n'est qu'un lointain souvenir. Si vous voulez le maîtriser, la force de cinq hommes ne vous suffira pas, et pour le tuer votre balle devra lui fracasser le crâne d'un coup ou lui transpercer le cœur.

Le jeune secrétaire rédacteur leva son pistolet.

— J'ai là ce qu'il faut. Où donc se cache dom Gerle ? À la Contrescarpe ? J'irai le chercher là-bas dès cette nuit.

— Ne vous donnez pas cette peine.

Surpris, le jeune homme leva la tête : dom Gerle se tenait devant lui à quelques pas. D'où venait-il ? Sans doute de derrière la vitrine contenant l'homme écorché. Il avait tout entendu.

— J'ai eu un doute, monsieur Sénart, car le soi-disant Saint-Germain qui vous a « tuilé » est un charlatan dont nous nous débarrasserons à la première occasion. Aussi ai-je pensé – et j'avais raison – que si vous étiez bien un espion, vous finiriez forcément par venir jusqu'ici. Notre bon ami Fragonard ne peut rien nous refuser. N'est-ce pas, mon cher ?

Le vieux naturaliste se prit la tête entre les mains, comme s'il ne voulait plus rien entendre.

— Quelle pitié ! commenta l'ancien moine. Un si brillant esprit. Le poids de sa conscience ne le sauvera pas ! Quant à vous…

Il s'adressa directement à Gabriel-Jérôme :

— Vous nous avez trahis, vous vous êtes introduit sous une fausse qualité dans notre noble assemblée, vous avez violé le serment pourtant irréfragable que vous aviez prêté.

— Calembredaines ! Vos serments choquent la morale la plus élémentaire. Même les brutes des pires quartiers ne vendraient pas leur âme à vos démons !

Dom Gerle continua :

— La seule punition pour de tels crimes est la mort. Elle est aussi requise pour cette femme, votre complice, que nous connaissons depuis bien longtemps. La sentence est exécutable immédiatement.

Sénart arma le chien de son pistolet.

— Vous oubliez que c'est moi qui suis du bon côté du canon.

L'autre haussa les épaules :

— Voilà un détail bien insignifiant. Abaddon, viens.

Le jeune homme entendit du bruit derrière lui. Suivit presque tout de suite le hurlement étouffé de Marie-Adélaïde. À regret, il se retourna et là, il vit.

L'ange exterminateur.

Il l'avait déjà aperçu dans la cathédrale obscure ou dans les sous-sols de la Contrescarpe, mais là, il le voyait en pleine lumière.

Il ressemblait à un des écorchés de Fragonard. Sa peau, arrachée par endroit, pendait en lambeaux, sur ses bras, ses jambes et sa poitrine, dévoilant une musculature nouée comme les cordages d'un navire. Sa chair nue, habituée à un tel traitement, possédait la couleur du vieux cuir. Ses veines charriaient un sang abondant et on pouvait les voir se gonfler et se dégonfler au rythme des battements de son cœur. Même son visage avait subi les colères du monstre contre lui-même. Ses lèvres déchiquetées dévoilaient sa mâchoire ricanante et les paupières rongées laissaient apparaître deux yeux globuleux au regard fixe et brillant.

Mais le pire c'est que cette créature sortie du rêve d'un dément vivait. Sa cage thoracique, à nue, se soulevait à un rythme régulier. Il fit un pas en avant. Il ne pouvait cligner des yeux mais son affreux regard immobile se promena tout autour de la pièce et se fixa sur le jeune homme.

Sénart ne réfléchit pas une seconde : il tira.

Rien. Le bruit assourdissant les avait tous fait sursauter et l'odeur de poudre se répandit aussitôt, mais la silhouette cauchemardesque était toujours là.

« L'ai-je raté ? »

Mais non, Sénart avait vu distinctement l'impact sur la poitrine d'Abaddon. Il avait à peine tressailli.

La voix de dom Gerle retentit, railleuse :

— Notre ami Fragonard vous avait bien prévenu ! Il faut viser droit au cœur. Qu'avez-vous touché là ? Le côté… voyons mon cher, il en faut bien plus pour abattre notre cher Abaddon. Par contre, le bruit d'un pistolet le met en général très en colère. Abaddon, écoute-moi ! Tue-les !

Les yeux fixes n'avaient pas quitté le jeune homme. Le monstre fit un pas. Sénart réfléchit à toute vitesse. « Il est presque invulnérable, il est agile, il ne connaît ni la peur ni la douleur. Il faut que je l'attire hors d'ici. »

L'autre était presque arrivé au niveau de Marie-Adélaïde. La jeune femme semblait fascinée. Il avança la main comme pour la toucher.

Alors tout alla très vite.

Sénart se retourna, bouscula dom Gerle et Fragonard pour faire écrouler la vitrine contenant l'homme écorché. Le monstre voyant cela recula comme effrayé et poussa un cri strident. Un long hululement suraigu qui ne paraissait pas sorti de la bouche d'un être humain. Le jeune homme se précipita vers Marie-Adélaïde, immobile, comme tétanisée ; il lui prit la main et emprunta une allée de l'amphithéâtre de manière à contourner Abaddon. Un instant plus tard, ils étaient dehors, rejoignant les pièces où s'étendaient les vitrines pleines d'animaux écorchés. Il se hâta de fermer la porte à clef.

— Vite, vite, nous pouvons nous échapper.

Elle se laissait emporter, toujours muette, mais les larmes aux yeux. Au loin, ils entendirent dom Gerle crier :

— Attrape-les, Abaddon, tue-les !

Ils coururent à travers les allées obscures, mais bientôt un fracas retentissant se fit entendre. Le monstre venait de défoncer la porte. La poursuite commençait.

Gabriel-Jérôme et la Sibylle se perdaient dans le labyrinthe des vitrines, mais Abaddon, lui, avançait tout droit, défonçant tout sur son passage. Les vitres et même les étagères de chêne volaient sous ses coups. Les animaux naturalisés tombaient à terre et répandaient leurs os et leurs organes desséchés.

— Où est la porte ? hurla-t-il.

— Je ne vois rien, sanglota-t-elle pour toute réponse. Je crois que c'est par là.

Ils contournèrent une haute étagère remplie de fœtus divers conservés dans des bocaux et, effectivement, une porte à double battant s'ouvrait là. Ils la franchirent le plus vite qu'ils purent, et Gabriel-Jérôme prit bien soin de pousser le verrou derrière eux.

— Peut-être que cela ne l'arrêtera qu'un instant, mais j'aurai essayé !

Ils se retrouvaient dans la première pièce. Celle où était exposé le cavalier de l'Apocalypse. Il ressemblait à s'y méprendre à leur poursuivant. Sauf que ce dernier était bel et bien vivant !

— La sortie est là.

De l'autre côté, ils aperçurent la porte vitrée qui s'ouvrait sur la cour. Un rayon de lune éclairait faiblement la pièce.

Ils coururent jusque là-bas tandis qu'une nouvelle fois un fracas se fit entendre : la double porte volait en éclats sous les assauts du monstre. Sénart se retourna : il vit Abaddon traverser la travée en trois bonds, heurter le cavalier de l'Apocalypse qui s'écroula, fracassant au passage une autre préparation, et s'élancer dans leur direction. La cour s'étendait devant eux mais là, en terrain découvert, ils ne pourraient le distancer. Sénart se remémora le mort de la rue des Ménétriers et ceux de la loge maçonnique et ses yeux tombèrent sur la jeune fille qui courait à ses côtés. Elle tourna la tête et leurs regards se rencontrèrent.

— Non, lui dit-elle simplement.

Il faillit s'arrêter, surpris. Elle lisait ses pensées ! Elle avait su qu'il projetait de la tuer de ses mains pour lui éviter l'étreinte affreuse d'Abaddon qui martyrisait ses victimes avant de les faire mourir. Comme un garnement s'amuse à arracher les ailes des mouches ou les pattes des sauterelles.

— Qu'est-ce qui se passe ? Qu'est-ce que c'est que ce bruit ?

Le concierge accourait à leur rencontre. Il portait un fusil à la main.

Sénart prit juste la peine de lui lancer :

— Derrière, prenez garde ! Tirez ! À la tête ou au cœur !

Et ils continuèrent leur course folle. Derrière eux, le bonhomme émit un cri étouffé, il y eut un coup de feu mais bientôt le concierge poussa un hurlement qui se finit en affreux gargouillement. On entendit un bruit. Sans doute la créature jetait-elle le cadavre au loin.

Enfin, ils étaient à la grille. Elle n'était pas fermée. Ils la franchirent et la tirèrent derrière eux, espérant que la chose ne connaissait rien aux serrures.

La place pavée s'ouvrait devant eux et, un peu plus loin, ils aperçurent la haute silhouette du pont de Charenton qui se découpait dans la nuit.

Marie-Adélaïde commençait à faiblir : elle n'était pas habituée à courir ainsi et se tenait la poitrine.

— Encore un effort, lui souffla-t-il.

— Tu veux franchir le pont ?

Il lui renvoya un bref sourire.

— Non, j'espère que tu sais nager.

— J'ai appris en prévision de ce jour !

Il la prit par le bras et l'aida. Il ne restait que quelques dizaines de pas. Un coup d'œil par-dessus son épaule lui apprit que le monstre passait par-dessus la grille et retombait lourdement sur le pavé. Il se rétablit très vite et continua à les poursuivre.

— Viens !

La berge était juste devant eux. À leurs pieds s'étendait l'eau noire de la Marne.

— Accroche-toi à moi !

Et, une seconde plus tard, elle poussait un cri en plongeant brusquement dans l'eau glacée. Elle crut qu'elle ne pourrait jamais respirer. Comment l'eau pouvait-elle être aussi froide ?

— Marie-Adélaïde ! Je suis là…

Il l'aidait à garder la tête à la surface alors que sa robe, gorgée d'eau, l'entraînait vers les profondeurs.

— Où… où est-il ?

— Là, regarde !

Le monstre se tenait sur la berge et les examinait de ses gigantesques yeux globuleux. Il trépignait sur place, comme si l'eau lui faisait peur. Il poussa un long hurlement aussi terrifiant que celui de l'amphithéâtre.

— Qu'est-ce qu'on fait maintenant ?

Sénart se débarrassa comme il put de sa veste. Il soutenait la jeune femme.

— Viens, nous allons traverser.

— Mais, je sais à peine nager !

— Je vais t'aider. De toute façon, nous ne pouvons pas sortir.

Elle s'accrocha désespérément à lui et c'est avec les plus grandes difficultés qu'ils commencèrent la traversée.

— Nous nous accrocherons aux piles du pont et il y a des îles, regarde.

— Que fait-il ?

— Je ne sais pas !

Pendant qu'ils nageaient, le monstre resta un long moment à les regarder. Dans l'obscurité, seuls ses yeux immenses brillaient. Brusquement, il poussa un nouveau cri et courut vers le pont. À la faveur d'un rayon de lune à travers les nuages, il venait de voir le couple aborder un des îlots rocheux sur lequel avait été construit une des piles du pont. Il s'engagea sur l'ouvrage.

Sans se soucier des barrières, il se précipita à une vitesse fulgurante vers le premier poste de garde.

Les trois hommes étaient revenus. Plusieurs lanternes avaient été accrochées et, incrédules, ils virent la silhouette cauchemardesque d'Abaddon courir vers eux.

— Qu'est-ce que c'est que cette diablerie ?

— Hé, arrêtez !

Mais le monstre continua sa course, inéluctablement. Son maître lui avait donné un ordre et rien ne comptait plus maintenant que de lui obéir.

Ils prirent leurs armes à peu près en même temps et, au moment où il arrivait à l'entrée du poste de garde, firent feu. La triple détonation roula comme un coup de tonnerre sur les rives de la Marne. Sénart, qui soutenait comme il le pouvait la pauvre Marie-Adélaïde, leva la tête : on se battait au-dessus d'eux. Les gardes du pont baissèrent leurs armes. La fumée empêchait d'y voir. Soudain, alors qu'une âcre odeur de poudre noire rendait la respiration difficile, la créature jaillit des brumes. Le premier eut à peine le temps de crier : un bras d'une force insensée le frappa en plein visage. Les deux autres entendirent un craquement sinistre, déjà l'homme s'écroulait sans un cri, la nuque brisée, les yeux encore grands ouverts de surprise. Le deuxième prit le sabre qu'il portait au côté et tenta un coup maladroit. La lame effleura la cage thoracique de leur assaillant. Celui-ci sauta sur lui, le jeta à terre et, comme pris d'une fureur démente, entreprit de lui arracher la tête.

Le troisième reculait en tremblant. Son fusil déchargé était inutile, aussi le jeta-t-il à terre et prit son pistolet. Lorsqu'il visa, le spectacle qu'il aperçut à la lueur des chandelles lui glaça le sang. Le monstre hurlant au visage de cadavre écorché et aux immenses yeux sans paupières venait de briser le cou de son compagnon. Mais sa mort ne sembla pas lui suffire. Il tourna la tête de sa victime en un angle impossible et la secoua dans tous les sens. Du sang se mit à jaillir. Avec horreur, le garde vit la tête se désolidariser du reste du corps. Finalement, le monstre la brandit comme un trophée, toujours hurlant. Il fixa le regard de son compagnon, horrifié et déjà vitreux. Une partie de la colonne vertébrale dégoulinait de sang. Il poussa lui-même un cri et visa.

Un nouveau coup de feu retentit. Un instant, il ne vit plus rien mais presque immédiatement, un choc d'une brutalité inouïe le projeta en arrière.

— Au secours !

Mais il était trop tard. Au-dessus, un regard de fauve, une mâchoire apparente comme celle d'un squelette, se penchait sur lui. La bête beugla encore et ses cris assourdirent ses propres appels. Il se rendit compte que la chose était en train de lui arracher un bras. D'abord les tendons cédèrent alors qu'une douleur insensée lui traversait l'épaule. Puis ce fut l'os qui craqua avec un bruit sourd.

Rendu fou par la douleur, alors que lentement le monstre continuait à tirer, tirer, il ne put que supplier : « Pitié, pitié ! »

Mais Abaddon, la cinquième trompette, l'ange de l'abîme, celui qu'on nommait l'Exterminateur ne connaissait pas la pitié.

L'homme appela la mort de tous ses vœux mais elle fut longue à venir.

Les deux jeunes gens avaient entendu les coups de feu, les hurlements. Lorsque, enfin, ils mirent pied sur l'autre berge, la Sibylle claquait des dents et tremblait de manière convulsive.

— Tu… tu crois qu'ils l'ont arrêté ?

— Je ne crois pas, répondit-il en essayant de la réchauffer. Vite, nous ne sommes pas à l'abri ici !

— Mais… où alors ?

— À Paris !

Et ils reprirent leur course. Ils empruntèrent le même chemin qu'à l'aller. Les jardins de Bercy, les chemins de halage. Marie-Adélaïde courait bien mal, alourdie par sa robe trempée et Sénart la soutenait autant qu'il le pouvait.

— Laisse-moi, murmura-t-elle. Je ne mourrai pas aujourd'hui, je le sais, mais toi…

— Pas question que je te laisse entre les mains de cette chose.

Et ils continuèrent. Abaddon était là, derrière. Il suivait leur trace comme un chien flaire une piste. « Nous ne tiendrons pas longtemps notre avance, se dit-il. Elle est fatiguée, et moi je vais bientôt avoir un point de côté. Le chemin de ronde, où est le chemin de ronde ? »

Dans la nuit, l'eau de la Seine brillait faiblement sur leur gauche. À droite, c'était le parc de Bercy.

« S'il nous rattrape, nous nous jetterons à l'eau, mieux vaut encore périr noyé que de tomber entre ses mains. »

Les jardins devenaient plus luxueux, ils commencèrent à voir des maisons construites par de riches aristocrates avant la Révolution. Le chemin de ronde n'était plus loin.

Soudain, les battements de son cœur s'emballèrent. Il avait entendu un bruit.

— Plus vite, plus vite !

— Je n'en peux plus…

Puis, un nouveau cri résonna. Un cri de bête fauve assoiffée de sang. Suraigu, comme une longue plainte à la lune. À seulement une cinquantaine de pas derrière eux. Sénart n'avait plus d'arme hormis le poignard avec lequel il avait tué Prunelle de Lierre. Il se battrait jusqu'à la mort mais, avant, il le planterait délicatement dans le cœur de la Sibylle. Elle ne souffrirait pas et tant pis si elle s'était trompée pour une fois dans ses prédictions.

Elle trébucha et, alors qu'il se penchait pour l'aider, elle lui jeta un regard implorant.

— Je t'en prie, ne fais pas cela.

Une fois encore, elle avait lu dans son esprit.

Un nouveau cri, Abaddon était à moins de quarante pas, trente, vingt. Il pouvait presque entendre le souffle du monstre sur leurs talons.

Dix pas. En un seul bond il serait sur eux…

Il allait se retourner pour faire face lorsque enfin ils furent à la Rapée. Là-bas se dressait le mur des fermiers généraux.

À cent cinquante pieds, l'ouvrage allait jusqu'à la Seine et s'étendait à l'est jusqu'à perte de vue vers les faubourgs de Rambouillet. Pourtant, Gabriel savait que rien ne pourrait les sauver. La distance était trop grande. Il était trop tard. Il se retourna.

— Attends, regarde !

Marie-Adélaïde lui avait pris le bras en lui désignant le chemin de ronde. Une quarantaine de soldats, éclairés par de nombreuses lanternes, étaient disposés là et les tenaient en joue avec leurs longs fusils. Il aperçut fugitivement une haute silhouette à côté du peloton. Vadier !

— Feu !

L'ordre venait du maître du Comité de sûreté générale ; il reconnut sa voix. Il ferma les yeux mais les balles ne lui étaient pas destinées. Abaddon, qui se précipitait sur eux, reçut au moins une vingtaine de projectiles qui l'arrêtèrent net, arrachant de nouveaux fragments de muscle, déchirant ses vaisseaux sanguins à vif, brisant l'os de son bras gauche. Et pourtant, le monstre avançait encore en poussant un cri qui déchira la nuit.

Sénart recula. Il serait trop stupide de mourir ainsi, juste devant la porte qui les menait au salut.

— La tête ! hurla-t-il. Visez la tête !

Une deuxième salve retentit. Les soldats avaient suivi son conseil. Le cerveau du monstre éclata littéralement, un de ses yeux protubérants fut arraché, sa mâchoire brisée s'affaissa. Il tomba à genoux. Il bougeait encore. Le jeune homme s'approcha avec prudence.

« Aucune créature sur terre ne peut vivre avec son cerveau aussi proprement répandu. » Pourtant, l'œil unique de la chose le contemplait encore, son bras valide levé dans un geste menaçant.

— S'il n'est pas mort, je renie tous les fondements de la Révolution !

Vadier était là, à côté d'eux, un sourire aux lèvres.

— Citoyen Sénart, ravi de te revoir. Toi aussi, ma chère Sibylle. Nous sommes arrivés juste à temps.

La jeune femme, encore essoufflée, s'était agenouillée et tremblait de tous ses membres. Sénart, frigorifié lui aussi, tenta de la réchauffer. Pendant ce temps, le Grand Inquisiteur s'approchait de la créature pour l'examiner :

— Hum… voilà bien de quoi effrayer l'esprit le moins superstitieux. Ce vieux fou de Fragonard n'est donc pas bon qu'à empailler les chauves-souris ou à faire danser les fœtus, il sait faire de la vraie médecine. Quel dommage que je ne puisse conserver un si beau spécimen ! Je possède un très intéressant cabinet de curiosités, savez-vous ? J'y ai même en exposition quelques écorchés de notre ami… Mais cette chose-là ne fera que pourrir si on ne la traite pas très vite, et j'ai peur que le cher maître ne soit plus disponible avant quelque temps.

Il se retourna vers Duglas et Lepoulet, qui arrivaient tous les deux.

— Citoyens, jetez cette charogne à la Seine. Si on la trouve, la milice des sections accusera les oiseaux ou les rats.

Avec une mauvaise volonté évidente, les deux porteurs d'ordres abandonnèrent leurs piques et s'en furent vers la Seine balancer le cadavre du monstre.

Vadier s'approcha de Marie-Adélaïde et recouvrit de sa veste les épaules tremblantes de la jeune femme.

— Viens ma chère, je vais te raccompagner.

Elle obéit sans dire un mot, les yeux fermés.

— Mais où donc la ramènes-tu ? éclata Gabriel-Jérôme.

— Mais en prison, bien sûr ! N'oublie pas, citoyen, qu'elle n'a bénéficié que d'une mesure provisoire dans l'intérêt de la République. Mais ne t'inquiète pas pour elle, je te promets qu'elle bénéficiera du même régime de faveur qu'avant.

Il n'en croyait pas ses yeux : tout était allé si vite. Il se retrouvait seul, au pied des remparts de Paris, trempé, sans bottes ni armes.

— Mais qu'est-ce que je vais faire, moi ?

Le Grand Inquisiteur se retourna une dernière fois en agitant son chapeau.

— Ce que tu fais de mieux, citoyen. Un rapport. Et soigne-le bien car celui-là sera lu devant la représentation nationale, je te le garantis.

Un rapport. Le couple disparut, le laissant seul. Les soldats s'éloignaient, emportant leurs lanternes. L'obscurité envahissait tout et des bancs de brume commençaient à monter du fleuve.

« Ce n'est pas possible, je suis en train de vivre un cauchemar. »

19

Le 27 prairial suivant, la séance de la Convention nationale se trouvait présidée par Robespierre. Vadier y assistait en tant que représentant du Comité de sûreté générale. Le rapporteur Verdier s'éclaircit la voix et demanda le silence. L'assemblée, de l'amphithéâtre aux étroites travées occupées par les députés jusqu'aux tribunes dans les hauteurs où se pressait la foule des curieux, se tut car il existait d'étranges bruits sur le rapport rédigé, disait-on, sous la supervision du Grand Inquisiteur lui-même.

Le rapporteur commença d'une voix à la fois rauque et monotone :

— Je viens vous dénoncer, au nom de vos Comités de sûreté générale et de salut public réunis, une école primaire de fanatisme, découverte dans la rue Contrescarpe, section de l'Observatoire, n° 10 au troisième étage. C'est là que réside une fille âgée de soixante-neuf ans, nommée Catherine Théos qui ose s'appeler la mère de Dieu. On sait que le mot grec « theos » signifie la divinité, comme Jéhovah, Adonaï et beaucoup d'autres qui expriment les divers attributs de l'Être suprême. On voit dans ce réduit un essaim nombreux de bigotes et de nigauds se grouper autour de cette ridicule pagode ; on y voit aussi quelques chefs de file plus dangereux encore : ce sont des demi-savants, des médecins, des hommes de loi, des capitalistes oisifs qui, détestant la Révolution, se mêlent à ces momeries avec des intentions perfides. On y voit des mesmériens, des illuminés, de ces cagots atrabilaires et vaporeux qui, avec un cœur froid pour la patrie, ont la tête assez chaude et bien disposée à la troubler ou à la trahir. Il y en a chez qui on a trouvé des correspondances à Londres avec des prêtres immigrés. On remarque surtout qu'il n'y a pas un seul patriote dans cette bande : elle n'est composée que de royalistes, d'usuriers, de fous, d'égoïstes, de muscadins, de contre-révolutionnaires des deux sexes.

Après un silence théâtral, pendant lequel plusieurs députés s'entreregardèrent, surpris, il continua :

— La mère Catherine est le pivot de cette société dangereuse, elle se dit inspirée de Dieu, et promet en son nom l'immortalité de l'âme et du corps à ceux qu'elle aura initiés dans ses mystères. La réception de ces élus n'est pas moins ridicule que sa doctrine. Il faut être en état de grâce, faire abnégation des plaisirs temporels pour approcher de la sainte mère ; on se prosterne devant elle, et ses élus deviennent immortels lorsqu'ils ont baisé par sept fois la face vénérable de cette prétendue mère du Verbe.

On commença à pouffer dans la salle, car le sérieux inébranlable que le rapporteur Verdier mettait dans la lecture du rapport rendait encore plus plaisantes les affirmations grotesques qui s'y trouvaient.

— Ces baisers mystérieux se distribuent en forme circulaire : on en fait deux au front, deux aux tempes, deux aux joues ; mais le septième, qui est le complément des sept dons du Saint-Esprit, s'applique respectueusement sur le menton de la prophétesse, que les catéchumènes sucent avec une sorte de volupté.

On riait tellement qu'il devenait difficile d'entendre le rapporteur, d'autant qu'avec la plus grande rigueur celui-ci mimait avec application et sans une once d'humour les fameux baisers.

— Ce dernier baiser est encore le symbole des sept sceaux de l'Apocalypse, des sept plaies d'Égypte, des sept sacrements de la loi nouvelle, des sept allégresses et des sept douleurs de la Vierge, car tout va par sept dans le jargon mystique des prédictions et des oracles.

Gabriel-Jérôme, qui avait revêtu son uniforme de secrétaire rapporteur, écoutait le discours avec stupéfaction. Il n'y avait là rien de son rapport à part peut-être quelques faits qu'on pouvait considérer comme amusants sortis de leur contexte. Vadier et Barère avaient délibérément choisi de rendre toute cette affaire ridicule, mais dans quel but ? Pourquoi, dans ce cas, en faire part si solennellement à la représentation nationale ?

Le rapporteur continua encore à fustiger les étranges coutumes de la mère de Dieu, au grand amusement des députés. On n'avait certes pas si bien ri depuis longtemps dans cette salle de la Convention, faite de bric et de broc, véritable théâtre improvisé, où l'on trouvait d'immenses drapeaux, *La Déclaration des droits de l'homme et du citoyen*, d'austères décors peints en grisaille, des colonnes de faux marbres et une immense inscription *La Loi*. L'homme passa à un autre sujet :

— Le moral de l'institution, le substantiel de sa doctrine, l'explication du sens des oracles, des prophéties et des écritures, tout cela est confié à des mains plus exercées et bien plus dangereuses. C'est un ex-moine qui est chargé de cette partie. Ce moine est le nommé dom Antoine-Christophe Gerle, ex-chartreux, député à la Constituante.

Sénart, qui se tenait dans une des corbeilles les plus basses et donc les plus proches des députés, dressa l'oreille : on attaquait un sujet bien plus intéressant. Mais là encore, il fut déçu : le rapporteur, après avoir rappelé les premiers éclats de Gerle à la Constituante, cita quelques-unes des lettres que lui adressait la mère de Dieu :

Ô Gerle, cher fils Gerle, chéri de Dieu, digne amour du Seigneur... C'est sur ta tête, sur ce front paisible où doit être posé le diadème digne de ta candeur... Vis à jamais, cher frère, dans le cœur de tes deux petites sœurs... Elles t'engagent à venir déjeuner avec elles demain, jour de décadi, sur les neuf heures et demie, ni plus tôt ni plus tard... Mille choses agréables au cher fils de la part de ses deux colombes.

Le curriculum vitae du moine avait un peu calmé les esprits, mais la lecture de la lettre souleva de nouveau l'hilarité. Tout le monde riait : le public, les huissiers, les gardes, les députés, la Montagne et le Marais. Sénart remarqua cependant que deux personnes ne partageaient pas la bonne humeur générale : Verdier, d'abord, qui imperturbablement conservait tout le sérieux dévolu à sa fonction, et surtout le président de la séance. Froid, impénétrable sur sa tribune, derrière sa table soutenue par quatre sphinx dorés. Il serrait les dents de manière qu'on ne puisse deviner ses pensées. Néanmoins, le regard qu'il jetait parfois sur Vadier ou Barère en disait long sur ses sentiments.

Vadier intervint d'ailleurs lui-même sur un ton goguenard :

— On lit ailleurs : *Ni culte, ni prêtre, ni roi ; car la nouvelle Ève, c'est toi.* Cela s'applique clairement à Catherine Théos, c'est la nouvelle Ève dont Gerle a entendu parler ; c'est elle qui donne à ses élus l'immortalité corporelle, et qui anéantit pour eux l'empire de la mort. C'est à Paris qu'elle a fixé son trône ; c'est cette heureuse cité que le moine invite à se lever et à marcher sans crainte sur les pas de la vérité qui l'éclaire...

Et il continua longtemps sur le même registre. Il dénonça des comparses, évoqua des lettres suspectes, des portraits du soi-disant Louis XVII, les prophéties de Nostradamus, la clavicule du rabbi Salomon. Aucun mot sur le fils de Dieu. Aucun mot sur le messie attendu par la Théos. Et surtout aucun mot sur Saint-Martin, le Philosophe inconnu, sur les frères de l'ombre, ni sur la monstrueuse créature qui avait semé la mort à Paris ces dernières semaines. Au contraire, il évoqua la fin de ces réunions mystiques grâce à l'intervention providentielle des agents de son Comité. Comme s'ils avaient arrêté qui que ce soit à part Gerle, la Théos et quelques illuminés !

Pour finir, Vadier présenta son projet de décret à la Convention :

— La Convention nationale, après avoir entendu le rapport de ses Comités de sûreté générale et de salut public, décrète ce qui suit : dom Gerle, ex-chartreux, ex-député à l'Assemblée constituante, et Catherine Théos, se déclarant la mère de Dieu [suivait une liste de prétendus complices] seront traduits au Tribunal révolutionnaire pour y être jugés sur les faits de conspiration dont ils sont prévenus. Charge l'accusateur public devant ledit Tribunal, de rechercher, poursuivre tout autre auteur ou instigateur de ladite conspiration. L'insertion du présent décret au bulletin tient lieu de publication.

Et Fragonard ? Pourquoi n'en parlait-il pas ? Et le meurtre de la rue des Ménétriers ? Et le rôle de Marie-Adélaïde, pourquoi le passer sous silence ?

Sénart commença à comprendre lorsque, en sortant de la grande salle de l'amphithéâtre, à la porte qui donnait sur la terrasse des Feuillants, il croisa deux députés du Marais :

— Eh oui, mon vieux, lis un peu cela, c'est à mourir de rire !

— Quoi, encore plus que le rapport de Vadier ?

— C'est une lettre de la Théos à qui tu sais. Écoute ! Fils de l'Être suprême, Verbe éternel, Messie désigné par les prophètes, tu as été, oint du Seigneur, vengeur céleste, renversant les idoles de pierre et de bois, et lançant la foudre au milieu des éclairs, sur les titans orgueilleux, sur la partie enragée de la Nation… » Il y en a des pages comme cela. Et le croiras-tu ? J'ai là un certificat de civisme qu'il a délivré à ce cagot de Gerle. Cela ne fait plus aucun doute ! Ce n'est pas un nouveau Brutus que nous avons élevé dans notre sein, c'est un nouveau César !

Sénart intervint :

— Dis-moi, citoyen, puis-je savoir qui t'a remis ces documents ?

L'homme le regarda avec circonspection.

— Hum… Je crois qu'il n'y a plus guère de danger à le dire maintenant. C'est Vadier et Barère. Tu peux aller leur demander une copie si tu veux. Ils n'en sont guère avares.

Vadier et Barère… Ils étaient donc alliés. Il n'avait rien vu. Le secrétaire rédacteur n'avait plus qu'à se retirer de l'enceinte du Palais national qu'on appelait autrefois les Tuileries pour retrouver son bureau du Comité de sûreté générale et écrire de nouveaux rapports qu'on ne lirait pas ou qu'on déformerait. Il avait enfin compris quel pion il avait été dans cette gigantesque machination.

Et il ne pouvait rien faire.

20

L'affaire Catherine Théos fit grand bruit, d'autant que, sans se justifier, Robespierre fit tout son possible pour en étouffer les effets et éviter la mort pour la mère Catherine, pour dom Gerle et pour les autres. Vadier dévoila son jeu, le traitant publiquement de dictateur. Il décida donc de ne plus siéger au Comité de salut public, laissant le champ libre à ses adversaires.

Le 8 thermidor, voulant en appeler à la Convention nationale, Robespierre commit sa plus grande erreur : il proféra nombre de menaces à peine voilées contre les membres du Comité de sûreté générale. Ceux-ci se dépêchèrent de s'allier avec les députés du Marais, leur promettant la fin de la Terreur.

Le 9 thermidor, journée terrible, Robespierre paraissant à la Convention, y fut empêché de parler par le tumulte. Mieux, on vota son arrestation à main levée.

Malgré l'opposition farouche de la commune de Paris, le 10 thermidor, il fut conduit à l'échafaud, lui dont la rigueur de la politique y avait mené tant de monde. Paris et toute la France respiraient enfin.

Sénart connaissait bien le chemin qui menait à la rue de Tournon. Depuis des semaines, il attendait de pouvoir y retourner. Car, après cette séance mémorable où l'affaire Théos avait éclaté au grand jour, il savait qu'il retrouverait Marie-Adélaïde là-bas, dès que Robespierre tomberait, ce qui ne devait plus demander trop de temps. Il marchait, le chapeau rabattu sur le visage, car depuis le 9 thermidor, il se cachait. D'autres s'étaient enfuis. Le peuple demandait des comptes à ses anciens bourreaux.

Le jeune homme entra dans la cour du n° 5 où il avait vécu quelques journées marquantes et y poussa la porte.

Un huissier en noir l'aborda :

— Bonjour, monsieur, vous avez rendez-vous avec la Sibylle ?

Il secoua la tête.

— Non, dites-lui que Gabriel-Jérôme veut la voir.

L'homme lui jeta un regard désapprobateur mais obtempéra :

— Si vous voulez bien vous asseoir.

Il prit le fauteuil réservé aux visiteurs et attendit.

Cela ne dura pas longtemps. Elle entra, vêtue d'une de ces robes à l'anglaise presque indécente mais noire, s'accordant parfaitement à la couronne de laurier qui lui ceignait le front.

— Gabriel ! Tu es venu, je suis si contente ! J'ai eu si peur pour toi.

Elle se précipita vers lui mais il ne se leva pas.

— Bonjour, Marie-Adélaïde, tu as l'air d'aller bien.

— Oui, je vais très bien ! s'exclama-t-elle surprise par sa froideur, mais toi ? Tu es recherché, n'est-ce pas ?

— Tu sais très bien que je ne cours aucun risque, du moins pour l'instant.

Elle s'arrêta dans son élan et son sourire disparut :

— Que veux-tu dire ?

— Que tu savais que je serais libre et que j'allais venir te voir aujourd'hui.

— Que veux-tu dire ? Tu me dis cela sur un ton de reproche. D'accord, j'en avais une idée, mais tu ne vas tout de même pas m'en vouloir de savoir…

— Je ne te reproche pas de connaître l'avenir, je te reproche de m'avoir menti.

Elle se mordit la lèvre inférieure comme pour réfléchir. Finalement, elle prit le tabouret à trois pieds en face du fauteuil de son visiteur et s'assit.

— D'accord, je ne t'ai peut-être pas tout dit, mais c'était dans ton intérêt…

Il éleva la voix :

— Dans mon intérêt ! S'il te plaît, ne me prends pas pour un demeuré. Dans toute cette affaire tu m'as aidé, secondé. Sans toi, je ne serais sans doute arrivé à rien. Mais il n'est pas possible que tu n'aies pas été au courant à l'avance de tout ce qui allait arriver. En fait, je pense même… non, je ne pense pas, j'en suis persuadé, que tu étais de mèche avec Vadier dès le premier jour. Voilà pourquoi tu savais que j'allais venir te voir. Vadier m'a choisi pour mon manque de sens pratique, mon caractère qu'il jugeait impressionnable, malléable, et mon indéfectible loyauté.

— C'est vraiment ce que tu penses ?

— Oui, sans aucun doute.

— Mais, pourquoi aurais-je fait cela ?

Ils étaient comme deux étrangers maintenant, s'affrontant du regard.

— Ce que vous cherchiez n'était pas le monstre qui tuait impunément dans Paris.

Elle lui jetait un œil noir, chargé de défi.

— Non, ce que vous vouliez, continua-t-il, c'était discréditer Robespierre. Il suffisait de dévoiler les mystères de la mère de Dieu, de le lier à l'affaire par des courriers fabriqués, de la faire apparaître à ses côtés le jour de la fête de l'Être suprême. Il était ami avec Gerle, raison pour laquelle il lui a délivré un certificat de civisme… Pour le reste, il ne savait rien et n'aurait certainement pas voulu jouer le rôle de Messie que cette organisation secrète lui réservait. Un complot pour le ridiculiser, voilà ce que vous avez entrepris.

Il se leva, s'échauffant de plus en plus au fur et à mesure qu'il parlait :

— Un complot à la tête de l'État, et moi, naïvement, j'ai été assez bête pour ne rien comprendre. Vous m'avez traité comme un pion ! Voilà ce que je peux comprendre de la part de Vadier, c'est bien dans sa nature. Mais toi… Quel intérêt y as-tu trouvé ? Il te menaçait ?

Elle fit non de la tête.

— Il n'en a pas eu besoin. J'ai immédiatement souscrit à son projet.

— Mais pourquoi, alors, pourquoi ?

Elle plongea les yeux dans les siens avec un regard crâneur.

— Tu ne comprendrais sans doute pas.

— Je veux savoir.

Elle haussa les épaules.

— Très bien, alors écoute. Après tout, qu'ai-je à faire que tu me croies ou non ? Je suis royaliste, Gabriel. Une fervente royaliste. Je ne pense pas que le peuple puisse gouverner un pays. Aucun argument ne me convaincra du contraire. C'est comme cela et tu n'y pourras rien changer avec tes sermons républicains. Robespierre était pour moi le plus grand ennemi des partisans de la monarchie, car il était intelligent, résolu et idéaliste. De plus, le peuple l'admirait, le vénérait. La commune insurrectionnelle de Paris vous a donné du fil à retordre, n'est-ce pas, le 9 thermidor ?

— Mais Vadier et Barère sont aussi des adversaires de la monarchie. Encore plus acharnés peut-être !

— Certes, mais ils ne représentent rien aux yeux du peuple. Un accident dans l'Histoire, des noms qu'on oublie. Ils commencent d'ailleurs à plier bagage pour quitter Paris car ils sentent déjà que le vent va tourner et que la Convention va leur demander des comptes. Les anciens bourreaux subiront le sort qu'ils ont réservé à leurs victimes.

— Et les francs-maçons, tu voulais leur mort à eux aussi ? lui jeta-t-il, se rappelant le massacre de la loge.

— Non, protesta-t-elle les larmes aux yeux. Je te le jure. C'est un accident. Je n'avais pas du tout prévu leur mort. Et lorsque je l'ai sentie, il était trop tard. Mais leur sacrifice n'a pas été inutile puisque nous sommes parvenus à chasser le tyran.

Les épaules du jeune homme s'affaissèrent : la vérité dépassait ses pires suppositions.

— Alors, tu as fait tout cela par idéalisme, toi aussi.

— Oui.

— Et notre amour, c'était donc une illusion, un mensonge ?

Elle se leva à son tour et l'attrapa par la manche.

— Non, Gabriel, je te le promets. Je t'ai aimé, je t'aime, mais je savais très bien que notre amour n'aurait aucun avenir. J'ai été heureuse durant ces quelques jours, même si nous risquions notre vie, même si nous étions proscrits, recherchés, à la merci du monstre. Je t'aime, Gabriel, mais je savais que notre amour ne survivrait pas au 9 thermidor, tu comprends pourquoi maintenant ?

Il approuva de la tête, les yeux baissés. Tout avait été dit.

— D'accord, je te crois. Je vais partir, Marie-Adélaïde.

— Je sais, Gabriel.

— Ne me dis surtout pas ce qui va m'arriver, je ne veux pas savoir.

— Très bien.

Il leva la tête. Leurs regards se croisèrent une dernière fois. Il distingua une larme dans ses yeux. À ce moment, il lui aurait peut-être pardonné, peut-être l'aurait-il prise dans ses bras pour l'embrasser comme avant, durant ces quelques jours terrifiants où ils avaient eu chacun tant besoin de réconfort, mais il se détourna.

— Adieu.

— Adieu, Gabriel.

Et il quitta l'échoppe.

Marie-Adélaïde s'assit sur le trépied et se prit la tête entre les mains. Elle savait ce qui allait lui arriver. La prison, la rancune des anciens proscrits, des familles de toutes ses victimes. Ils seraient nombreux à payer de leur sang la terreur jacobine ! Elle savait aussi que quoi qu'elle puisse lui dire le destin n'en serait pas changé.

« Si seulement je n'avais pas ce don ! Si seulement je pouvais ne pas voir toutes les calamités qui s'abattront sur les gens que j'aime ! Rien que pour cela, Jéhovah, Dieu, Grand Architecte de l'Univers, qui que tu sois, je te maudis ! »

Soudain, la porte s'ouvrit. Elle se redressa vivement et essuya d'un geste les larmes qui avaient coulé sur ses joues.

— Ma chère Marie-Adélaïde, quelle joie de vous revoir !

Marie-Josèphe-Rose Tascher de La Pagerie s'installa d'autorité sur le siège du visiteur. Un sourire radieux, une robe à l'antique qui, fluide et longiligne, lui laissait le corps libre juste sous la poitrine, des bijoux, un chapeau à la dernière mode. Elle n'était plus la jeune veuve aristocrate créole qui avait été enfermée à la Petite Force, elle était splendide, une femme du monde.

— Si vous saviez comme je suis heureuse que vous ayez survécu vous aussi. Ah ! Quelle horreur, cette prison ! Mais je n'oublierai jamais comment vous m'avez apporté le réconfort durant cette sombre période et comment vos sages conseils m'ont aidée à passer ce cap.

Elle se pencha en avant et baissa le ton :

— Je viens vous voir parce que ma situation financière ne s'est guère améliorée. À la Petite Force, il y avait Hoche, mais maintenant il n'y a guère que Barras qui m'apporte ce que je désire. Par contre, lui ne veut pas m'épouser. Comme si mes quartiers de noblesse n'étaient pas moins respectables que les siens !

Marie-Adélaïde hésitait à renvoyer la femme sous un quelconque prétexte : les tourments de la veuve Beauharnais ne l'intéressaient guère. Mais elle pouvait aussi se montrer une bonne introduction dans la haute société. Après son rôle dans la chute de Robespierre, Barras était devenu le nouveau maître de Paris et de la Convention…

— Voyez-vous, il propose de me marier à un petit général venu d'on ne sait où. Il a un accent déplorable et n'a pas encore fait parler de lui, à part peut-être à Toulon. Pensez-vous que cela soit une bonne idée ?

Distraitement, la Sibylle fit un signe de la tête et battit les cartes. La première, représentant la cliente, fut déposée au milieu. Elle en tira une deuxième.

Alors elle sut. Cet homme qui allait bouleverser l'Europe. Celui qui allait répandre l'esprit de la Révolution, conquérir la capitale, porter la guerre jusqu'aux confins de la Russie. C'était cet homme. Le prétendant de Joséphine.

— Qu'avez-vous, ma chère ?

Combien de temps était-elle restée ainsi pétrifiée par ces visions de batailles, de triomphes ? Elle vit même une gigantesque cérémonie à l'intérieur de la cathédrale restaurée pour l'occasion. Elle vit des palais, les souverains du monde aux genoux de cette femme. Elle parla d'une voix rauque :

— Si vous épousez cet homme, vous n'aurez pas d'enfant de lui. Il vous répudiera pour cela.

— Hum, voilà une perspective peu intéressante.

— Attendez ! Pendant quelques années, il atteindra une grandeur telle qu'aucun mortel n'en a jamais atteint depuis les temps d'Alexandre le Grand ou de César. Il ne fera pas de vous une reine. Non, il fera de vous plus qu'une reine.

Elle la voyait, impériale, recevant sa cour de courtisans chamarrés. Jouant avec ses demoiselles d'honneur.

— Plus qu'une reine, vous croyez vraiment que…

Les yeux stupéfaits, bien sûr, elle ne la croyait pas. Marie-Adélaïde lui prit la main.

— Ne vous inquiétez pas, Joséphine, cela arrivera. Ou alors, je ne suis plus la Sibylle de la Révolution.

Impression réalisée par

CPI

BRODARD & TAUPIN

La Flèche (Sarthe), 64346
N° d'édition : 4378
Dépôt légal : mai 2011
X05202/01

Imprimé en France